旦那様、離縁はOKですが
イフは
望です！
身代わり王女は毒使いの力で人生を謳歌する
優月アカネ
ill. 香村羽梛

ルビー
毒使いの天星を持ち、
聖女の身代わりとして
ラングレー皇国に
嫁いできた王女。
「やったわねエマ！」
「あたしも負けませんよっ！」
エマ
ラングレーでも離宮に
追いやられてしまった
ルビーにただひとり
仕える侍女。

「ここは魔の森の真っただ中ですが……」
「……これは、夢か？」
アーノルド
国のために聖女を娶るよう進言した、セオドアの側近。
セオドア
ルビーの夫であるラングレー皇国皇帝。「聖女でないなら不要だ」と一度はルビーを突き放す。
すれ違いスローライフ

ルビーは両手を固く結んで、強く願った。
すると脳裏に不思議な呪文が浮かび上がる。
彼女は本能的にその呪文を口にした。
「ルビー・ローズ・デルファイアの
名に於いて命ず。
孤独な池よ、我が猛毒をもって
その濁りを晴らせ！」
毒使いの力

旦那様、離縁はOKですがスローライフは継続希望です！

身代わり王女は毒使いの力で人生を謳歌する

優月アカネ　ill. 香村羽梛

本文・口絵イラスト：香村羽梛
デザイン：ＡＦＴＥＲＧＬＯＷ

CONTENTS

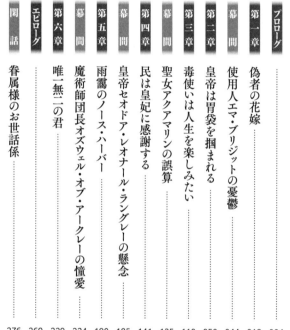

DANNASAMA, RIEN HA
OK DESUGA SLOW LIFE HA
KEIZOKUKIBOU DESU!

プロローグ

ベルハイム王国第一王女、ルビー・ローズ・デルファイア。彼女《かのじょ》が幽閉《ゆうへい》されている塔《とう》から外出を許されたのは、実に八年ぶりのことだった。

「国王陛下より、晩餐《ばんさん》に同席せよと命がございました」

塔の見張りの騎士《きし》から父王の言づてを聞いたルビーは、久しぶりの家族の再会に胸を躍《おど》らせて城へ向かう。

しかし彼女を待ち受けていたのは、労《いたわ》りでも親子の挨拶《あいさつ》でもなく、ただの業務連絡《れんらく》だった。

「アクアマリンの代わりにラングレー皇国に嫁《とつ》ぐように。話は以上だ」

「………………はい？」

父の唐突《とうとつ》な命令に、ルビーは言葉を失った。

それきり目を逸《そ》らし口を閉《と》ざした父王に代わって、母であり王妃《おうひ》のデボラと妹のアクアマリンが先を引き受ける。

「身のほど知らずのラングレー帝《てい》が、結納金《ゆいのうきん》に糸目はつけないから娘《むすめ》を寄越《よこ》せと言ってきたのよ。困ってしまうわ」

「ラングレー皇国といえば、魔《ま》の森に囲まれた薄気味《うすきみ》の悪い場所でしょう。わたくしは見ての通り身体《からだ》が弱いし、やっていく自信がないの」

高貴なロイヤルブルーの瞳《ひとみ》を潤《うる》ませて、甘《あま》えた声を出すアクアマリン。彼女の肌《はだ》は陶器《とうき》のようになめらかで白く、ルビーの地味な緑髪《みどりがみ》とは違《ちが》って、ベルハイム王族らしい輝《かがや》かんばかりの金髪《きんぱつ》をたたえている。色香《いろか》と儚《はかな》さを兼《か》ね備えたとびきりの美人だった。

「嫁いで早々に体調を崩《くず》すとあちらにも悪いし……。だから、ね、丈夫《じょうぶ》なお姉さまならきっとうまくやっていけると思ってお父さまに推薦《すいせん》したのよ。これはお姉さまがわたくしたち家族の役に立つチャンスだと思うの。お互《たが》いの利益になる提案でしょう？」

「この子は唯一の王女であり聖女なの。なによりあたくしの可愛《かわい》い娘なのだから、手放すわけにはいかないわ」

デボラは愛《いと》おしそうにアクアマリンの髪を撫《な》でたのち、立ち尽《つ》くしているルビーに向かって両眉《まゆ》をつり上げる。

「あの国に嫁ぐのは、化け物のおまえで十分よ」

——姉のルビーが第一王女だったのは八年前まで。

対外的には事故死したと発表され、時を同じくして王城の隅《すみ》にある塔に幽閉された。その塔に逃《とう》亡《ぼう》防止の結界を敷《し》いた魔術師は、当時のルビーの婚約者《こんやくしゃ》だった。

この世界にルビー・ローズ・デルファイアは存在しない。いるのはただのルビー。何もかもを奪《うば》われて、ひとりぼっちになってしまった十八歳《さい》だった。

「顔を隠《かく》して輿入《こしい》れしなさい。金髪のカツラを用意させたから、皇国ではずっとそれを被《かぶ》っていること。顔だけならこの子に似てないこともないのだから」

母デボラが厳しい声で使用人に指図する。盆《ぼん》に載《の》って運ばれてきたのはアクアマリンの髪にそっくりなカツラだった。

目を丸くする姉を見て、アクアマリンは意地の悪さを隠さずに唇《くちびる》の端《はし》をつり上げる。

「じゃあお姉さま、そういうことだから。わたくし毎日毎日聖女の仕事で疲《つか》れが溜《た》まっているの。ずっとお姉さまが羨《うらや》ましかったわ。今までずっと塔で怠《なま》けていたんでしょう？　いい機会だからわたくしも休暇《きゅうか》をとるつもりよ」

どうやらルビーが『アクアマリン第一王女』として嫁いだ後は、しばらく身を隠したあと、『実はアクアマリンには病弱な双子《ふたご》の妹がいた』という体《てい》で再び表舞台《おもてぶたい》に出てくるつもりらしい。

ずいぶん杜撰《ずさん》な計画だし、そこまでして嫁ぎたくないのかとルビーは思った。それほどまでに結納金が莫大《ばくだい》な額だったとしか考えられないし、もしかしたらすでにお金を受け取った後で、後戻《あともど》りができないのかもしれない。そういえば自分の家族は昔からお金が大好きだったわ、と回顧《かいこ》していた。

黙《だま》り込《こ》むルビーに構うことなく、用は済んだとばかりに両親と妹は食事を再開する。

優雅《ゆうが》に流れる宮廷《きゅうてい》音楽。きらきらと輝く豪華《ごうか》なドレスを身に纏《まと》ったアクアマリン。家族の再会だからと精一杯《せいいっぱい》まともな衣服を選んできたルビーだったが、それはこの場で一番みすぼらしく、給仕《きゅうじ》のメイド服にすら見劣《みおと》りした。

「……あら？　お姉さまったらまだいたの。もう戻っていいのよ。八年も住んでいるのだから、塔のほうが居心地《いごこち》がいいでしょう」

とぼけたアクアマリンが猫撫《ねこな》で声を出す。母デボラは忌《い》まわしいものでも見るような顔をして、しっしっと手を振《ふ》った。

「化け物がいると食事がまずくなるわ。とっととお帰り」

給仕が三人の前のグラスにワインをそそぐ。

家族が囲む食卓《しょくたく》には、最初からルビーの食事など用意されていなかったのだ。

◇◇◇

「ただいま。ああもう、せっかくお洒落《しゃれ》したのに。ほとんど意味がなかったわ！」

ベルハイム王城の敷地《しきち》の端も端にある、森の中にそびえる古ぼけた塔。

その最上階には部屋とも言えない小さな空間がある。壊《こわ》れかけたテーブルセットと硬《かた》いベッドが置いてあるが、いまどき囚人《しゅうじん》でさえもっとマシな牢《ろう》にいる。

厳重に監視《かんし》されながらカビ臭《くさ》いその場所に戻ってきたルビーは、つまらなそうに椅子《いす》に腰《こし》かけた。

「チチッ！　チイ～！」

苔《こけ》むした冷たい石壁《いしかべ》の隙間《すきま》から、たくさんの鼠《ねずみ》が足元に駆《か》け寄ってくる。慰《なぐさ》めるように足にモフモフとした身体を擦《こす》り付けた。

ルビーは彼《かれ》らを一匹《ぴき》ずつ撫でながら、今さっき起きたばかりの出来事を語り始める。

「励《はげ》ましてくれているのね。でも全然平気よ。まあ、お嫁《よめ》に行くっていうのは想定外の話だったけど」

「ヂッ⁉　チチイッ」

「それより聞いてちょうだい。お父さまったら一度も目を合わせてくれなかったわ。騎士たちも終始剣《けん》の柄《つか》に手をかけていたし、まだわたしのことを怖《こわ》がっているみたい。昔はあんなに優《やさ》しかったお母さまもずいぶん変わっていたわ。ひょっとして、これがツンデレというものなのかしら？」

ルビーがこの塔に幽閉されるようになった理由。

それは彼女の天星に原因があった。


ベルハイム王国の王族は十歳を迎《むか》えると洗礼を受け、そして神から天星を賜《たまわ》る。天に瞬《またた》く星の数ほどの祝福の中から一つ、その子どものために優《すぐ》れた能力が授《さず》けられるのだ。

多くは身体強化の類であるとか、魔法の属性拡大や能力強化などである。もともと備わっている能力を増強する、あるいは補完するようなものが多い。

しかしごく稀《まれ》に、まったく新しい力を授かる場合がある。

対象物を浄化《じょうか》し癒《い》やす『聖女』がその代表例だ。

『聖女』は五十年に一人現れるかどうかという貴重な天星で、最上位の『大聖女』となると数百年に一人しか現れない伝説的な天星といわれる。

そんな中で、ルビーが授かった天星は『毒使い』だった。洗礼を授けた大神官の見立てでは、毒を操《あやつ》り使役《しえき》するという恐《おそ》ろしい能力だった。

歴史上の記録にもない異端《いたん》な天星。王族や大臣らは恐れおののき、凶事《きょうじ》の前兆だなどと騒然《そうぜん》とした。「ルビー王女の癇《かん》に障《さわ》ると毒殺されるぞ」などと根も葉もない噂《うわさ》が飛び交《か》うようになった。

国の大会議で審理《しんり》した結果、ルビー第一王女は死んだことにされ、幽閉されることになったのだった。

「塔に越《こ》したばかりのころは、食事もいただけなかったもの。アクアマリンの身体が弱いぶん、姉はたくましく育てようという教育方針だったのだろうけど、なかなかハードだったわよね」

幽閉という形をとりつつも、実のところ周囲の狙《ねら》いは気味の悪い王女がここで飢《う》え死ぬことだった。

強力な魔術結界が張られている以上、術式対象者であるルビーは外に出ることができないし、それゆえ外部へ毒を使うこともできない。食事を与えず餓死《がし》することを期待していたのだが――。

「あなたたちがいてくれて、ほんとうに助かったわ。適度な断食《だんじき》が健康にいいというのは知っていたけれど、さすがに一か月も飲まず食わずでは死んでしまうもの。あっ、お父さまとお母さまの知識には誤りがありますよってお伝えし忘れちゃった！」

気を揉《も》むルビーの話に耳を傾《かたむ》けているのは、ふわふわの白い毛に紫《むらさき》色のぶち模様が入った鼠だ。床《ゆか》に寝《ね》そべったり、ぽりぽりと木の実をかじったり、ゆったりとリラックスしている個体もいる。

彼《かれ》らはただの鼠ではなく〝ポイズンラット〟。有毒動物であり、毒使いであるルビーの眷属《ともだち》でもある。

ポイズンラットたちは魔術結界の対象ではないため、自由に塔の外と行き来ができた。彼らが森から木の実や水分をたっぷり含《ふく》んだ果実などを運んできてルビーに与え、彼女は飢えをしのいだ。

一か月経《た》っても死なないルビーをますます異様に思った父王は、「死なぬのなら恨《うら》みを買っても困る」ということで日に二回の食事を与えるよう命じた。

そうして八年が経ち、ルビーが結婚適齢期《けっこんてきれいき》を迎えた今、結婚という形で国外追放を突《つ》きつけたというわけだった。

「ここでの暮らしも悪くないけど、ちょっと窮屈《きゅうくつ》ではあるのよね。新しい世界に行けるという意味では楽しみよ。アクアマリンも聖女業で疲れていると言っていたし、妹の言う通り家族の役に立つチャンスだと思って頑張《がんば》るわ。それにね、あの子ったら忙《いそが》しいのにわざわざ手紙を書いていてくれたの。聖女は心遣《こころづか》いまで一流よね」

帰り際《ぎわ》にアクアマリンが寄越した手紙に目を落とす。

ご丁寧《ていねい》にも、これから嫁ぐラングレー皇国がどういうところなのかが綴《つづ》られていた。

〝――ラングレー皇国は『魔の国』とも呼ばれる辺境で――

皇帝であるセオドア閣下は醜《みにく》く野蛮《やばん》だという噂もあり――

冥府《めいふ》に近い立地ゆえ実りは少なく空は混沌《こんとん》として――〟

「――こんなに注意点を教えてくれるなんて、よほど下調べをしてくれたのね。疲れて当然だわ」

ルビーは妹の厚意《こうい》をぐっと噛《か》みしめ、そして決意した。

嫁入り自体に気乗りはしていないが、これは自分に与えられた最後の仕事でもある。

八年ものあいだ塔で悠々自適《ゆうゆうじてき》に過ごしていたことは紛《まぎ》れもない事実であり、タダ飯を食《く》らい続けていたことを心苦しく思っていたのだ。

妹の代わりにラングレー皇国に嫁ぎ、王族としての務めを果たすときがきた。

「出立《しゅったつ》は一週間後だそうよ。あまり時間がないのだけど、もし一緒《いっしょ》にあちらの国に行きたい子がいたら、それまでに準備をしておいてね」

「「チチィ〜ッ！」」

ポイズンラットたちは元気よく返事をした。

そうして一週間後、ルビーは『アクアマリン第一王女』としてラングレー皇国の使者へと引き渡《わた》された。

一国の王女にしては控《ひか》えめすぎるドレスに身を包み、数えるほどの手荷物を持って馬車に乗り込んだ。

「お姉さま、お元気で。今までありがとう！」

そんなことは露《つゆ》ほどにも思っていないアクアマリンと、まるで興味のなさそうな顔の両親に形だけ見送られ、馬車の車輪は動き出す。

長年住んだ塔がしだいに小さくなり、やがて山の陰《かげ》に姿を消した。

寂《さび》しさを覚えながらも、ルビーは新しい生活が始まることに小さな胸を躍らせていたのだが――。

一か月という長い旅路を終えてラングレー皇国に到着《とうちゃく》し、夫となるセオドア帝に出迎えられたときに事態は一転する。

「……そなたはアクアマリン王女ではないな。何者だ？」

警戒心《けいかいしん》を露《あら》わにした、ひややかな低音の声。

氷のように冷たく鋭《するど》い眼差《まなざ》しの夫から投げられた第一声は、ひどく敵意のこもったものだった。

第一章　偽者《にせもの》の花嫁《はなよめ》

1

ラングレー皇国皇帝《こうてい》、セオドア・レオナール・ラングレーは、その日の朝から至極不機嫌《しごくふきげん》だった。

冥府《めいふ》との境にある魔《ま》の森でトロールの集団が発見されただの、困窮《こんきゅう》した民《たみ》が税の軽減を訴《うった》えて城門に押《お》し寄せているだの、中央諸国から支援金《しえんきん》の減額を打診《だしん》する使者が来ているだの。

執務室《しつむしつ》に入ったとたん頭の痛くなる知らせが立て続き、二十四歳《さい》の若き皇帝は端整《たんせい》な顔を曇《くも》らせる。

(討伐《とうばつ》しても湧《わ》き出る魔物に手一杯《ていいっぱい》だというのに、みな己《おのれ》の利益しか考えていない)

もともとさして良くなかった機嫌は一秒で大暴落したが、彼《かれ》はそれを態度に出すほど浅はかではない。表情一つ変えずに的確な指示を出す。

「トロールの群れには至急騎士団《きしだん》を派遣《はけん》するように。皇都に入る前に殲滅《せんめつ》しろ。劣勢《れっせい》であれば俺《おれ》も出陣《しゅつじん》する」

「ははっ！」

「今すぐ税を軽減することは難しい。半年前に減額したばかりだからな。トロールのこともあるから、民には今すぐ帰宅して安全を確保するよう誘導《ゆうどう》しろ」

「かしこまりました」

「中央の役人どもには俺が直接話をする。広間で待たせておけ」

「御意《ぎょい》」

官吏らが退室していくと、ただ一人執務室に残った側近のアーノルドがにやりと笑う。

「今日はベルハイム王国からの輿入《こしい》れの日ですね。なんでも聖女アクアマリン姫《ひめ》はその美しさでも有名なのだとか。楽しみですね、陛下」

「ああ、そうだったな」

セオドアは一言だけ相槌《あいづち》を打つと、話は終わったとばかりに書類の山に手をかける。

「……なんかこう、もっと他には無いんですか」

アーノルドがじっとりとねめつけると、セオドアは「んっ?」と片眉《かたまゆ》を上げる。

「ですから、楽しみだなとか、わくわくして昨夜は眠《ねむ》れなかったとか、そういう浮《う》かれた感じは無いんですかということですよ!『そういえば、今日はまだ何も食べてないな』っておっしゃるときとまったく同じ顔をしてるんですから。これだから二十四年間浮いた話の一つも出ないんです! 嘆《なげ》かわしい!」

目元を手で覆《おお》うアーノルドだが、セオドアは苦い顔をするだけで怒《おこ》らない。

この二人は物心つく前から共に育った兄弟のような関係で、四つ年上のアーノルドは有能な参謀《さんぼう》兼宰相《けんさいしょう》としてセオドアの治世をよくサポートしていた。明るい銀髪《ぎんぱつ》に涼《すず》やかな顔立ちで女性受けは抜群《ばつぐん》なのだが、腹の中は真っ黒な食えない男である。

理知的な風貌《ふうぼう》のアーノルドに対して、セオドアは硬質《こうしつ》な黒髪《くろかみ》に鍛《きた》え抜《ぬ》かれた大きな身体《からだ》をしている。皇位を継《つ》ぐまでは騎士団長として多くの魔物を討伐し武功を挙げてきた、叩《たた》き上げの武官だった。

したがって、この歳《とし》まで恋《こい》だの愛だのとは無縁《むえん》だった。

休みの日は仲間の騎士たちとむさくるしい友情をはぐくみ、恋の涙《なみだ》ではなく魔物の血で頬《ほほ》を濡《ぬ》らした。彼に怖《こわ》いものなどなかったが、こと女性関係に関しては面倒《めんどう》だという気持ちが勝《まさ》る。

「聖女が嫁《よめ》に来れば国の状況《じょうきょう》が改善すると言い出したのはおまえだろう。俺はまだ妻帯するつもりはなかった」

「あなたはわたくしが尻《しり》を叩かないといつまでも騎士たちと遊んでいるでしょう。今ですら男色の噂《うわさ》が出ているぐらいなんですから、早く結婚《けっこん》したほうがいいんです。そのうえで相手が聖女であれば、瘴気《しょうき》にさらされている我《わ》が国も大助かりなんですから」

「……遅《おそ》かれ早かれ誰《だれ》かと婚姻《こんいん》を結ぶ必要があるのはわかっているし、おまえの意見は否定しないが……」

セオドアはペンを机に置き、もの言いたげに眉間《みけん》に皺《しわ》を寄せる。

ここラングレー皇国は、世界の中でも非常に特殊《とくしゅ》な国だった。

死者や魔物が住まうとされる冥府と、この世界との境界線のすぐ内側に立地している。国の北側を覆う『魔の森』の向こうは冥府の深淵《しんえん》であり、立ち入ることはすなわち死を意味する。

ラングレー皇国の存在意義は、冥府と中央諸国の間のクッション国。

つまり冥府から湧き出る魔物が中央諸国に流れないように討伐し、無駄《むだ》に広い国土で瘴気を受け止め、身を挺《てい》して中央諸国――ひいては世界の安全を担保する国なのだ。

「ですから納得《なっとく》いただくために莫大《ばくだい》な結納金《ゆいのうきん》を用意して、粘《ねば》り強く交渉《こうしょう》したんじゃないですか。お金で聖女を手に入れられる機会なんて二度とありません。世界に大聖女がいない今、どの国でも聖女は至高の存在です。他国に流出させず、自国のために地位と名誉《めいよ》を与《あた》えて働いてもらうのが常識ですから。相手がベルハイム王国でなければ無理でした」

「当代のベルハイム王族が浪費家《ろうひか》だという話は事実だったのだな」

「ええ。実を言うと結納金だけ持ち逃《に》げされる可能性も危惧《きぐ》していたのですが、無事に到着《とうちゃく》されるようでほっとしています。もし騙《だま》されたとなったら我が国の損失は計り知れません」

「縁起《えんぎ》でもないことを言うな」

仮にも国と国の公的な約束なのだから反故《ほご》にできるはずがない。国家予算の何倍もの結納金を捻《ねん》出《しゅつ》して支払《しはら》いが済んでいる以上、この婚姻に失敗が許されないことはセオドアも重々認識《にんしき》している。

「その……いずれわかることなので先にお伝えしますが、アクアマリン姫も浪費家の血を受け継いでいる模様です。同じドレスは二回と着ず、クリームたっぷりの高級菓子《がし》を主食にしているような女性だとか」

アーノルドが少し申し訳なさそうにすると、セオドアは強めにこめかみを揉《も》んだ。

「納得して嫁《とつ》いでくるのならどのような女性でも構わない。我が国のために力を尽《つ》くしてくれるなら俺は妻として尊重するし、誠実な夫であり続ける」

「アクアマリン姫はまだ十七歳で少々わがままなところがおありかもしれませんけど、聖女の名にふさわしく心根はお優《やさ》しい方だと期待しましょう。お姿の美しさに陛下が一目惚《ひとめぼ》れする可能性もありますし」

「ご英断に感謝します」

アーノルドは深く腰《こし》を折った。

「幼馴染《おさななじみ》として陛下には幸せな結婚をしてほしいと思っているんです。

「あり得ない」

素っ気なく断じると、アーノルドはフフッと声を漏《も》らす。

「わたくしは心が広いので、もし陛下が鼻の下を伸《の》ばしていても見て見ぬふりをして差し上げます。……就寝《しゅうしん》前に思い出して笑うかもしれませんが」

「もう笑ってるだろう。ああもう、人のことをとやかく言う前におまえも早く身を固めろ。さっさと仕事に行け」

にやつくアーノルドを追い出したセオドアは、本日二回目のため息をつき、天井《てんじょう》を見つめた。

好意を寄せる女性がいたわけではないが、自分が今日から夫となることには強い違和《いわ》感があった。

正確には、ベルハイム側の強い希望でアクアマリン王女が出立《しゅったつ》した日に籍《せき》を入れているので、夫《ふう》婦《ふ》となってすでに一か月が経過しているのだが。

「民のために生きる。それが皇帝だ……」

皇族の結婚に自分の意思など無いに等しい。国と民の利になる選択《せんたく》をしたのだから、これで良かったのだ。

ラングレーは巨額《きょがく》の結納金をおさめ、ベルハイム側も納得済みで聖女を送り出した。そこにあるのは愛情ではなく義務であり、結婚後は互《たが》いの務めを果たしながら暮らしていくことになる。ビジネス的な関係のほうが気楽だ、とセオドアは自分に言い聞かせる。

「……父上と同じ失敗をしなければ、それでいい」

ぽつりと呟《つぶや》いて、机上の書類に目を戻《もど》した。

夕刻、ほどなく花嫁一行が到着すると知らせが入る。セオドアは正装に着替《きが》えて出迎《でむか》えに向かった。

皇城の正門前は一目花嫁を見ようと集まった国民で人だかりができていた。

馬車の窓からひょっこりと頭を出した花嫁は、ベール越《ご》しにきょろきょろと辺りを見回して、詰《つ》めかけた大勢の群衆に肝《きも》を潰《つぶ》したらしい。歓声《かんせい》を受けながら大きな門をくぐり、セオドアや政府高官らが出迎える車止めで馬車が停《と》まると、慌《あわ》てて降りようとする。

扉《とびら》を開け、身を屈《かが》めると、質の悪いレースのベールが馬車の天井に引っかかった。それに気がつかないまま花嫁は歩き出す。

次の瞬間《しゅんかん》、ベールと共に金色の髪までもがズルリと抜け落ちる。

……そう。抜け落ちたのだ。

「────!?」

その場が一瞬にして凍《こお》り付く。

見事な金髪の下から現れたのは、森の奥深《おくふか》くに生えている植物のように濃《こ》い緑色の髪。

事態に気がつかない誰かは緊張《きんちょう》した面持《おもも》ちで膝《ひざ》を折り、自分ではない名を口にする。

「ベルハイム王国第一王女、アクアマリンでございます。セオドア陛下に拝謁《はいえつ》いたします」

静かなどよめきが走る中、セオドアは額の青筋がぴくぴくと痙攣《けいれん》するのを感じていた。

「……そなたはアクアマリン王女ではないな。何者だ？」

彼の言葉に驚《おどろ》き、弾《はじ》かれたように顔を上げる花嫁。ごくりと唾《つば》を呑《の》み込《こ》んで声を上ずらせる。

「わたくしはアクアマリンでございます。なぜそうではないとお思いになるのですか？」

その問いかけに、セオドアは無言で後ろを指さした。

ルビーが振《ふ》り返ると、馬車の出入り口に金色の房《ふさ》が揺《ゆ》れている。

「ひ、ひえぇ……っっ⁉」

素《す》っ頓狂《とんきょう》な声を上げながら、彼女《かのじょ》はようやく周囲のざわめきの正体を理解した。

（やってしまったわ！　カツラがとれてしまった！　当然事前に絵姿はご覧になっているでしょうし、別人だとお思いになるのは当然だわ）

輿入れして三秒で大失態を犯《おか》してしまい、頭が真っ白になった。

そもそも八年間も幽閉《ゆうへい》されていたことでコミュニケーション能力は著《いちじる》しく低下している状態だ。とっさに上手《うま》い言い訳が思い浮かぶはずもなく、石畳《いしだたみ》に膝をついて頭を垂れた。

「……申し訳ございません。おっしゃる通りわたしはアクアマリンではございません。姉のルビーと申します」

「姉？　ベルハイム王国の王女は一人のはずですが」

怪訝《けげん》な表情のアーノルドが口を挟《はさ》むと、ルビーは観念したように事情を説明する。

「ここだけのお話に留《とど》めていただけると助かるのですが、わたしは死んだことになっているのです。お父さまによれば、それが国のためになるということで」

「死んだことに？　なぜ？」

「あれよという間に幽閉されましたので子細はわかりかねますが、恐《おそ》らくわたしの天星が原因かと。『毒使い』であることを懸《け》念《ねん》したのだと思います」

「毒使い……。聖女ではなく、ただの毒使いなのか……」

絶望に染まった声を漏らしたのはセオドアだった。表情は愕然《がくぜん》として青ざめている。

（もしかして、わたしはとんでもないことをしてしまったのかしら）

ここにきて、初めてルビーは事の重大さに気がつく。

ベルハイムへの恩返しのつもりで入れ替《か》わりを引き受けたものの、ラングレー皇国が莫大な結納金を払ってまで求めたのは『王女』ではなく『聖女』であったのだ。

セオドアとアーノルドは険しい表情でボソボソと言葉を交《か》わし、そしてひざまずいたままのルビーを見下ろした。

「大至急ベルハイムに確認《かくにん》を取ります。そのあいだ、ひとまずあなたには離宮《りきゅう》で過ごしていただきます」

「我が国が求めていたのは聖女だ。聖女でないならば、そなたは不要だ」

ルビーは地面についた手でぎゅっと砂を握《にぎ》りしめる。

二人の声色《こわいろ》と面持ちから深い失望が伝わってきて、身体が鉛《なまり》のように重く感じられた。

「……もちろんでございます」

深々と叩頭《こうとう》して、そして顔を上げると。

そこにはもう、夫の姿はなくなっていたのだった。

2

案内された離宮は皇城敷地《しきち》の北端《ほくたん》に位置していた。

本城からは歩いて三十分と離《はな》れており、周囲に主だった建物は無い。

すぐそばに広がる森が『魔の森』に続いているということを知る案内の騎士は、ルビーらを送り届けると、そそくさと持ち場へ戻っていった。

「コテージハウスのようで素敵ね。さっそく入ってみましょうか」

ルビーはどきどきしながら木製のドアに鍵《かぎ》を差し込んだ。

室内はうらぶれて埃《ほこり》っぽさが感じられたが、これまで暮らしてきた塔《とう》よりもはるかに清潔だ。広々としたリビングにクローゼットのある寝室、使用人の部屋に厨房《ちゅうぼう》と、こぢんまりとしているが必要なものはすべて揃《そろ》っていた。

ルビーはすぐにこの離宮が大好きになった。

「ここが新しいお家《うち》みたいよ。あなたたちも長旅お疲《つか》れさま」

「チチィ〜ッ！」

ベルハイムから連れてきたポイズンラットたちがリビングを駆《か》け回る。

ルビーの世話をするようにとあてがわれた二人のメイドがヒィッと悲鳴を上げた。

「わっ、わたくしはお食事の準備をしてまいります！」

「わたくしはお荷物の荷ほどきを！」

ばたばたと走り去る姿を見て、ルビーは首をかしげた。

「あまり動物が好きではないのかしら。驚かせてしまって悪いことをしたわ」

メイドたちが活動している間は巣穴にいてもらったほうがよさそうだ。

ポイズンラットに大至急巣穴を整えるように言い含《ふく》め、彼女は改めて室内を見渡《みわた》した。

塔のカビ臭《くさ》い石壁《いしかべ》ではなく、白亜《はくあ》の壁と木材を組み合わせた空間は温《ぬく》もりが感じられ、冬場でも凍《こご》える心配はなさそうだ。

蜘蛛の巣が張った格子《こうし》付きの窓ではなく、額縁《がくぶち》のように華《はな》やかなフレームに嵌《は》められた大きな窓は、いつでも開放して新鮮《しんせん》な空気を取り込むことができる。

空は鈍《にぶ》い灰色で混沌《こんとん》としているけれど、世界の気配を感じられなかった塔よりずっと気分がいい。

「……そのうちベルハイムに送り返されてしまうかもしれないけど、それまではここでの暮らしを大切にしましょう。また塔に戻ることになったら、次はいつ出られるかわからないもの」

今後の処遇《しょぐう》が気にならないといえば嘘《うそ》になる。

しかしそれ以上に、ルビーは目の前に広がっている新しい世界が眩《まぶ》しくてたまらなかった。

3

ふわふわの毛布に、窓から差し込む柔《やわ》らかな光。鼻腔《びくう》とお腹《なか》を刺激《しげき》する優しいブイヨンの香《かお》り。

ぱちりと目を覚ましたルビーは、一瞬自分がどこにいるのかわからなかった。

「……そうだわ。ラングレー皇国に嫁いできたんだった」

真っ白な寝具から身体を起こし、着替えてリビングに向かう。メイドが朝食の準備をしているところだった。

主人の姿に気づいたメイドは慌てて手を止める。

「お着替えをお手伝いできず失礼しました。おはようございます」

「手伝ってもらわなくても着られるわ。だってこれ、頭からかぶるだけだもの。簡単でいいでしょう？」

ルビーはとても王女とは思えない綿の質素なワンピースを着ていた。メイドはもの言いたげに口を開いたが、すぐに閉じた。

「食事の支度《したく》をありがとう。素敵なお家にご飯までいただけるなんてセオドア陛下は寛大《かんだい》なお方ね。えっと、あなたのお名前を教えてくれる？」

「エマと申します」

「エマね。あら？　昨日はもう一人いたと思ったのだけど」

赤毛を三つ編みにしたエマと、もう一人茶髪で長身のメイドがいたはずだと周囲を見回すが、姿はない。

「……彼女は別の部署に配置換《が》えになりました。ルビー様のお世話はわたくしがさせていただきます」

「ずいぶん急なのね。まあいいわ。エマ、これからよろしくね！」

「精一杯務めさせていただきます」

昨日までの城内では、アクアマリン王女のお世話係は一番人気だった。王女に気に入られて取り立てられれば、一気に出世することができる。

しかし実際に嫁いできたのは偽者だと判明し、あっという間に希望者はいなくなった。逃げ遅《おく》れて役目を押し付けられたのがこの二人だったという顛末《てんまつ》である。

ただでさえ偽者王女に仕えるなんてハズレの役割なのだ。そのうえポイズンラットなどという得体の知れない動物までいるのだから、モチベーションの低いメイドが逃げ出すのも無理のないことだった。

残ったエマとて好きでここにいるわけではない。人員が減ったことにより僅《わず》かながら給与《きゅうよ》が上がったので、実家に仕送りする分が増えると思って我慢《がまん》しているだけだった。

エマが並べた朝食はルビーにとってごちそうだった。目を輝《かがや》かせながら次々と口に運んでいく。

「このパン、真綿のように柔らかいのね！　お芋《いも》を蒸《む》したやつもすごく美味《おい》しいわ。えっ、まだスープもある？　まるでパーティーじゃないの。悪いわねえ！」

「………」

エマは至極複雑な心境だった。

この朝食はラングレー皇国基準では標準的な内容だけれど、外国からの賓客《ひんきゃく》には大不評なのだ。

エマは外国に行ったことがないから直接見聞きしたわけではないものの、よその王族はもっと豪《ごう》華《か》な朝食をとるということは知っている。中央諸国から来る使者などわざわざ食材を持参しコックまで帯同させ、この国の食べ物には一切《いっさい》手を付けない始末なのだから。

「ラングレーは瘴気に覆われ土地も痩《や》せておりますので、このホッフェン芋くらいしか安定して穫《と》れないのです。三食に必ず入りますので、すぐお飽《あ》きになると存じます」

この偽者王女は、ただ物珍《ものめずら》しく思っているだけだ。どうせすぐに不満を漏らすようになる。

そんな気持ちを抱《いだ》いていたからか、ちょっと意地悪な物言いになってしまったとエマははっとする。

けれども、ルビーは特に気分を害していなかった。

「そうなの。でも、草よりずっと噛《か》み応《ごた》えも栄養もあるから十分よ。飽きるだなんて贅沢《ぜいたく》なことにはならないわ」

草……？　とエマは不思議に思ったが、王族のジョークだろうと受け流した。

「さあエマも一緒《いっしょ》に食べましょう。温かいというだけで抜群に美味しく感じるわよ！」

「わたくしはメイドですので、ルビー様と食卓《しょくたく》を共にはいたしません」

「このお家にはわたしとあなたしかいないのだから気にしなくって大丈夫《だいじょうぶ》よ。それとも、もう食事は済ませちゃった？」

「いえ、まだですが……」

というよりエマは経済的事情から朝食は抜いていた。昼食と夕食の一日二食で日々生活している。

実を言うと、さっきから小さくお腹が鳴りっぱなしなのだ。ルビーに気づかれまいと必死で腹筋に力を込めている。

「じゃあちょうどいいじゃない！　あなた一人で仕事も大変だろうし、これから朝食は一緒に食べましょう」

「で、ですが……」

「わたしはいつまでここにいられるかわからないもの。食事がてら、いろいろラングレー皇国の話を聞かせてもらえない？」

渋《しぶ》るエマの手を引いて、ルビーは自分の向かい側に座《すわ》らせた。

「それに、こんなにたくさんは食べられないわ。朝食だけで一日分の食料を支給いただけるなんて、セオドア陛下は太っ腹なのね」

いたって普通《ふつう》の一人前だと思いますが……。とは言えなかった。

さきほどの「草より十分に贅沢」発言といい、エマは新しい主人の言動に引っかかりを感じていた。

到着の場に居合わせた同僚《どうりょう》から聞いた、祖国で幽閉されていたという話は事実なのだろうか？

そのメイドは「陛下の気を引く嘘に決まっている」と言っていたけれど、なんの確証もないものの、エマにはそうは思えなかった。

考え込んでいるうちにエマの前には皿が並べられ、食事が取り分けられていく。

「さっ、いただきましょう！　ああ、パンがふわふわで幸せ……」

目を細めて頬を押さえるルビー。

そんな主《あるじ》に戸惑《とまど》いながらも、エマはそっと蒸し芋に手を伸ばしたのだった。


朝食を終えると、ルビーは離宮の周辺を散策してみることにした。

塔で暮らしていたときは外出が禁じられていたが、ここではそういった決まりはないという。

「自由にお外に出ていいなんて、セオドア陛下はやっぱりすごく親切ね！」

エマも誘《さそ》おうとしたものの仕事が忙《いそが》しそうなので控《ひか》えた。代わりにポイズンラットを一匹《ぴき》連れて離宮を出る。

「昨日はそれどころじゃなくて気がつかなかったけど、昼間なのに夕方みたいな空の色をしているのね」

早朝は少しだけ日が差していたけれど、今はもう薄暗《うすぐら》い。空は継ぎ目のない灰色の雲に覆われて、不気味な雰囲気《ふんいき》を醸《かも》し出している。

「そういえば、アクアマリンがくれた手紙には瘴気のせいで空は濁《にご》っていると書いてあったわね。まあでも、ずっと暗い塔にいたからこれくらいが目に優しくていいかも。道中は眩しくて仕方がなかったもの」

ラングレー入りするまでの移動中は、とにかく外の日差しが強く感じられて戸惑った。慣れるまではこれぐらい曇っているほうが身体への負担が軽そうだわとルビーは喜ぶ。

離宮の周辺には特にこれといったものがなかったので、建物の裏手北側に広がる森まで足を延ばすことにした。

「自由に散歩ができるなんて、未《いま》だに信じられない気持ちだわ」

さくさくと小気味よく草を踏《ふ》みしめながら懐《なつ》かしい気持ちになる。

幼いころは母や妹と花冠《はなかんむり》を作って遊んだ記憶《きおく》がある。四季折々の花樹が百花繚乱《ひゃっかりょうらん》する王城庭園は、大好きな場所の一つだった。

しかし自分が毒使いだと判明してからは、壁の隙間からポイズンラットが運んできてくれる一輪の花とその甘《あま》い香りだけが、外の素晴《すば》らしい風景を思い起こすものとなった。

「チチッ！　チチチチッ！」

足元を走るポイズンラットが高く鳴いて森へ駆け込んでいく。

蝶《ちょう》を追いかけまわしたり、木の皮に身体を擦《こす》り付けたりと、忙しく遊んでいる。

「ふふっ。あなたも嬉《うれ》しいのね、マイケル！」

このポイズンラットのマイケルは、幽閉されたルビーと最初に眷属《けんぞく》の契約《けいやく》を結んだ親友だ。この八年間、ルビーとマイケルはいつだって一緒だった。

ベルハイムとは異なる植生の花や草を眺《なが》めながら、のんびり森の奥へ進んでいく。

そうやって歩いているうちに、だんだんと周囲が鬱蒼《うっそう》として暗くなり、生えている植物の様子が変化していることに気がついた。

真っ黒な蔦《つた》や見たこともない奇妙《きみょう》なきのこが生え、毒々しい色の花が咲《さ》き誇《ほこ》る。マイケルをからかうように舞《ま》っていた黄色い蝶は姿を消し、手足が異様に長い蜘蛛が枝から垂れ下がっている。

「……なんだか別世界に来たみたい。どれもこれも特有の毒を持っているわよ」

毒使いであるルビーは対象物が有毒かそうでないかを感覚的に判別できた。

もっとも、この天星を使ったことはほとんどなかったから、彼女自身も未知なところが多い。

有毒植物・動物の森は、ルビーにとって脅威《きょうい》ではなかった。ジャングルのように少し蒸し蒸しとした空気ではあるが、居心地《いごこち》は悪くない。

「静かでいい場所ね。……あら、奥にあるのは池かしら？」

木々が開けた場所に小さな池を発見した。

ウキウキしながら駆け寄ろうとすると、上空から激しい鳥の鳴き声が聞こえた。

「ギャギャギャギャギャッ！」

「キュウッ!?　キュイ～ン‼」

バサバサバサッという激しい羽音。もつれあう二羽のまわりには抜け落ちた羽が舞っている。

「まあ、喧嘩《けんか》かしら」

はらはらしながら鳥たちの戦いの様子を見守っていると、勝負に負けたらしい一羽が力なく地面に落下し始めた。

「あっ！　危ない！」

黒い鳥は真っさかさまに落下し、水しぶきを立てて池に着水した。

ルビーは慌てて池のほとりに駆けつけるが、水面には何も浮いてこない。それどころか池の水は真っ黒に濁っていて、毒に汚染《おせん》されているようだった。

「早く助けないと毒にやられちゃう！　でもどうやって見つけたら……っ」

「チチィッ！　チィ～ッ‼」

「えっ？　どうしたのマイケル」

ポイズンラットのマイケルが何かを訴えていた。前足でガジガジと池の淵《ふち》を掘《ほ》ったり、その場でくるくると回ったりしている。

「この池を綺麗《きれい》にすればいいってこと？　毒を浄化《じょうか》すれば鳥さんの沈《しず》んでいる場所がわかるって？」

確かにこの濁りが透明《とうめい》になれば、黒い鳥は目立つからすぐにわかるだろう。

でも、聖女でもない自分に毒を浄化するなんてできない。

毒使いの自分にできることは毒の使役《しえき》だけのはず。それすらも方法がわからないというのに……。

「――ええい！　考えていてもわからないわ！　でもこの池が毒だというのなら、どうにか鳥さんを助けてっ！」

ルビーは両手を固く組んで、強く願った。

すると脳裏《のうり》に不思議な呪文《じゅもん》が浮かび上がる。

彼女は本能的にその呪文を口にした。

「ルビー・ローズ・デルファイアの名に於《お》いて命ず。孤独《こどく》な池よ、我が猛毒《もうどく》をもってその濁りを晴らせ！」

詠唱《えいしょう》と同時にルビーの両手から黒いモヤが飛び出していく。それはぐんぐんと目の前の池に吸収されていき、そして竜巻《たつまき》をつくりながら空に向かって高く伸びていく。

「ひゃあっ！　なにこれ？　いったい何が起こっているの⁉」

瞠目《どうもく》するルビーの目の前で、真っ黒だった池はどんどん透明度を取り戻していく。まるで天に昇《のぼ》る竜巻が毒を吸い込み浄化しているような光景だった。

ものの十秒ほどで竜巻は消え去り、あとには澄《す》みきった池が残されていた。

「すごい！　透明になったわ！　ねえマイケル見てた？　自分じゃないみたいだったけど、もしかしてこれが毒使いの力なのかしら⁉」

「チチッ！　チュウッ！」

「ああ、そうだったわね！　急いで鳥さんを助けないと！」

幸い池はあまり深くなく、手前のほうに鳥が沈んでいるのが見えた。ルビーはじゃぶじゃぶと池に入り、傷ついた黒い鳥を拾い上げる。

体幹から青い血が滲《にじ》んでいたが、胸を押すとぴくりと動いた。

「まだ生きてるわ！　すぐに帰って手当てしましょう！」

ルビーとマイケルは急いで離宮に戻り、手当てを施《ほどこ》した。

毛布を敷《し》き詰めて作った簡易的なねぐらの中に寝《ね》かせると、鳥はすぐ毛布の隙間《すきま》に潜《もぐ》り込んだ。

「助けられたみたいでよかったわ。この子、まだ赤ちゃんだもの」

小烏《こがらす》ほどの身体の大きさではあるが、ほわほわとした特徴《とくちょう》的な体毛はまだ雛《ひな》であることを表していた。上空でのいざこざは喧嘩ではなく、捕食《ほしょく》されかかっていたのかもしれない。

「ここでゆっくり休んでね。お昼になったらご飯を分けてあげる」

そっと雛の柔らかい体毛を撫《な》でる。柔らかくて温かくて……すごく可愛《かわい》い。

新しい家族が増えた気がして、ルビーは心の奥がじわりと温かくなった。


数日もすると雛は怪我《けが》から回復し、よたよたと床《ゆか》を歩いてマイケルと遊べるようになっていた。

けれども、外に出るのは不安なようで、決して離宮を出ようとしなかった。

寝るときは毛布のねぐらではなく、ルビーのベッドに入り込んでくることもあった。

「わたしを母親だと思っているのかしら？　それとも……」

感覚を研《と》ぎ澄ませてみると、雛からは『ルビーの眷属になりたい』という意志が感じられた。

すっかり雛に夢中になっていたルビーに断る理由はない。

彼女は黒い雛にブラッキーという名前を与え、自分の友人として迎え入れることにしたのだった。

4

ルビーが妹の代わりに嫁入りしてから十日が経《た》った。

この間セオドアは一度も離宮を訪《おとず》れなかった。一応は妻である状態だが、完全に放置である。「偽者王女は皇帝陛下の怒《いか》りを買っている」というのが城内の共通認識だったが、当のルビー本人は何一つ気にしていなかった。

離宮には今日も朗《ほが》らかな声が響《ひび》く。

「おはようエマ！　今日もいい感じに曇っていて過ごしやすいわね。朝食の準備をありがとう」

「おはようございます、ルビー様。ポイズンラット様とブラッキー様のお食事も調《ととの》っております」

「わたしがやるからいいのに。でも助かるわ、ありがとう」

食卓にはルビーとエマの食事が、床には眷属たちの食事が用意されている。今日も相変わらずパンと芋とスープというラングレーお馴染《なじ》みのメニューだ。

「キュイィ〜ン……」

食事を見て小さく鳴いたのはブラッキーだ。口をつけず、細い首を倒《たお》してうなだれている。

「どうしたのブラッキー。食欲がないの？　どこか調子が悪い？」

「キュゥン」

首を横に振るブラッキー。

横で芋にかぶりつくマイケルが彼の異変に気がつき、何やら二匹で話し込み始めた。

「……チチッ。チッ、チチイッ！」

「えっ？　食事が毎日同じでつらい？　お芋はもう食べたくないって？」

マイケルの通訳でルビーはブラッキーの主張を把握《はあく》した。

ルビーは眷属の言葉が理解できるが、ブラッキーは新入りで赤ちゃんのため、何が言いたいのかわからないことも多い。円滑《えんかつ》なコミュニケーションのためにマイケルが間に立っているのだ。

「ブラッキー、贅沢を言ってはいけないわ。わたしたちは居候《いそうろう》させてもらってる身だもの。満腹になれて栄養もあるのだから、これ以上ありがたいことはないのよ」

「キュウ。キューン……」

「チチィ、チッチッ。チ～ッ」

「ブラッキーは今まで果実やお肉を食べてたって？　お芋は食べる習慣がなかったから食が進まない？」

よく話を聞いてみると、ブラッキーは単にわがままを言っているのではなく、食べ慣れないものばかりが出るので食が進まないということだった。

そうなると少し可哀想《かわいそう》な話ではある。確かに鳥が芋を食べるイメージはあまりない。

「……ねえエマ。ブラッキーのために少量でいいのだけど、果物やお肉をいただくことってできる？」

訊《たず》ねると、エマはすまなそうに眉を下げた。

「申し訳ございません。わたくしは以前厨房にいたので状況がわかるのですが、ラングレーにおいて果物や肉は非常に高価です。皇族の皆様《みなさま》ですらなかなか口にできないので、ブラッキー様用にいただくことは難しいと思います」

「そうなの……。わがままを言ったみたいでごめんなさい。ラングレーは農作物があまり育たないのだったわね」

「はい。冥府から流れてくる瘴気に当てられておりますので、土も質が悪いのです。家畜《かちく》が育たないわけではないのですが、餌《えさ》となる牧草自体も量がないため、生産量は限られています」

――『瘴気』。この国に来てからも何度か耳にした言葉だ。

エマいわく、空が濁って暗いのも瘴気のせいだし、冥府から湧き出る魔物が勢いづくのも瘴気のせいだという。

農作物もこのホッフェン芋や、味は落ちるがより安価なバイフェン芋くらいしかまともに育たないので、多くの食材は輸入するしかないらしい。鮮度《せんど》を保つ必要のある生肉や生野菜は特に高価だという。

「こちらのスープに入っている野菜も、庶民《しょみん》の一年分の給金を出して購入《こうにゅう》していると聞いています。一般《いっぱん》の国民は普段バイフェン芋しか食べられません」

「そんなに厳しい状況とは知らなくて、呑気《のんき》なお願いをしてしまったわ。どうか許してね」

「わたくしこそ出過ぎたことを申しました。申し訳ございません」

いつもより神妙な気持ちで朝食を終えたルビーは、さっそく離宮の外に出る。

空を見上げると、やっぱり今日も混沌として濁っていた。

長らく幽閉されていたからか、自分にとってこの薄暗さは心地よく感じられるけど、他の人はそうではないみたいだ。

「ブラッキーの食料問題を解決しなきゃいけないわね。いただくことは難しいから、自分で育てられたらいいんだけど……」

肉の調達は難しいが、果実ならなんとかできないだろうか？　離宮には雑草がぽつぽつと生えているだけの中庭があるから、耕せば畑を作ることはできそうだ。

「瘴気のせいで土が痩せていて、作物が育たないのが問題ということよね……」

つまり、土の状態を改善できればいいということだが――。

ルビーは考え込みながら、何の気なしに地面に手を触《ふ》れた。

「……あらっ？　この土、わずかに毒を含んでいるわ」

手のひらから伝わってくる本能的な感覚が、彼女にそれを知らせていた。

さらに感覚を研ぎ澄ませていくと、どうやらその毒の出どころは空気全体に充満《じゅうまん》していることがわかった。

「もしかして、この瘴気っていうのは有毒ガスみたいなものなのかしら。それが染《し》み込んでいるせいで土が痩せていた？」

矛盾《むじゅん》は思い浮かばなかった。

この考えが合っているとしたら、毒使いの力でどうにかできるかもしれない。

このあいだ森の池を解毒《げどく》できたし、やってみる価値はあるとルビーは決意する。

祈《いの》るように両手を組み合わせて目をつむり、意識を集中させる。

（この毒された土地を助けたいの。ブラッキーをお腹いっぱいにさせてあげたい。どうかお願いします……！）

すると、あの日のように頭の中に呪文が浮かび上がった。

ルビーは噛みしめるようにその言葉を声に乗せる。

「ルビー・ローズ・デルファイアの名に於いて命ず。苦悶《くもん》の大地よ、我が猛毒をもって穢《けが》れを晴らせ！」

詠唱と同時にルビーの身体から黒いモヤが立ち昇る。それはみるみる離宮の中庭を覆っていき、そして竜巻のように天に向かって昇華《しょうか》されていく。

風が凪《な》いだあとの大地は見た目こそ変わらなかったが、手を触れてみると完全に解毒されていた。

「やった！　できたわ！　この辺り一帯の瘴気も晴れたみたい。ベルハイムと同じ空気の味がするわ！」

胸を弾《はず》ませながら確認すると、離宮の敷地内は完全に正常化されていた。土はたっぷりと栄養を取り戻し、空気も爽《さわ》やかで透《す》きとおっている。

これまで空気の味など気にして生きてこなかっただけに、こうして意識してみると毒がないだけでずいぶん違《ちが》う。

「それにしても、あの呪文の『我が猛毒をもって……』ってなんなのかしら。池の時も同じ言葉があったように思うけど」

結果的に毒を消しているのだから、猛毒という単語が出るのは変だと思った。

少し考えてみたがわからないので、ブラッキーの食料問題に頭を戻す。

「ここに畑を作りましょう！　土を耕して種をまけばいいのよね？　エマならやり方を知っている

かしら？」

ルビーはさっそくエマに種の手配と農耕の手ほどきをお願いした。

「そんなことをなさっても土が悪いから育ちませんよ」と眉をひそめるエマは、ルビーがいくら「毒を除いたから大丈夫よ！」と言っても信じなかった。変わり者の偽者王女がまた変なことを言っているのだろうと相手にしなかったのである。

だから種をまいて一週間後——耕した大地から鮮《あざ》やかな緑が芽吹《めぶ》いたとき、エマは自分の目を疑ったのだった。

5

ラングレー皇国皇帝・セオドア・レオナール・ラングレーは、今日も重たい頭を抱《かか》えていた。

昼下がりの執務室。机に向かうセオドアの傍《かたわ》らで書類を整理するアーノルドがふと顔を上げる。

「そういえば陛下。いつまでルビー殿下《でんか》を放置なさるおつもりですか？　ベルハイム側が引き取りを拒否《きょひ》している以上あなたの奥様なのです。夫としてそれ相応の接遇《せつぐう》をしないと後々まずいことになるのでは？」

およそ三週間前に嫁入りしてきたその娘《むすめ》は、ラングレーが望んだ聖女アクアマリン姫ではなかった。自分はアクアマリンの姉でルビーだと名乗ったことから牢《ろう》に入れるわけにもいかず、ひとまず本城から一番遠い離宮に隔離《かくり》している。

セオドアとアーノルドが様々なルートから調査を行ったところ、ルビー王女の主張はどうやら事実だということが判明した。

当初ベルハイム側は入れ替わりを否定していたものの、最後にはしぶしぶ事実だと認めた。

けれどもすでに入籍《にゅうせき》は済んでいるし、結納金も使い果たしたあとだから、引き取りは拒否すると開き直って主張した。

「ルビーはすでに嫁入りした身。不要であれば貴国から追い出せばよい」「入籍前に直接花嫁を確認に来なかったラングレーにも非がある」と、ベルハイム国王はラングレーの使者を突《つ》き放したのである。

到底《とうてい》承服できないラングレー側は抗議《こうぎ》したものの、ルビーとアクアマリンの戸籍《こせき》は巧妙《こうみょう》に改竄《かいざん》されていた。書類上の不備がないため法的に罪を問うことが難しく、事実上の泣き寝入りとなった。

死んだはずの娘が実は生きていて、身代わりで嫁いでくるなど、用意周到なアーノルドでさえ予測できなかったことだ。

結局、『年に一日だけ聖女としてアクアマリン王女を派遣する。ただし稼働《かどう》時間は一時間内に留めるように』というなけなしの再契約しか取り付けられなかった。

いくら聖女といえど年に一度の一時間では大した働きは見込めない。せいぜい病人を数人救うのがいいところだろう。

「ここまでひどい国だとはな。舐《な》められたものだ。今すぐ攻《せ》め入って滅《ほろ》ぼしてやろうか？」

「いいですね。このごろ運動不足でしたから、ペンではなく剣《けん》を持つのもやぶさかではありません」

二人は不穏《ふおん》な軽口を叩き合う。

対ベルハイム王国の事案はひとまず結論が出たのだが、ルビー王女の処遇が宙に浮いている。

「……話を戻しますが、ルビー殿下はどうしましょう。なんでもベルハイムから連れてきた鼠《ねずみ》と一緒に住んでいるらしいですよ。ことごとくメイドが逃げ出してしまい、今は平民出身の者が一名残っているだけだそうです」

「鼠は知らんが、離縁《りえん》一択《たく》に決まっているだろう」

セオドアは表情を変えずに淡々《たんたん》と述べる。

「聖女ではなかったのだから、俺の妻になる理由がない。狭い離宮に押し込められて、宝石やドレスも与えられず、食事もベルハイムと違って粗末《そまつ》なのだから、じきに音をあげて離縁を申し出てくるだろう」

「ご自分から告げずに王女から申し出るのを待っているのですか？　とんだチキン野郎《やろう》ですね」

セオドアはじろりとアーノルドをねめつけるが、彼はどこ吹く風といった顔だ。

言い合う気力が勿体《もったい》ないと判断したセオドアは諦《あきら》めまじりに言い捨てる。

「いいか、よく考えろ。相手は普通の令嬢《れいじょう》ではない。あのベルハイムの王女だぞ？　離縁を持ちかけたら最後、今度は莫大な慰謝料《いしゃりょう》を請求《せいきゅう》されるかもしれない。我が国にそんな金はもうない」

「ああ……。無理して結納金を捻出しましたからね。もう一度騙されでもしたら国家は破産します」

国の命運をかけた聖女娶《めと》り作戦は、最悪の形で終わってしまった。

先行投資した結納金の補填《ほてん》として、セオドアは自身の生活予算を削《けず》り、国民にしわ寄せがいかないように苦心しているところだった。

「まったく。ベルハイムしかり中央諸国しかり、もっと我が国を大切にしてほしいですね。誰のおかげで瘴気や魔物から守られていると思っているのだか」

憤《いきどお》るアーノルドに対してセオドアは悟《さと》りを開いた表情である。

「父上も苦労していたからな。ラングレーが身を削れば削るほどやつらの平和な生活が続くのだ。こちらの苦労は伝わらなかろう」

「理不尽《りふじん》ですよ。陛下にも幸せになっていただきたいのに」

「それは別にいい。此度《こたび》の件で金の他にただ一つ残念だったことは、民の生活を楽にしてやれなかったことだ」

セオドアの運命は、ラングレーの皇子として生まれた時から決まっていた。

『我が国は世界の均衡《きんこう》を保つ名誉ある国だ。その誇りを忘れずに励《はげ》むのだぞ』父帝からはそう教わってきたが、いざ政務に携《たずさ》わるようになると実態はまったく違った。

ラングレーが役割を果たせば果たすほど世界は平和になり、諸国は感謝を忘れるようになった。支援金を減額するだの、小さいゴブリンが一匹侵入《しんにゅう》してきて驚いた住民が転んで怪我をした、どうしてくれるんだ！　だの、傍若無人《ぼうじゃくぶじん》な振る舞いをするようになった。

「こっちは連日湧き出る魔物の討伐で死者が出てるんだ。ゴブリンの幼体に驚いて転倒するなんて可愛いものだろう」

はあ、とセオドアは大きなため息をこぼす。

冥府から湧き続ける魔物すべてを狩《か》ることは不可能だから、近隣国《きんりんこく》へ流れ出た魔物は各々《おのおの》の国で対処することになっている。国際法でそういう決まりになっているのだから、いちいち筋違いなクレームを入れてこないでほしい。

「王女のことは放っておけ。それより優先度の高い仕事が山積みだ」

「陛下、顔色が悪いですね。疲れが溜《た》まっているのでは？」

「平気だ。聖女が確保できなかった以上、俺がそのぶん働いて取り返さねば」

「……あなたが皇帝でよかったです。わたくしもお付き合いしますよ」

「……好きにしろ」

口ではつれない返事をしたものの。

聖女は来なかったが、なんだかんだ自分のそばには信頼《しんらい》のおける臣下がいる。

それが若き皇帝の唯一《ゆいいつ》の救いだった。

幕間《まくあい》　使用人エマ・ブリジットの憂鬱《ゆううつ》

人生はいつだって不平等だ。

悪いことの後には必ず良いことが訪《おとず》れると言うけれど、それも嘘《うそ》だ。大嘘だ。

エマはエールのジョッキを強く握《にぎ》りしめながら、自分がこの国でもっともツイていない十七歳《さい》だと確信していた。

「こんなはずじゃなかったのに、また無職に逆戻《ぎゃくもど》りだわ。どうしてあたしばっかりこんな目に……」

昼食のピークを過ぎた皇城の食堂は人もまばら。なけなしの給金で注文した安酒相手にくだを巻いていると、目の前の椅子《いす》に誰《だれ》かが腰《こし》を下ろした。

「昼間っから酔《よ》っ払《ぱら》いがいると思ったら、器用貧乏《びんぼう》のエマじゃないか」

よく響《ひび》く少し高い声。はっとして顔を上げると、元同僚《どうりょう》のいけすかない青年がにやにやとして頬《ほお》杖《づえ》をついていた。

「うわっ、やっぱりアデルだわ。さてはあたしをからかいに来たのね？」

警戒心《けいかいしん》を露《あら》わにすると、アデルはいたずらっ子のようにグリーンの瞳《ひとみ》をきらめかせた。

「まさか。幼馴染《おさななじみ》兼元同僚《けん》のよしみで話を聞いてあげようと思ってさ」

しかしアデルはコックシャツのままで、どこからどう見ても勤務中である。エマは胡乱《うろん》な目でぴしゃりと言い放つ。

「サボりがばれて料理長に叱《しか》られても知らないわよ。あんたが唐揚《からあ》げになって食卓《しょくたく》に並んでも、あたしは遠慮《えんりょ》なくかぶりつける自信があるわ」

「さすが七人きょうだいの長女だね。自分もサボっているくせに肝《きも》っ玉だけは据《す》わっている」

「えーっと、肉切り包丁はどこにあったかしら」

迷わず席を立ったエマに、アデルは「ごめんごめん、言い過ぎた！　冗談《じょうだん》だから！」と慌《あわ》てて彼《かの》女《じょ》の腕《うで》を引いて椅子に座《すわ》らせる。

「ほんとにエマのことが気掛《きが》かりだったんだ。アクアマリン王女の世話係に選ばれたまでは良かったけど、結局偽者《にせもの》だったんだろ？　しかも他のメイドは全員逃《に》げ出したって聞いたぞ。大丈夫《だいじょうぶ》なのか？」

アデルが少し声を潜《ひそ》めたのは、これが箝口令《かんこうれい》の敷《し》かれた情報だからだ。

エマは唇《くちびる》を尖《とが》らせる。

「ルビー様は悪いお方ではないわ。無茶な仕事を押《お》し付けられているわけでもないし、気分の波とは無縁《むえん》のお方よ。だけど……」

そこまで言うと一気にエールをあおる。残っていた分をあっという間に飲み干すと、くわっと目を見開いた。

「――あたしがお仕えしたかったのは本物の王女様なの！　うちの両親ったらまた子どもをつくったのよ⁉　八人目よ八人目！　今でさえゴリゴリの大貧乏なのに信じられない！　どうやってやりくりするつもりなのって問いただしたら、母さんってば何て答えたと思う⁉　『エマちゃん追加の仕送りよろしくね』だって！　ふざけるなっての！」

ダンッ‼　と音を立ててジョッキをテーブルに置く。顔が真っ赤になっているのは、酔いが回っているだけではないだろう。

幼馴染のアデルはブリジット家の事情をよく知っていたから、一切悪気《いっさい》のないエマの母親の顔をありありと脳裏《のうり》に浮《う》かべることができた。心底気の毒そうな表情で慰《なぐさ》める。

「エマの両親は楽天家だからなぁ。オレの心配性《しんぱいしょう》な両親に爪《つめ》の垢《あか》を煎《せん》じて飲ませてやりたいよ」

「両親の割を食うのは妹や弟たちなんだもの。学校には通わせてあげたいし、食べるに困ったら可哀想《かわいそう》だわ。だから稼《かせ》がなきゃいけないのに……！」

エマは幼いころから奔放《ほんぽう》な両親に代わって弟妹《ていまい》たちの面倒《めんどう》を見てきた。

自分が学校に通うことは諦《あきら》め、奉公《ほうこう》に出て家族のために収入を得ていたのだが、エマはとかく仕事運が無かった。

「一軒《けん》目は平民街の仕立屋だったか？　次が確か左官屋の事務で、その次は――」

「芋《いも》問屋よ。そこも潰《つぶ》れたから、あんたの紹介《しょうかい》で皇城の厨房《ちゅうぼう》に来たってわけ」

仕立屋時代は、自分より後から入った大商家の娘《むすめ》に「汚《きたな》い貧乏人」といじめられ、面子《メンツ》を気にする店主によって半ば無理やり解雇《かいこ》された。

次の左官屋は中高年男性だらけの職場で、熱を出した弟妹の看病のために早退を申し出たところ、「やる気のない奴《やつ》はいらん。明日からもう来るな」とクビになった。

時給は低いがシフトの融通《ゆうずう》の利《き》く芋問屋は不況《ふきょう》で潰れ、途方《とほう》に暮れていたところ、先に皇城で働いていたアデルが助け舟《ぶね》を出してくれたというわけだった。

まさに流浪《るろう》の人生を歩んできた。

「エマはどこでだって一生懸命《いっしょうけんめい》働いてたのにな。可哀想なくらい雇《やと》い主に恵《めぐ》まれないよな」

「ううっ。今まで運が悪かったのは、アクアマリン王女のメイドになるための試練だと思ったのに……」

またしてもハズレくじを引いてしまったエマが、やけ酒に走るのも無理はなかった。

「ルビー様がベルハイムに送還《そうかん》されるのも時間の問題だわ。早く次の職場を探さないと」

「厨房に戻れたらまだ良かったけど、もう人手は補充《ほじゅう》しちゃったからなぁ。ルビー様に仕事を紹介してもらうことはできないのか？」

「無理よ」

エマは血走った目で言い切った。

「ルビー様に王族としてのコネは皆無《かいむ》だもの。毎日あたしたちと同じ綿のワンピースを着て農作業に精を出し、有毒動物を飼い馴らしているくらいなのよ？　輿入《こしい》れだっていうのに全然お持ち物がなかったのも変だし、いかにも訳ありの王女様だわ」

ルビー王女は悪い人ではない。確かにエマはそう思う。

食事を分けてくれるし、疲《つか》れてはいないかと気遣《きづか》ってくれるし、この国のことを質問してはエマの話に目を輝《かがや》かせる。ペットの鳥に貴重な肉をあげたいと言い出したときは呑気《のんき》さに少し苛《いら》ついてしまったが、それは他国の王族からしたらむしろ普通《ふつう》の感覚なのだろう。

いずれにしろ、一生自分の面倒を見てくれるわけではない。エマのことなど代わりのきくメイドの一人としか考えていないはずだ。

そう思うと、つきんと胸の奥《おく》が痛んだ。

(――そうよ。ルビー様はあたしがいなくたって困らないわ。話し相手になれば誰だっていいんだもの……)

肩《かた》を落とすエマに、思ったより精神的にやられているようだ、とアデルは心配になる。

「いっそのことお二人がほんとうの夫婦《ふうふ》になってしまえば問題は解決するんだろうけど、そう都合よくはいかないか。オレも割のいい部署に求人がないか調べてみるから、あんまり落ち込《こ》みすぎるなよ?」

エマはゆっくりと顔を上げ、酒でとろんと溶《と》けた瞳で彼《かれ》を見つめた。

「……アデルはいいなぁ。おじさんとおばさんの店を継《つ》ぐためにここで修業《しゅぎょう》してるんでしょ? あたしもそうやって自分にしかできない仕事がしたいのに……」

舌足らずな話し方と気だるい表情にアデルは思わず耳を赤くしたが、何でもないふりをして「成人してるにしたって飲み過ぎだぞ」とジョッキを取り上げる。

エマは怒《おこ》る元気もなく、すっかり自信を無くした様子だった。

「こうやって仕事をサボって、あんたに文句を言ってる自分が嫌《いや》になるわ。ルビー様はなんにも悪くないのにあたしは駄目《だめ》なメイドよ。だから運にも見放されるんだわ……」

「エマ……」

いつも明るくてきぱきと仕事をこなすエマ。愚痴《ぐち》ではなく弱音を吐《は》いたのは、これが初めてのことだった。

アデルが戸惑《とまど》いを隠《かく》しきれずにいると、彼女ははっとして取り繕《つくろ》う。

「ごめん。いろいろ愚痴っちゃったけど、あたしは大丈夫だから！　崖《がけ》っぷちでも今までなんとかなってきたし、今回もどうにかしてみせるよ！」

エマは食堂の大時計を一瞥《いちべつ》し、「もう戻らなきゃ」と席を立つ。

「聞いてくれてありがとね。あんたも仕事、頑張《がんば》って」

「……おう」

小走りに去っていく幼馴染を目で追いながら、アデルは頑張り屋の彼女が報《むく》われることを心から願った。

第二章　皇帝《こうてい》は胃袋《いぶくろ》を掴《つか》まれる

1

「えっ、セオドア陛下がお風邪《かぜ》を召《め》された？　それは大変ね。大丈夫《だいじょうぶ》なのかしら」

ラングレー皇国に来て一か月半が経《た》ったある日、悠々自適《ゆうゆうじてき》に暮らしていたルビーは久しぶりに夫のことを思い出していた。

エマによると、怪我《けが》以外でセオドアが体調を崩《くず》すのは初めてのことで、城内には動揺《どうよう》が広がっているという。

「陛下は即位《そくい》するまで騎士《きし》団長をお務めになっており、随一《ずいいち》の屈強《くっきょう》さを誇《ほこ》っておられました。近ごろは明け方まで執務室《しつむしつ》に灯《あか》りがついていたそうですから、ご無理をされたのかもしれません」

「お仕事が忙《いそが》しかったのね。離宮《りきゅう》には情報が入ってこないから、呑気《のんき》にしていてなんだか申し訳ないわ」

セオドアが忙しくしている理由の一つであるルビーだが、彼《かれ》の気苦労をまるで知らない。日々眷《けん》属《ぞく》のマイケルやブラッキーたちと遊び、畑を耕し、三食しっかり食べてたっぷり寝《ね》るという充実《じゅうじつ》した暮らしを送っていた。

音沙汰《おとさた》がないからすっかり忘れていたが、この素晴《すば》らしい暮らしはセオドアが提供してくれているものだ。そこでお礼を兼《か》ねてお見舞《みま》いに行くことを思いつく。

「ちょうど畑の野菜が収穫《しゅうかく》どきなの。森に野苺《のいちご》のようなものもあったし、差し入れにお料理を作って持って行きましょう」

「ルビー様が、陛下のお見舞いに？」

「ええ。この国に着いたときに少しお話ししただけで、まだきちんとしたご挨拶《あいさつ》ができていなかったしね。ああ、もちろん具合の悪いときに会いたいということではないわ。お手紙と軽く食べられるものを用意するから、お渡《わた》ししてもらえるようお願いしましょう」

「左様ですか……」

ルビーの城内での立場は相変わらず微妙《びみょう》なものではあるが、一応本物の王女だったという事実は使用人の間にも広まっていた。

形式上は皇帝の妻のままだから、夫の見舞いをしたいというのを止められる者はいない。

「塔《とう》に移る前は料理が好きだったの。よくお母さまとお菓子《かし》を作ったものだわ。こう見えて腕《うで》には自信があるのよ」

袖《そで》をまくり上げながら気合いを入れるが、そういえばと首をかしげる。

「陛下のお母さまはいらっしゃるのかしら？　せっかくお城にお邪魔《じゃま》するのだから、ご挨拶に伺《うかが》ったほうが良いわよね」

「皇太后殿下《でんか》は、皇城にはいらっしゃいません」

「別の場所に住んでいらっしゃるの？」

「詳《くわ》しいことは存じません。確実なのは皇城にはいらっしゃらないということと、前皇帝陛下が崩《ほう》御《ぎょ》された際を含《ふく》め、もう十数年もお出ましになっていないということです」

「そうなの。なにかご事情がありそうだけど……わたしが首を突《つ》っ込《こ》んでいいことではないわよね」

気を取り直して緑鮮《あざ》やかな家庭菜園へ向かう。

食べごろの野菜や熟《う》れた果実を収穫し、森に自生している有毒野苺は解毒《げどく》を施《ほどこ》して、離宮の厨房《ちゅうぼう》に入る。

ところが厨房は全体的に埃《ほこり》をかぶり、調理器具には錆《さび》がこびりついていた。薪《まき》は湿気《しけ》てカビている始末で、とても今すぐ調理ができる状態ではない。

「……まずはここを掃除《そうじ》する必要がありそうね」

「申し訳ありません。お食事は都度本城から運ばれていまして、厨房はまだ手入れができておらず……」

エマが気まずい顔をすると、

「謝《あやま》らないで。エマ一人で身の回りのことをしてくれているのだから、手が回らなくて当然よ」

ルビーは屈託《くったく》のない笑顔《えがお》をみせた。

箒《ほうき》や雑巾《ぞうきん》を持ち出してきて、さっそく掃除を始める。

ワンピースが汚《よご》れるのも構わず雑巾で床《ゆか》を拭《ふ》く主人を目《ま》の当《あ》たりにして、エマは胸が苦しくなった。

（偽者《にせもの》とはいえ王女様なのよ？　どうして自分で掃除なんかするのよ。どうしてあたしにやれって

言わないのよ）

それはどこか怒《いか》りにも近かった。

自分はそこまで頼《たよ》りないメイドなのか。「怠《なま》け者！」と罵《ののし》ることすらしてくれないのか。

「どうしてですか……」

「えっ？」

激しい感情はいつの間にか声に出てしまっていたらしい。ルビーが不思議そうな顔をして振《ふ》り返る。エマは溜《た》め込んできた鬱屈《うっくつ》が溢《あふ》れ出すのを抑《おさ》えられなかった。

「あたしに命令してくだされぱいいのに、どうしてご自分でやるのですか！　いずれベルハイムに帰るからですか？　あたしがいなくても、お一人で生活ができるからですか⁉」

仕事をサボったのは自分なのに、なんて理不尽《りふじん》な言い分だろうと、エマは叫《さけ》びながら情けなくてたまらなかった。

案の定、ルビーはおろおろとして困っている。

「どうしたの、エマ？　わたしはただ、自分でできることは自分でやったほうがいいと思って。あなたもほら、わたしの所にいることで、肩身《かたみ》の狭《せま》い思いをしているかもしれないし……」

その言葉にエマははっとした。

ただの変わり者だと思っていたが、この人は自分が想像していた以上に、自らの立場を正しく理解している。

今まで気を遣《つか》っていたのは自分ではなく、彼女《かのじょ》のほうだったのだ。

立ち尽《つ》くすエマに、ルビーは「あっそうだ！　あなたにこれを渡そうと思っていたの」とワンピースのポケットからあるものを取り出した。

「花冠《はなかんむり》なの！　小さいころによく作ったのだけど、まだ作り方を覚えていて嬉《うれ》しくなったわ。いつもそばにいてくれるエマにプレゼントよ」

シロツメクサと青いアネモネを編み込んで作られた美しい花冠。ルビーはそっとエマの頭に置いた。

「よく似合っているわ」

穏《おだ》やかに微笑《ほほえ》むルビーに、エマはとうとうぽろりと涙《なみだ》をこぼした。

「……すみませんルビー様。あたしが悪うございました」

あっけにとられるルビーの前で、がばりとその場にひざまずき、床に頭を擦《こす》り付けた。

「メイドが一人だから仕事が忙しいなんて嘘《うそ》です。ルビー様にお仕えしてもメリットがないと考えて、見えないところでずっと休憩《きゅうけい》していました。申し訳ございません」

「……エマ……」

悲しげな声に、エマの胸は張り裂《さ》けそうだった。

今までの雇用主《こようぬし》と違《ちが》って、少なくともルビーは自分のことを信じてくれていたのに。

それを「どうせベルハイムに戻《もど》るから」「自分は代わりのきく存在でしかないから」などと言い訳をして裏切ってしまった。メイドの本分を忘れた、あるまじき行為《こうい》だった。

「今をもってメイドの職を辞させてください。この度《たび》はほんとうにすみませんでした。後任者は責任を持って探します」

許しは請《こ》わず、ただ頭を下げ続けた。

優《やさ》しい王女も失望したことだろう。荷物をまとめてすぐに立ち去ろう――そう心に決めて立ち上がろうとしたとき。

「教えてくれてありがとう」

温かくて柔《やわ》らかいものに身体《からだ》を包み込まれた。

「ここに来るまでマイケルたちしか話し相手がいなかったから、エマと毎日おしゃべりできるだけで嬉しかった。この国の歴史とか、街の珍《めずら》しいものの話とか、妹さんや弟さんのいたずら話とか。わたしにとって、すべてが面白《おもしろ》くて新鮮《しんせん》だったわ」

ルビーはエマの背中をぽん、ぽん、とゆっくり優しく叩《たた》く。

「メイドの仕事なんてしなくたっていい。いつでも休憩していいの。でも、わたしのそばにいてくれない？　あなたといると楽しいから」

エマの両目にはみるみる涙が盛り上がった。

貧しい大家族の長女であるエマは誰《だれ》かに優しくされたことがなかった。自分がしっかりしなきゃと毎日焦《あせ》りながら生きてきて、ろくに働かず子どもばかりつくる両親に代わって弟妹《ていまい》たちの面倒《めんどう》を見てきた。

こんなふうに自分自身を見てくれる主人を、ずっと探していた。

「……でも……あたしはルビー様を裏切ってしまいました……」

鼻水をすすりながらエマが嗚咽《おえつ》を漏《も》らすと、ルビーは、

「誰にだって間違いはあるわ。わたしだって昨日、欲張って未熟なプラムを食べてしまって、お腹《なか》を壊《こわ》してしまったもの。恥《は》ずかしかったから、あなたには黙《だま》っていたけれど」

と、はにかんだ。

「わたしはまだ退職を受け入れていないわ。ということは、主人として仕事を頼《たの》む権利が残っているわよね？」

ルビーは真っすぐにエマを見つめる。

「あなたさえよければ、この先も一緒《いっしょ》にいてほしいわ。あいにくわたしの先行きは不透明《ふとうめい》なのだけど、あなたの善き主人であり続けられるよう努力する」

ルビーは自らの髪《かみ》から深紅《しんく》の髪飾《かみかざ》りを外し、彼女の手をとってのせた。

塔に幽閉《ゆうへい》される前、ルビーがまだ可愛《かわい》がられていたころに、両親から贈《おく》られたものだった。

「宝飾品《ほうしょくひん》はすべて妹に譲《ゆず》ってしまったから、価値のあるものはこれくらいしか持っていないのだけど……。わたしに何かがあった場合はこれをお金に換《か》えてちょうだい。本物の宝石があしらわれているから、多少はまとまった額になると思うわ」

髪飾りはよく手入れされていて、新品のように光り輝《かがや》いている。

エマの視界はすぐに新しい涙で滲《にじ》んだ。

（ルビー様は、こんなあたしでもそばにいてほしいと……裏切っていたのに責めもせず……）

優しい言葉に甘《あま》えてしまってもいいのだろうか。裏切っておきながら都合が良すぎないだろうか。

もちろんジレンマはあった。

けれどもエマは、つまらない矜持《きょうじ》でこの機を逃《のが》したら、一生後悔《こうかい》するとはっきり確信していた。

自分は生涯《しょうがい》このお方にお仕えしよう。

たとえこの先ラングレー皇国を離《はな》れることになっても、クビだとはっきり宣告されるまでは、どこまでもお供して力になりたいと思った。

手のひらの髪飾りに、ぽたぽたと丸い雫《しずく》が落ちる。

「ごめんなさい。ルビー様。ごめんなさい……」

「あらあらエマったら！　もう泣かないで。可愛いお顔が台無しじゃない！」

泣き崩れる彼女をルビーがしっかりと抱《だ》き支えた。

この日から二人は姉妹《しまい》のように仲睦《むつ》まじく暮らしていくことになる。

エマはルビーの最大の理解者となり、一番の味方になったのだった。

2

一日かけて厨房の掃除を終えると、さっそく二人はセオドアへの差し入れを調理した。

家庭菜園で採れた青菜をトッピングした芋粥《がゆ》と、解毒した野苺を使ったコンポートの二品。粥の味付けは塩でシンプルに、コンポートは高価な砂糖の代わりに甘みのある薬草で煮込《にこ》んでいる。

「エマ、その後陛下の具合について何か聞いている？」

「快方に向かっているという話は聞いていないので、まだ寝込んでいらっしゃるかと」

「それは心配ね。食欲がなくても受け付けやすい献立《こんだて》にして正解だったわ。さっそく届けに行きましょう」

バスケットに見舞いの手紙と料理を入れて出発する。

ところが本城の入り口まで来ると、門を守る騎士からストップがかかった。

「セオドア陛下はあなた様にお会いにならない。これより先にお通しすることはできません」

「ルビー様は王女であり奥様《おくさま》でもあるのよ。通れないってどういうことですか？」

慌《あわ》ててエマが訊《たず》ねると、騎士は険しい顔つきになる。

「それが陛下からの命令だからだ。離宮では自由に過ごしてよいが、城には入れるなと仰《おお》せつかっている。陛下は奥方だとお認めになっていないのだろう」

「なんて失礼なの！　そんなのおかしいわ！」

「いいのよエマ。騎士様の言う通りよ」

気色《けしき》ばんだエマをルビーが宥《なだ》める。

即位前のセオドアは騎士団長だったと聞いている。だから仲間である騎士が彼の肩を持ち、偽者である自分を疎《うと》ましく思うのは当然だと思ったからだ。

「では、こちらを陛下にお渡ししていただけませんか？　体調を崩されていると聞いたので差し入れを持ってきたんです」

「……王女殿下は毒使いなのでしょう。そのような方が作ったものを陛下に差し上げるわけにはいきません」

「これぱっかりは信じていただくよりほかないのだけど。そうだエマ、あなたが少し食べてみせてくれる？　毒見が済んでいれば大丈夫でしょう」

騎士にバスケットの中身を提示し、エマが少量ずつ口に含んで嚥下《えんげ》してみせる。

体調に異変は起こらず、安全だということが証明された。

「それでは騎士様、お願いいたします。お早い回復をお祈りしています」

「……ふん」

鼻を鳴らす門番の騎士。

受け取った以上は自分の一存で廃棄《はいき》できないので、宰相《さいしょう》であり一番の側近であるアーノルドのところに持って行くことに決めた。

踵《きびす》を返した拍子《ひょうし》にバスケットからひらりと手紙が舞《ま》い落ちる。

それに気がつくことなく騎士は城の中に入り、仲間の近衛《このえ》騎士に「アーノルド様に届けてくれ。食べ物だから急ぎでな」とバスケットを託《たく》した。

自室で仕事をしていたアーノルドのもとに謎《なぞ》のバスケットが届いた。

書類から目を上げた彼は首をひねる。

「もう昼食が届いたのですか？　しかも可愛らしいバスケットに入っているなんて、料理長は何を考えているんですか？」

皇城の料理長はアーノルドもよく知る勤続三十年の真面目《まじめ》な男だ。こういう遊び心を出すような茶目っ気のある性格ではなく、どこか具合でも悪いのかと心配になる。

掛《か》け布をめくると容器に入った粥とコンポートが現れたものだから、アーノルドは思わず目を丸くした。

「この野菜……。こんなにみずみずしいものがあるなんて。よほど新鮮でないとこの色味になりません。それにこのコンポートは野苺でしょうか？　貴重な果実をコンポートにするなど、なんという贅沢《ぜいたく》……」

アーノルドはピンときた。これはセオドアの食事に違いない。

おおかた新人が間違って運んできたのだろう。本来このバスケットが行くべき先は、ちょうどこの部屋の真上にあるセオドアの居室だ。

「さては料理長、奮発しましたね。あの強面《こわもて》でこのような演出を思いつくとは、一本取られた気分です」

騎士団長として多くの武功を挙げ、頼もしい皇帝として君臨しているセオドア。彼の不調に城内がざわついていることは事実だった。

病は気からというし、料理長なりに少しでも気分をリフレッシュしてほしいと考えたのだろう。

払《はら》い損した結納金《ゆいのうきん》の補填《ほてん》に自身の生活予算を削《けず》っているセオドアは、アーノルドたち臣下と同じ食事をとっている。

それはつまり賓客《ひんきゃく》であるルビーに供されているメニューより質素で、青菜を添えた粥と野苺コンポートはごちそうだった。

「ああ見えて陛下は食べることが好きですからね。これで精をつけてもらいましょう」

アーノルドはバスケットを持ってセオドアの居室へ向かい、昼食だと言ってドア前の侍従《じじゅう》に手渡した。

◇◇◇

(……? いい香《かお》りがするな。ここ数日食欲が出なかったが、空腹の感覚が戻ってくるような匂《にお》いだ……)

料理の香りに誘《さそ》われるようにして、セオドアの意識が浮上《ふじょう》する。

ゆっくり身体を起こすと、侍従がすかさず水の入ったグラスを差し出した。

「どうぞ、陛下」

「すまない。今は何時だ?」

一気に飲み干すセオドア。熱を持って汗《あせ》ばんだ身体に冷たい水は心地《ここち》よく流れていった。

「十五時でございます。昼食が到着《とうちゃく》しておりますが、召し上がりますか?」

「今日は食べられそうだ。いつもとは違う匂いがするな」

「どうやら料理長が発奮したようです。可愛らしいバスケットで届いておりますよ」

侍従はベッドサイドの丸机にクロスを敷《し》き、バスケットから粥とコンポートを並べていく。

セオドアの腹がぐう、と鳴った。

「貴重な野菜や果実まで使わせて悪いな。俺《おれ》としたことが、体調を崩すなど不甲斐《ふがい》ない」

アーノルドに休むように言われていたにもかかわらず、根を詰《つ》めすぎてしまった。

こうして調子を崩してしまったことで、自分の体力が無尽蔵《むじんぞう》ではなかったことを彼も初めて知ったのだった。

匙《さじ》でとろとろの粥をすくい、口元に運ぶ。

まだほのかに温かく、優しい味わいがした。

（滋味《じみ》が沁《し》み渡る。身体の奥から力が湧《わ》いてくるようだ）

もう一口、もう一口とセオドアの手は止まらない。あっという間に粥の器《うつわ》は空になった。

流れるようにコンポートに手を伸《の》ばす。

（あまり甘味《かんみ》は好まないが、不思議と今日は食が進む）

コンポートもぺろりと平らげる。腹が満たされたセオドアは不思議な幸福感を覚えていた。

身体は軽く、頭と心を蝕《むしば》んでいた悩《なや》みはどうでもよくなり、明るく前向きな気持ちで満たされていた。こんなに気分が晴れたのはいつぶりだろうか。

（なんだこれは……。まるで生まれ変わったような感覚がする。毒されていた心身が浄化《じょうか》されたような心地だ）

さかのぼること十年前、当時留学中だったセオドアは事故に巻き込まれて大怪我を負ったことがあった。その国には運よく聖女がいて、セオドアの傷を癒《い》やしてくれた。

その時の感覚に似ていると思った。肉体の傷だけでなく、心の陰《かげ》りまでまっさらになったことは今でも覚えている。

セオドアは静かに匙を置き、侍従に顔を向けた。

「夜食も粥とコンポートにしてくれ。貴重な食材を使わせて悪いが、おかげでとても調子がいい。明日には復帰できそうだ」

「ようございました。料理長に伝達いたします」

書類を片手に再びベッドに横になる。腕を動かすのも辛《つら》かったのが嘘のようで、片手間に仕事ができるくらいに回復していた。

（そういえば、むかし母上からも粥を作ってもらったことがあった……）

そんな時代もあったなと、セオドアは家族三人で過ごした九年間をいつぶりかに懐古《かいこ》する。

父と母はいなくなり、民《たみ》の命運は己《おのれ》の手に託された。その重みを改めて感じる。

――明日からまた執務《しつむ》に励《はげ》み、民のために働こう。

セオドアはそう決意して、書類に目を戻した。


夜も更《ふ》けたころ、待ち侘《わ》びた夜食が部屋に運ばれてくる。

胸を躍《おど》らせて待っていたセオドアはいそいそと粥をすくうが、口に含んだ瞬間《しゅんかん》に強い違和《いわ》感を覚えた。

（あの味ではない。これは普通《ふつう》の粥だ）

匙を戻し、別皿のコンポートに手を伸ばす。

こちらも食べてみるが、やはり昼に食したものとはなにかが決定的に違っていた。力が湧き出るような感覚も、心に涼《すず》やかな風が吹《ふ》き抜《ぬ》ける爽《さわ》やかさもない。

「昼と味が異なるようだが、食材や味付けを変えたのか？」

かしこまっている侍従に訊ねる。

「その、それが……。料理長は昼に粥とコンポートを作った覚えはないと、とぼけておりまして。陛下がご所望《しょもう》ということでとにかく作らせましたが、お気に召されませんでしたでしょうか？」

「とぼけているだと？　あの真面目な男がそんなことをするとは思えないが」

「わたくしめも勤めて長いのでそう思いますが、しかし一貫《いっかん》して『儂《わし》ではない』と言い張っておりまして」

「嘘をつく理由はないから妙だな。……この件を調査せよ。料理長ではないというのが真実なら、あの食事はどこから来たのか突き止めよ」

「かしこまりました」

調査を命じざるを得ないほど、セオドアはあの食事を強く求めていた。

新鮮な野菜が入っているとか、貴重な果実が使われていたからとか、そんな理由ではなかった。料理そのものに込められたエネルギーのようなものに強く惹《ひ》かれていた。

「見つけた者には報奨金《ほうしょうきん》を出す。俺の生活予算から捻出《ねんしゅつ》しろ」

「し、しかし。これ以上生活を切り詰めたら陛下が……」

「よい。書類をさばいて魔物を討伐《とうばつ》するだけの毎日なのだから、足りぬなら衣装《いしょう》の一つや二つ売ってくれ。そこの飾《かざ》り壺《つぼ》も要《い》らんだろう」

「し、承知いたしました」

もったいないので料理長が作った料理はきちんと食べる。昼の一食だけではあったが、あのおかげで体調の回復を実感していた。

（誰が作ったのか、必ず見つけてみせる）

セオドアは獲物《えもの》を狩《か》るときのように両眼を爛々《らんらん》とさせた。

3

夫に食事を届けた翌日。

起床《きしょう》したルビーがリビングに出ていくと、エマが明るいニュースを報告する。

「ルビー様、朗報です！　陛下のご体調が回復されたそうですよ。早起きなさって日課の鍛錬《たんれん》に励んでおられるそうです」

「ほんとう⁉　思ったより早くご回復されたわね。よかった！」

セオドアはこの暮らしができる恩人でもあるのでルビーは目尻《めじり》を下げた。

「材料も余っているし、今日も食事をお持ちしようかしら？　芋粥《いもがゆ》は味付けを変えて、野苺はパンにつけられるようにジャムにしたりして」

「素敵なアイデアですね。朝食をとったらさっそく取り掛かりましょうか」

回復してきているということなので、昨日より芋の粒《つぶ》感を残した粥にした。野苺をつぶして煮詰めると、離宮いっぱいに甘くこっくりとした香りが立ち込める。

『お身体の調子が回復されて安堵《あんど》いたしました』という手紙を添《そ》えてバスケットに詰め、城へ向かった。

門の前では昨日とは別の騎士が番をしていたが、やはり二人を睨《にら》みつける。

「王女殿下はお通しできない。これはセオドア陛下の命令だ」

「ええ、いいわ。昨日みたいにこれを渡していただけるかしら」

ルビーはバスケットを差し出した。ずんぐりした騎士は胡乱《うろん》な目でそれを見下ろすが、受け取ろうとしない。

三人の間にしばしの沈黙《ちんもく》が流れた。

「……ああ！　毒見を気にしているのね。エマ、今日もお願いできる？」

「承知しました」

エマが昨日と同じように毒見をしてみせる。

けれども騎士は疎ましそうに言い捨てた。

「下賤《げせん》なメイドが口をつけたものなど陛下にお渡しできぬ」

「なっ……!?　それならそうと初めに言ってよ。でも、ルビー様がお作りになったものなんだから、あたしが毒見しないと意味がないでしょう！」

エマが抗議《こうぎ》するも騎士は硬《かた》い表情を崩さない。丸太のような腕を組み、野太い声で言い放つ。

「はっきりお伝えするが、我らはルビー王女殿下を歓迎《かんげい》していない。聖女アクアマリン様をお迎《むか》えするために陛下がどれだけ骨を折ったか知らないだろう。代わりにあなたが来てしまったことで陛下は余計な仕事が増え、心労がたたって体調を崩されてしまったのだ！」

「そんな！　へっ、陛下はわたしのせいで？」

ルビーは色を失った。

自分の知らないところで大変な状《じょう》況《きょう》になっていたことに気づき、足元が音を立てて崩れ落ちる。

「すべての原因を作ったあなたの手料理など陛下は見たくもないだろう。今すぐ立ち去りなさい」

「でっ、でも！　昨日の騎士は受け取ってくれたのよ！　せっかくルビー様がお作りになったのだから……！」

エマが食い下がると、彼は眉間《みけん》に深い皺《しわ》を刻んだ。

「――昨日？　ああ、もしかしてあなたがたは報奨金の話を耳にしたのか？　それでこのようなことを思いついたのだな」

「報奨金ってなんの話でしょうか？　わたしはずっと離宮にいるので知りません」

「しらじらしい！　ベルハイムの強欲《ごうよく》王女め！　どこまで陛下を馬鹿《ばか》にするおつもりか！」

騎士はそう叫ぶと、勢いよくルビーの持つバスケットを振り払う。

エマは息を呑《の》んで口元を手で覆《おお》った。

丁寧《ていねい》に青菜を盛りつけた粥は砂の上にこぼれ、ジャムも可愛らしい瓶《びん》の蓋《ふた》が外れて無残に飛び散っている。セオドアに少しでも元気になってもらいたいと凝《こ》らした工夫《くふう》は、すべてめちゃくちゃになってしまった。

騎士は冷えた目で二人を睥睨《へいげい》する。

「私を不敬だと思いますか？　別に処刑《しょけい》していただいて構いませんよ。セオドア陛下のためならいつでも死ぬ覚悟《かくご》はできています」

彼は土埃《つちぼこり》のついたバスケットをグシャと踏《ふ》みつけて踵を返す。

二人の鼻の先で、城門は固く閉《と》ざされたのだった。

離宮に引き返したルビーとエマの間には、お葬式《そうしき》のような空気が流れていた。

「わたしったら、何も知らずに暮らしていたことが恥ずかしいわ。あの騎士様の言うことはもっともよ。今後差し入れは控《ひか》えましょう」

「ルビー様は悪くありません。あたしがもっと城の動向を把握《はあく》していればよかったんです」

エマが悔《くや》しそうに唇《くちびる》を噛《か》む。

「いいのよ。それよりエマ、外になにか伝手《つて》はない？　陛下へのご迷惑《めいわく》を考えると、これを機に自立するべきだと思うの」

「自立ですか……。実家は親きょうだいでぎゅうぎゅうですし、そもそもそんな場所にルビー様はお連れできません。親戚筋《しんせきすじ》も揃《そろ》って平民なので、ここと同等の暮らしは難しいかと。お役に立てず申し訳ありません」

「いえ、いいのよ。自分で考えなくてはいけないわ」

この離宮も、一日三度の食事も、ラングレー皇国の貴重な資源である。それらを自分で賄《まかな》えるようになればセオドアも余計な心配をせずに済み、安らかでいられるだろう。

いい考えはないかしらと頭をひねっていると、床で追いかけっこをしているマイケルとブラッキーの姿が目に入った。

負傷して療養《りようよう》していたブラッキーもすっかり元気を取り戻している。

「……そうだわ！　裏の森に池があったわね。そこならきれいな水が使えるし、土を耕せば食料も自給できる。ここから移り住みましょう！」

「いけませんルビー様。あの森は『魔の森』に続いていて危険です。安心して暮らせる場所ではありません」

「大丈夫よエマ。森には何度も散歩に出かけているし、毒使いの力を使えば有毒植物も無毒にできることがわかったの。土も空気も無害にできるのよ」

「るっ、ルビー様にそのようなお力が？　確かになぜ畑で野菜が育つのか不思議に思っていましたが……まるで聖女様のようですね」

毒使いの能力について自分から触《ふ》れることが憚《はばか》られていたエマ。

ずっと心に抱《いだ》いていた疑問がすっきりしたものの、『聖女』という言葉を口にしてしまったことに気がついて、すぐに「すみませんっ！」と頭を下げた。ルビーにとって耳触《みみざわ》りのいい言葉ではないだろうと思ったからだ。

「気にしないで。この力については自分でもよくわからないところが多いの。結果として毒は消えるんだけど、聖女様のように浄化しているのとは違う気がするわ」

まあいいわ、とルビーは話を戻す。

「ポイズンラットたちは探し物が得意なの。木材を集めてもらうから、みんなで暮らせるログハウスを造りましょう！」

「あたしは大丈夫ですけど、離宮より快適さでは劣《おと》るかと。ルビー様がご満足できるかどうか……」

エマがそわそわすると、ルビーは憂《うれ》いを吹き飛ばすように一笑《いっしょう》した。

「まったく問題ないわ。だってベルハイムで住んでいた塔は、この離宮のお手洗いより狭い空間だったのよ。窮屈《きゅうくつ》だと思うこともあったけど、あれはお父さまの心配りだったのね。あそこに慣れておけば、どんな場所でも暮らしていけるというメッセージだったに違いないもの」

「………………」

エマは途端《とたん》に渋《しぶ》い顔になる。これまでいくつか怪《あや》しい点はあったが、いま完全に理解した。

幽閉されていたというのは事実で、ルビーは家族から虐《しいた》げられていたのだと。

そして本人に一切《いっさい》の自覚は無く、どこまでも前向きな受け止め方をしていることも。

（このお方は、あたしがお守りしていかないと！）

ルビーから見えない位置で力強くこぶしを握《にぎ》り締《し》める。

不義をはたらいた贖罪《しょくざい》だけでなく、この何一つ穢《けが》れのない人の心を守っていきたかった。

幸い自分には貧乏《びんぼう》を生き抜く知恵《ちえ》がある。実家は子どもが増えるたびに簡易的な増築を繰《く》り返しているので、小屋を建てるやり方は知っている。仕立屋にいた経験から繕《つくろ》い物もできるし、芋問屋で得た知識は農作業に活《い》かせるだろう。

（――なんだ。無駄《むだ》なことなんて、何一つなかったのかもしれないわ）

貧しい暮らしも、度重なる転職経験も。嫌《いや》だ嫌だと思っていたことが、一番大切な人の役に立つなんて。人生ってわからないものだ。

可笑《おか》しくなったエマが頬《ほほ》を綻《ほころ》ばせると、「どうしたの？　何か楽しいことを思い出した？　聞かせてちょうだいな」とつられてルビーも笑顔になる。

お葬式のようだった空気はどこかへ吹き飛び、離宮にはいつもの朗《ほが》らかさが戻ったのだった。

4

粥とコンポートの出どころは、調べるとすぐに判明した。騎士団の中に対応をしたという者が二名いたからだ。

その二人は口を揃えてこう言った。

「『ルビー王女殿下からバスケットを渡されました』」

意外な正体に驚《おどろ》きながらも、作り主がわかったことにセオドアは胸を撫《な》で下ろした。

けれども一人の騎士の次の言葉に絶句する。

「なんと失礼な行いだと思いましたので、バスケットは受け取らずに追い返しておきました。ご安心ください、もう二度とこちらには来ないでしょう」

　自信満々に言ってのけたのは騎士団副団長のアリだった。セオドアが騎士団長を務めていたときにかわいがっていた弟分のような存在である。

　セオドアは一瞬、彼が何を言ったのか理解できなかった。

「おまえ……今、追い返したと言ったのか？」

「もちろんです。陛下は王女殿下のせいで心労がたたってしまったではありませんか。その事実をお伝えしたまでです」

「それはそうだが、面と向かって本人に言うやつがあるか」

「お言葉を返すようですが、陛下もご本人に仰《おつしや》っていたではないですか。『聖女でないならば、そなたは不要だ』とかって」

「…………」

　何も言い返せなかった。

　アリの言う通り最初にルビー王女を突き放したのは自分だ。落胆《らくたん》を隠《かく》せずひどい言葉を投げつけ、一度も会いに行かず、自ら離縁《りえん》を申し出るように最低限の生活しか与《あた》えていない。戸籍《こせき》上は夫婦《ふうふ》であるのに、その実態はまったくおかしなことになっている。

「……もういい、仕事に戻ってくれ。万が一またルビー王女が訪ねてきたら中に通せ。そしてすぐに報告しろ」

「ははっ」

騎士二人を執務室から追い出す。

じっと話を聞いていたアーノルドが生き生きとして口角を上げた。

「だからルビー殿下――。いえ、奥様のことをよく考えるようにお伝えしたんですよ。まさか今更《いまさら》気になってきたとかおっしゃらないですよね？」

「相変わらず人の嫌なところを突くのが上手《うま》いな、アーノルドよ。性根《しょうね》の悪さは年々ひどくなっているようだ」

「おかげさまで、陛下をからかうくらいしか楽しみがないのでね」

心底面白そうなアーノルドに舌打ちをして、セオドアは執務椅子《いす》に背中を預ける。

「ルビー王女自身に興味があるわけじゃない。ただあの料理が気になっているだけだ」

「殿下を厨房で働かせるわけにはいかないでしょう」

「それくらいわかっている。だから、ひとまず彼女の様子を見に行こうと思う。気配を消してまずは索敵《さくてき》だ」

「いやいや、魔物の討伐じゃないんですから」

「気を引きつける食餌《しょくじ》や仕掛けを用意しないとな」

「だから殿下はトロールじゃないですってば」

この皇帝はこんなにポンコツだっただろうか？　ツッコミを入れながらアーノルドは呆《あき》れた。

社交や外交で女性と接するときは、淡々《たんたん》とした態度ではあるものの、そつなく接遇《せつぐう》できていたはずなのに。

「……コホン。とはいえ陛下は午後からクリムガルド砦《とりで》の視察ですよ」

「優先順位はわかっている。王女のところには視察から戻りしだい向かうつもりだ」

「そうですね。離宮で静かに過ごされているみたいですし、焦ることはないでしょう」

そして話は政治のことに移り変わる。

セオドアとアーノルドは、まさかルビーが離宮から引っ越《こ》しするなど、これっぽっちも予想していなかった。

◇◇◇

セオドアが砦の視察から帰還《きかん》したのは二週間後のことだった。道中の魔の森には魔物が跋扈《ばっこ》しているため、いつものようにできる限り討伐してきたからだ。

ここで数を減らしておくことでラングレー国内への魔物の流入を抑えることができる。二月に一度の大切な業務だった。

「ご無事のお戻り何よりです」

騎士団とともに凱旋《がいせん》したセオドアに礼をするアーノルド。

セオドアは溜まった執務を片付けるべく、返り血のついた鎧《よろい》を着たままさっさと城内に入る。

「民に変わりないか?」

「ええ、問題ありません」

「そうか」

相槌《あいづち》を打ちながら、セオドアは無意識に首筋を揉《も》んだ。

砦の視察は定期業務であり今に始まったことではないのだが、いつもより疲《つか》れを感じていた。

砦は冥府《めいふ》の目と鼻の先にあるため瘴気《しょうき》が濃《こ》い。病《や》み上がりだから堪《こた》えているのだろうか。

この二週間仕事以外に気持ちを傾《かたむ》けたことといえば、ルビー王女が作ったという料理のことだった。なぜだかわからないが、あの味が恋《こい》しくてたまらなかった。砦での食事が物足りなく感じたのは初めてのことだ。

「急ぎの仕事を片付けたら離宮へ行くぞ。ルビー王女の偵察《ていさつ》だ」

「ずいぶんお急ぎですね？　ひょっとして陛下にも春が来たのなら、臣下としてこれ以上の喜びはありませんが」

「違うと言ってるだろう。俺が気になっているのは料理だ。王女自身は今のところ我《わ》が国のお荷物でしかない」

「そんな天邪鬼《あまのじゃく》な言い方をしなくても。言っておきますけど、ご本人の前でもその調子だと料理なんて絶対に作っていただけませんからね」

「……わかっている」

セオドアとアーノルドは協力して取り急ぎの仕事を終わらせた。

昼食を済ませ、ルビーが滞在《たいざい》している離宮へと出発する。馬車に揺《ゆ》られて敷地《しきち》を進んでいくが、セオドアにはその時間がとても長く感じられた。

「北の離宮はこんなに遠かったか？」

「本城からもっとも離れてますからね。我々はまだ馬車だからすぐですよ。歩いたら三十分近くかかるんじゃないですか？」

「王女も馬車で来たのだろうか」

「いいえ、歩きのはずです。王女殿下に何も与えるなと命じたのは陛下ですよ。身元の確認《かくにん》が取れたあとも『そのままでいい。放っておけ』とおっしゃっていたではありませんか。円満に離縁するためだとか言って。他にも――」

セオドアは無言で頭を抱《かか》えた。聞けば聞くほど自分は王女に対してろくでもないことばかりしている。

あのベルハイムの王女だからと警戒《けいかい》していたが、病床《びょうしょう》に粥を差し入れてくれたことを考えると、傲慢《ごうまん》な女性だというのは決めつけだったかもしれない。

（まずは一度話し合えばよかった。王女は気を悪くしているだろうな……）

苦悩《くのう》している間に馬車は離宮に到着した。

「おいアーノルド、先に行って様子を見てきてくれ」

「ほんとうにチキン野郎《やろう》ですねえ。ご自分の奥様なんですよ」

アーノルドはしぶしぶ離宮の入り口に向かっていく。

セオドアは馬車の中で待っていたが、ほどなく戻ってきたアーノルドは困惑《こんわく》していた。

「誰も出てきませんでした。殿下ご本人はともかく、メイドも出てこないというのは不思議なことです」

「俺だとわかって引きこもってしまったんだろうか」

「いいえ、それはないと思います。馬車も皇族用ではなく一般《いっぱん》用を使用してますし、訪問のことは伝わっていないはずなので」

「見に行ってみるか……」

身を屈《かが》めて馬車を降り、古ぼけた離宮の様子をうかがう。

さして大きくない建物の周りを一周したセオドアは、二つの違和感に気がついた。

（人の気配が無いな。外出中か？　それより問題はこっちだ）

「おいアーノルド！　中庭に来てくれ！」

セオドアのもとに駆《か》け寄ったアーノルドは、彼の言わんとすることを瞬時に理解した。

「これは……立派な畑ですね。しかも野菜と果物が育っている」

「芋以外の野菜がここまでしっかり育つというのはあり得ないことだ。ただでさえ皇城は魔の森に近く瘴気が強いというのに」

目の前に広がる青々とした家庭菜園は、この国の状況を誰よりも理解している二人にとって、奇《き》跡《せき》以外の何物でもなかった。

国中でこのような畑が作れたなら国民の生活は飛躍《ひやく》的に向上する。高額な代価と引きかえに輸入するのではなく、自給自足していくことができる。

「信じられない光景ですね。いったいなぜこのようなことが……」

膝《ひざ》を折って土に触れるアーノルド。見た目や手触《てざわ》りはそのあたりにある土と何も変わらない。

「この青菜は粥に入っていたものと同じだ。ルビー王女が事情を知っている可能性がある」

けれども、その本人の姿が見当たらない。

改めて周辺を確認していると、離宮の裏に広がる森の入り口が、一部獣道《けものみち》のように踏み倒《たお》されていることを発見した。

「見ろアーノルド。獣道だ」

「こんなところに？　まさか殿下は魔物に攫《さら》われたとか……!?」

この森は魔の森と地続きになっていて、魔物が出る危険性がある。

通常はここまで到達する前に騎士団の定期討伐によって倒されるし、仮に城まで迫《せま》ってきても警備や見張りの者が察知できる仕組みになっている。

しかし物事には例外というものがある。史実を遡《さかのぼ》れば、数百年前には冥府の王たる魔王が襲撃《しゅうげき》してきたこともあった。

「離宮に損傷はないが、建物外で襲《おそ》われたということは考えられるな」

セオドアは厳しい表情で唸《うな》る。

「アーノルド、剣《けん》は持っているな？」

「もちろんです。わたくしは文官ですが、外に出るときは常に帯剣しています」

「よし。ではこの獣道をたどっていこう。調査範囲《はんい》はひとまず我が国の国境まで。魔の森に変わるところまでだ」

「承知しました」

セオドアが前を進み、アーノルドはそのうしろを背後に警戒しながらついていく。

獣道は人間が二人ほど通れる程度の幅《はば》で、比較的《ひかくてき》しっかりと踏み慣らされている。昨日今日ででできたものではないように感じられた。

（これは魔物や獣の通り道というより、人間によってできたもののように感じるが……）

経験豊富なセオドアは直感していたが、油断は禁物。

じりじりと獣道を進み、小一時間ほどで国境周辺に到達した。

一メートルほど先からは森の様相ががらりと変わっている。瘴気にあふれたこの『魔の森』は猛《もう》毒《どく》の木々しか生えず、棲《す》んでいる動物や虫も害のあるものばかり。決して足を踏み入れてはならず、なにも口にしてはいけないというのがラングレーに住まう者の常識だった。

「魔物には出くわしませんでしたね」

「ああ。だが獣道は魔の森にまで続いている。妙だ」

この道を作ったのが人間ならば、魔の森に続いているのはおかしい。

そうなるとやはり獣の類か魔物の仕業《しわざ》なのか……？

もう少し進むかどうか考え込んでいると、なにやら小さく女性の声が聞こえるような気がした。

「アーノルド、女性の声がするぞ」

「そんなまさか。――いえ、言われてみれば確かに聞こえますね。魔の森側からです」

声質から女性は二人いると思われた。

そう遠くないところにいて、危機にさらされているようではなく明るい調子である。話の内容まではわからなかった。

「おそらく百メートルもないから行ってみよう。危険を感じたらすぐに退避《たいひ》する」

セオドアが腰《こし》に佩《は》いた剣を抜いて構えると、アーノルドもそれに倣《なら》う。

一歩魔の森に踏み込んだ瞬間から命の保証はない。木の棘《とげ》に触れただけで毒をもらう可能性がある。湿《しめ》った地面から覗《のぞ》く白い骨のようになりたくなかったら、どんな些細《ささい》な物音や異変も見逃してはならない。

二人は最大級の警戒を払って獣道の先、声のする方へ足を進めた。

やがて二人の前に現れた光景は、まるで非現実的なものだった。

魔の森とは思えぬ澄《す》んだ水をたたえる美しい池。そこだけは瘴気に淀《よど》む雲から光の筋が差し込み、池の畔《ほとり》にたたずむ可愛らしいログハウスを含めた一帯に降り注いでいる。

「わわっ！　やったわねエマ！　お返しよっ！」

青空を映す池はきらきらと光り、二人の女性の動きに合わせて水面《みなも》が揺れる。

「あっ、冷たい！　やりますねルビー様！　あたしも負けませんよっ！」

「きゃっ！　うふふ、水遊びって楽しいわね！　見て見て、マイケルも上手に泳いでいるわ！」

ちゃぷちゃぷと弾《はじ》ける水の音。きゃっきゃっと楽しそうな歓声《かんせい》。

池の浅瀬《あさせ》で水をかけあって戯《たわむ》れているのは――ルビーとエマだった。

5

「……アーノルド。これは夢か？　俺には今目の前で、ルビー王女とメイドが水遊びをしているように見えるのだが。ちなみにここは魔の森の真っただ中だ」

「偶然《ぐうぜん》ですね。わたくしも同じ夢を見ているようです。それに加えて、王女殿下の周りを飛び回るダークドラゴンの幼体まで確認しています」

ルビーとエマは、衣服が濡《ぬ》れるのもお構いなしに、水遊びに夢中になっている。

それを茂《しげ》みの奥からのぞき見る形になっている成人男性が二名。

なんだかいけないことをしているような気がして、セオドアはそっと目線を外した。

「俺にはあの王女がわからない。魔の森の池に入るなど自殺行為だというのに、ぴんぴんしている。それにダークドラゴンの幼体だ？　天も地も焼き尽くすとされている冥府最恐《さいきょう》の魔物だぞ？」

「……いったん城に戻りますか？　万が一これが現実であっても、今お声をかけるのはマナー違反です。部屋に戻って温かい紅茶を飲み、少し仮眠《かみん》をとりましょう。我々は非常に疲れている可能性があります」

「そうしよう。なんだか頭も痛くなってきた」

セオドアとアーノルドは力なく引き上げた。

この日はしっかりめに休息をとり、翌日再び偵察にやってきた。

池が近づくにつれて香《こう》ばしい匂いが強くなる。嫌な予感とともに覗いてみると、王女とメイドが串《くし》に刺《さ》した野菜や肉を焼いているのを発見した。ダークドラゴンの幼体と丸々と太った鼠《ねずみ》も地面で肉を囲んでいる。

清浄な池の周りには、離宮の庭にあったような豊かな畑が広がっていた。どうやって手なずけたのか小型の有毒魔物がそのへんを走り回り、陽気に活動している。

どう見ても楽しいバーベキュー会場だった。

(――夢ではなく現実だった)

夢のほうがまだよかったと、セオドアとアーノルドは眉間を揉んだ。

彼らはこの日もルビーに話しかけることができず、よろよろと城に戻ったのだった。

◇◇◇

「ねえエマ。最近、誰かに見られているような気がしない?」

「あたしはなにも感じませんけど……。ルビー様の眷属になりたい魔物や動物の視線でしょうか?」

「だとしたら感覚的にわかるのよ。でも今回は違う。どちらかというとこちらを警戒している気配というか、不審《ふしん》な感じがするというか」

離宮から引っ越して二週間が経っていた。

二人で造ったログハウスは快適で、毒使いの解毒能力を使えば食料は森からいくらでも手に入る。

マイケルやブラッキーもすこぶる元気だし、なによりセオドアに対する申し訳なさもない。

充実した日々を過ごしていたのに、ここにきて何者かの視線を感じるようになった。心当たりがないだけにルビーは戸惑《とまど》いを感じていた。

「もしかして、わたしたちが離宮からいなくなったことに誰か気がついたのかしら。変に気を遣わせるのも悪かったから黙って出てきちゃったけど、報告したほうがよかった？」

「そんなものは必要ありません！　門番も皇帝陛下もルビー様に失礼すぎます。伝えたところで何かが変わるわけじゃないんですから、だったら関わらないほうがいいです」

「そっ、そういうものなのね。わたしは世間をよく知らないから、あなたが教えてくれて助かるわ」

すっかりルビーに入れ込んでいるエマである。

そんなことを話していると、玄関《げんかん》のほうからコトンと小さな音がした。一拍《いっぱく》遅《おく》れて素早く走り去るような足音も聞こえた。

「今、なにか音がしましたね。もしかしてルビー様がおっしゃる不審者でしょうか？」

エマの表情がすっと引き締まる。

武器替《が》わりのモップを手に取り見に行こうとする彼女をルビーは引き留めた。

「危ないわ。マイケルに見てきてもらいましょう」

「チュウ！　チチッ」

任せろ、と言わんばかりに走り出すマイケル。二人がどきどきしながら待っていると、口に包みをくわえて戻ってきた。

受け取ったルビーは緋色《ひいろ》の瞳《ひとみ》を丸くする。

「豪華《ごうか》な包装だわ。いったいなにかしら？」

「危険物ではありませんか？　ルビー様」

「ええ。毒の気配は感じられないわ」

袋の口を結ぶリボンを引っ張ると、中から小さな箱が現れる。

ぱかりと箱を開けて出てきたのは、ゴールドの鎖《くさり》に赤い宝石があしらわれたネックレスだった。

「まあ！　とんでもないネックレスが入っているわよ！」

「……そうですね」

明らかに上質なネックレスを見たエマは、贈り主やこのごろの不審な視線の正体を瞬時に見抜《みぬ》いた。貧しい皇国内において、このようなものを持てるのは皇帝のほかにいない。

（陛下はルビー様が離宮を離れたことに気がつかれたのだわ。そして、何らかの理由で機嫌《きげん》をとろうとなさっている）

セオドア帝は無骨な性格だと聞いている。おそらく彼の横で不敵な笑みを浮《う》かべている宰相が入れ知恵をしたのだろう。エマはそう確信した。

こんなものに騙《だま》されてはいけない。次は何を企《たくら》んでいるかわかったものじゃない。

エマは忠告をするために唇を開きかけたが、ルビーは頬に手を当ててまったく見当違いなことを言い始めた。

「こんな高価なもの、落とした人はすごく困っているでしょうねえ。きっと外で遊んでいる眷属《子》たちに驚いたんだと思うの。悪いことをしてしまったわ」

「えっ。落とし物ですか？」

「落とし物以外に理由がある？　きっと持ち主はどなたかにプレゼントするつもりだったのよ。だってほら、こんなに美しく包装されていたのだもの」

「は、はあ……」

「しかるべき場所に届け出たほうがいいわよね。このままわたしが預かるわけにもいかないし」

その言葉にエマははっとする。

（ルビー様にはちゃんと幸せになっていただきたいわ。陛下が関わり合いを持つつもりなら、まずはしっかり反省してもらわないと）

面と向かって来ずに贈り物だけ置いていくというのはあまりに誠意がない。物で解決できると思ったら大間違いだ。

ただ一人のメイドとして自分には主人を守る責任がある。これは反省を促《うなが》す絶好のチャンスだとこぶしに力を込めた。

「では本城に届けましょう。確かに上等な品物ですから、騎士団に拾得物として申し出れば安心です。持ち主を探して返却《へんきゃく》してくれますよ」

「そうなのね。落とした人は気が気じゃないでしょうから、さっそく持って行きましょう」

ルビーとエマは久しぶりに本城へ足を運んだ。

セオドアへの差し入れを拒否《きょひ》されて以来だから、二か月ぶりほどになる。

門番は二回目に差し入れした時と同じずんぐりした騎士だった。ルビーが姿を現すとひどく慌て、愛想笑いを浮かべて中に入るように誘ってきた。

「いえ、ここで失礼します。家の前で拾った落とし物を届けに来ただけですので。騎士団の皆《みな》さまで落とし主を探していただけると聞きました」

包みを見た騎士――騎士団副団長のアリはぎょっとする。それは皇室御用達《ごようたし》宝飾店のもので、送り主が誰なのか一目でわかってしまったからだ。

「あの、王女殿下、はるばる歩いてこられてお疲れでしょう。どうぞ中にお入りください。温かい紅茶や甘味をご用意します」

『今度ルビー王女が訪ねてきたら必ず中に通せ』とセオドアから命じられているため必死だ。近くにいる別の騎士に合図を送り、セオドアへ報告に走らせる。

しかし、ルビーもここぞとばかりに遠慮《えんりょ》する。

「魅力《みりょく》的なお誘いですが、さすがに自分の立場は理解しています。これ以上陛下にご迷惑はかけられません」

「陛下も王女殿下をお待ちですよ。正直に申し上げますと、次に殿下がいらっしゃったらおもてなしをするよう仰せつかっているのです」

アリは腰を低くして懇願《こんがん》するが、恨《うら》めしい顔をしたエマが「騙されてはいけません、ルビー様！」と割って入る。

「あたしはあなたにバスケットを踏みつけられたことを忘れてません。急に手のひらを返すなんて裏があるに決まってます。このネックレスは実は罠《わな》で、もしあたしたちが届け出なかったら盗人扱《ぬすっとあつか》いして体《てい》よく牢《ろう》にでも入れるつもりだったのでは？」

「なっ⁉」

　アリがいかつい顔面に青筋を立てる。

「陛下がそんな姑息《こそく》なことをするわけないだろう！」

「あら。騎士の皆様が心酔《しんすい》する天下の皇帝陛下なら、詫《わ》び状の一枚もなく物だけ置いていくような情けないことはしませんよね？　あたしもまさかと思ったからこそ、落とし物か罠ではないかと言ってるんですよ」

「陛下がわたしたちに罠を……？」

　ルビーが沈痛《ちんつう》な面持ちになると、アリは慌てふためいた。

　陛下が王女に贈り物をしたことが明らかな以上、ここで心証を悪くしてしまったら大失態だ。生意気なメイドは癪《しゃく》に障るがやむを得ない。腰を折ってしぶしぶ謝罪する。

「……先日不適切な態度をとったこと、陳謝《ちんしゃ》いたします。あれは私が独断で行ったことで、陛下は関係ありません。お詫びと拾得物届け出のお礼をさせていただきたいので、中にお入りください」

　ちらりと上を見ると、メイドがふてぶてしい笑みを浮かべていた。

「……どうしましょうか、ルビー様」

「でもねえ……この時間はどう考えてもお仕事中でしょう？　お礼いただくほどのことではないし、やっぱりお邪魔だと思うの」

「陛下はいつも時間を持て余してらっしゃいます！　王女殿下がお話し相手になって差し上げてください！」

半ばやけくそになったアリが叫ぶ。陛下の元にはもう報告が届いただろうか。早く来てくれ！

「そっ、そうなの？　忙しくて体調を崩されていたのではなかった？」

「ああ見えて陛下はすぐ風邪を引くんです。立派な筋肉は飾りものにすぎず、虚弱《きよじやく》ゆえ部屋に引きこもりがちで、本だけが友達《ともだち》のような孤独《こどく》な方なのです！」

エマは噴き出しそうになり、慌てて口を押《お》さえて横を向いた。

「聞いていた話とずいぶん違うわね……」

困惑してアリを見つめるルビー。ここまで引き留められてはと気持ちが傾きかけたものの、これで今まで自分は失敗してきたのではないかと踏みとどまる。

（この騎士さんは職務から仕方なく引き留めているに過ぎないわ。前回も陛下への見事な忠誠心をお持ちだったもの。言葉の裏を読まねばいけないパターンよ）

前回と今日とでは、騎士は明らかに前回のほうが真に迫った表情をしていた。

つまりそれが本心ということだろう、と慎重《しんちよう》にルビーは結論づける。そもそも陛下の話し相手なんて自分でなくても城内にたくさんいるはずだ。

あなたの気持ちはわかったとばかりに頷《うなず》くと、アリは救われたように顔を輝かせた。

「心配ご無用です。夕飯の支度《したく》があるので、今すぐ帰ります」

「えっ」

虚《きょ》を突かれたアリは、愕然《がくぜん》とした表情で膝から崩れ落ちた。

小刻みに肩を震《ふる》わせるエマの横で、ルビーは手持ち籠《かご》から二つ折りのハンカチを取り出す。

「陛下は本がお好きとのこと。貴重なお時間はいただけないので、代わりにこちらをお渡ししてください」

ハンカチを開くとカーネーションの押し花がなされた栞《しおり》が現れた。

「とても綺麗《きれい》な花だったのでおすそ分けです。陛下の癒やしになったら嬉しいです」

虚《うつ》ろな表情のアリにそれを握らせると、ルビーは晴れやかに来た道を振り返る。

「さあエマ、わたしたちの家に戻りましょう」

「はいっ！　見事な一本勝ちですルビー様！」

「変な子ね、戦ってなんかいないわよ。それより今日の夕飯は何にする？」

そんな話をしながら家路についた二人の背に、我に返ったアリの遠吠《とおぼ》えが響《ひび》き渡る。

「王女殿下！　どうかお待ちくださいーーーー‼」

夕飯のことで頭がいっぱいになっているルビーの耳にはもう、届かない。

エマだけが振り返り、唖然《あぜん》とするアリに向かって「ざまあみろ」と口角を上げてみせるのだった。

6

ネックレスを城に届け出た日から、不審な視線がぴたりと止《や》んだ。

ルビーはその関連性について特に考えることもなく、これ幸いとニコニコしていた。

(よくわからないけど安心したわ。家の中ではそうでもないんだけど、外にいると特に見られているような気がしてたのよね)

危機管理の一環《いっかん》で最近は屋内で過ごすようにしていたが、ようやくやりたかったことができる。

ログハウスの外に出てマイケルら眷属たちに指示を出していると、朝の仕事を終えたエマが合流する。

「ルビー様、なにか作業を始めるのですか？　お手伝いいたします」

「ブラッキーがすごく大きくなってきてるでしょう。このまま一緒にログハウスに住むのは難しいから、屋根付きの小屋を建ててあげようと思って」

食生活が改善されたおかげかブラッキーはぐんぐん成長している。翼《つばさ》を広げるとルビーより大きく、一緒にベッドで寝ることもできなくなっていた。

ラングレーにはずいぶん大きくなる鳥の種類があるのねとルビーは感心していた。

初めは外に出るのを怖《こわ》がっていたブラッキーも、ルビーや他の眷属たちとの生活を通してトラウマを克服《こくふく》してきている。そろそろ適度な距離《きょり》をとって自立を促す必要があると考えた。

「じゃあ、エマは屋根代わりに使えそうな草や枝を集めてくれる？　ここから離宮までの森は毒を消してあるから採集して平気よ。念のためミッシェルを連れて行ってね」

ミッシェルと呼ばれたメスのポイズンラットがエマに駆け寄った。森での案内役や、なにかあったときの連絡役《れんらくやく》を担《にな》う。

「承知しました。ミッシェル様、よろしくお願いします」

「チュミッ！」

ミッシェルは尻尾《しっぽ》を左右に振りながら返事をした。

「わたしは木材を組み立てているわ。この家を造ったときの釘《くぎ》がまだ余っているから」

「分業すれば効率がいいですね。わかりました。では、昼食の時間にはいったん戻ってきます」

二人は各々《おのおの》の作業に移った。

◇◇◇

瘴気の影響《えいきょう》で曇天《どんてん》が基本のラングレー皇国では、あまり汗をかくことはない。

しかしログハウスの一帯はルビーが瘴気を払ったことで惜《お》しみなく陽《ひ》の光が降り注いでいる。草や枝を求めて数時間もジャングルのような森を歩き回っていれば、メイド服の下は汗だくだ。

エマは腰を上げて額を拭《ぬぐ》う。

「ふぅー。かなり集まったわね。ルビー様のほうは順調かしら？」

ログハウスを建てる際にエマのノウハウを伝えたところ、ルビーは知識をぐんぐんと吸収した。二人で自活していくサバイバル術も臆《おく》することなく実践《じっせん》している。

ずっと塔でマイケルたちと遊んで過ごしていたから、新しいことに挑戦《ちょうせん》したり学んだりするのは胸が躍ると顔を輝かせていた。一応王女であるのに何も知らなくて恥ずかしい、これからも色々教えてほしいとエマに頭を下げたのだ。

エマがいっそう主人に対する庇護《ひご》欲を強めたのは言うまでもない。

岩に腰を下ろして小休憩をとっていると、森の奥から慌てた様子のポイズンラットが駆けてくる。

ミッシェルではない。あの丸々とした体型と長い尻尾はマイケルだ。

エマは嫌な予感がした。

「チュウッ！　チチチィ〜ッ‼」

「どうしたのですか、マイケル様。……もしかしてルビー様になにかあったのですか⁉」

「チチッ‼」

エマの問いにマイケルは必死で返事をする。

エマにマイケルの言葉はわからない。けれども、今ばかりは話が通じているという確信があった。

彼の後を追ってログハウスに戻ると、そこには――。

木板の下敷《したじ》きになり、頭から血を流しているルビーの姿があった。

7

セオドアは今日も苦悩していた。

「謝罪と感謝の気持ちを込めて宝飾品を贈ってみてはいかがでしょう。もちろん直筆でメッセージも添えてくださいよ」というアーノルドの提案に従ってネックレスを用意させた。しかし屑入《くずい》れがいっぱいになっても上手く手紙が書けなかったので、諦《あきら》めてネックレスだけをログハウスの前に置いてきた。

ところが数時間も経たないうちに贈り物は手元に戻ってきてしまった。しかも「落とし物を拾ったから届けに来た」という皮肉付きで。

一緒に届いた押し花の栞は何事だろうと思ったが、黄色のカーネーションの花言葉が〝軽蔑《けいべつ》〟だと知ると、がっくりと肩を落とした。

「やはり王女は俺に腹を立てているのだ。こんなものでは許さないということなんだろう」

「根気強くやるしかないですよ。というか普通に訪ねて行けばいいのに」

「それができたら苦労はしない。非礼を働いたからこそ段階を踏んで近づこうとしているんだ」

「はいはい、そうですか」

経験豊富なアーノルドからしたらじれったくて仕方がない。

しかし真面目で無骨なところはセオドアの美点でもある。いささかポンコツすぎる気もするが、女性に対して初めて自発的な動きをみせているのだから、根気強く見守ろうと決めた。

「中央諸国の王族女性とは毛色が違いますけど、素朴《そぼく》で可愛らしい方ですよね。着飾ったらまったく引けを取らないかと」

「別に見た目は重要じゃない」

そんな話をしていると、執務室の外から慌てた声が上がる。

「陛下！　緊急《きんきゅう》事態でございます！　ルビー王女殿下がお怪我をされました！」

「なんだって⁉」

素早く立ち上がり扉《とびら》を跳《は》ね開けるセオドア。伝令の騎士は息を切らせながら報告を続ける。

「黒い大きな鳥が、負傷したルビー様を乗せて城門の前に降りてきたとのことです。医務室へ搬送《はんそう》し、手当てをしております」

「すぐ行く」

感じたことのない焦燥感《しょうそうかん》がセオドアを突き動かした。医務室を目指して城を駆け抜ける。

なぜだかわからないが、ひどく胸が苦しかった。

ルビー王女を運んできた黒い鳥というのはダークドラゴンの幼体だろう。自分で歩けないほどの怪我を負ったということだ。

（なぜ怪我を⁉　やはり魔物に襲われたのか？　くそっ。俺の感覚が麻痺《まひ》していたが、あそこは魔の森だ。大型の凶暴《きょうぼう》な魔物が出てもおかしくない場所なのに……！）

医務室に飛び込むと、医師や看護師に囲まれてベッドに横たわる女性の姿があった。

いつも背中で束ねている緑色の髪はほどかれて寝具《しんぐ》に散り、ちいさな頭にはぐるぐると包帯が巻かれている。

「容態《ようだい》は⁉　いったい何があった！」

「陛下！」

振り返った隻眼《せきがん》の女性は皇族専任のベテラン医師だ。彼女のきびきびとした敬礼をセオドアが手で制すると、医師はすみやかに報告に移る。

「頭を硬いものに打ち付けたようで裂傷《れっしょう》がありました。幸い御髪《おぐし》で隠れる場所でしたので縫合痕《ほうごうあと》は目立たないでしょう。腹部にも軽い打撲《だぼく》がありましたので冷やして様子を見ております。大丈夫です、お命に別状はございません」

「そうか。ああ、よかった……」

全身の力が抜けていく。人生で一番無我夢中で走ったからか、どっと疲れに襲われた。

「目を覚ましたらすぐに報告してくれ。ルビー王女を頼む」

「このドルーアにお任せください」

執務室に戻ったセオドアのもとに、王女のメイドが来ていると報告が上がってきた。すぐ部屋に通す。

「るっ、ルビー様が！　おっ、お怪我をされて、血がたくさん出ていて……っ!!」

「手当てをして命に別状はないそうです。もう大丈夫ですよ」

涙を流し、パニック状態に陥《おちい》っているエマをアーノルドが落ち着かせる。

しばらくして会話ができるようになったエマの話から、ルビーがダークドラゴンの住居を建設中に事故に遭《あ》い、木材の下敷きになってしまったということを知るのだった。

8

ズクン、と頭の上のほうが痛んだ。

ゆっくり目を開けると、薬品の臭《にお》いが鼻を突き、真っ白な天井《てんじょう》が目に入る。

しばらくぼんやりしていると、ルビーはしだいに意識を失う直前のことを思い出してきた。

（木材を支えながら釘を打っていて、バランスを崩して、それで倒れてしまったのだわ……）

「危ない！」と思った時にはもう遅《おそ》かった。倒れてくる木材を支え切ることはできなくて、鈍《にぶ》い痛みとともに意識が途絶《とだ》えたのだった。

頭に触れると包帯が巻いてある。エマが手当てをしてくれたのだろうか。

拍動《はくどう》する痛みをこらえながら上半身を起こす。腹や肩にも重苦しい痛みを感じた。

「お目覚めになったのですね。気分はいかがですか？」

はきはきと声をかけてきたのは白衣を着た隻眼の女性だ。ルビーは面食《めんく》らいながら答える。

「えっと……頭が少しズキズキしますが大丈夫です。あの、ここはどこでしょう？　あなた様が手当てをしてくださったのですか？」

「皇室付医師のドルーアです。ここは皇城の医務室ですよ」

ドルーアは、自分はその昔騎士団で軍医をしていて、セオドアの即位に合わせて皇室付となった、と軽く自己紹介《しょうかい》をした。

「頭にお怪我がありましたので、傷が閉じるまでは痛むかもしれません。すぐに追加の痛み止めを持ってまいります」

もらった薬湯を飲むと痛みがすっとひいて楽になった。

どうやら自分は本城に運び込まれて治療をしてもらったらしい。

セオドアの庇護から離れて静かに暮らすはずが、また迷惑をかけてしまった。さすがのルビーもがっくりとうなだれる。

その様子を見て、ドルーアは彼女の気持ちを推《お》し量《はか》った。

「メイドのエマさんと可愛らしいモフモフ……コホン。動物たちが別室で待機しています。もしよかったらお呼びしましょうか？」

「よっ、よろしいのですか？」

「もちろんです」

ドルーアが医務室を出ようとすると、入れ替わるようにしてセオドアが飛び込んできた。

「王女が目を覚ましたと聞いた！」

「……陛下。心配な気持ちはわかりますが、怪我人の近くでは静かにしてください」

「すっ、すまない」

しかしセオドアの目線は面前のドルーアではなく、ぽかんとしているルビーに釘付けだ。

ドルーアはやれやれと苦笑を浮かべた。

「今さっき意識を取り戻して痛み止めを服用なさいました。容態は安定しています」

「そうか。……王女と話がしたいから二人にしてくれ」

「御意《ぎょい》。皆、行きますよ」

医師や看護師がぞろぞろと退室していき、部屋にはセオドアとルビーの二人きりになる。

彼は大きな身体を屈め、ベッドサイドの丸椅子に腰を下ろした。

金色の鋭《するど》い瞳に見つめられて、思わずルビーは居住まいを正す。面と向かって顔を合わせるのは実に輿入《こしい》れの日以来だった。

「……具合はどうだ」

芯《しん》のある低い声。ぶっきらぼうだが、あの日と違って気遣いを感じる声音《こわね》だった。

「おかげさまで痛みはありません。ご迷惑をおかけしてしまって身の縮む思いです。エマもこちらにお邪魔しているようですので、すぐに帰り支度をいたします」

「頭を何針も縫《ぬ》っているんだ。今すぐ帰れるわけがないだろう」

セオドアは呆れ声を出す。抜糸《ばつし》するまでは定期的に消毒しなければいけないし、少なくとも一週間はこの医務室で過ごすべきだ。

そう伝えるとルビーは眉《まゆ》を下げた。

「アクアマリンが来なかったことで陛下は大変なご苦労をなさっているとか。ただでさえお身体が丈夫でないのに、これ以上余計な負担をおかけするわけにはいきません」

「身体が丈夫でない？」

違和感を覚えたセオドアは聞き返す。

「はい。門番をしている騎士の方がそうおっしゃっていました」

「事実と異なるな。……他には何か聞いているか？」

「お部屋に引きこもりがちで、本だけが友の孤独なお方だと」

「誰のことだそれは」

「あと筋肉は飾りものであるとか……」

「すべて真っ赤な嘘だ。その男が言っていたことは信じないように」

さてはアリだな、とセオドアは苦虫を噛み潰《つぶ》したような顔になる。ルビー王女を引き留め損《そこ》なった日、ネックレスと栞を持ってきた彼の目が不自然に泳いでいたのはこういう訳だったのか。

「――とにかくだ。当面はここで療養が必要だ」

「住まいや食事まで与えていただいたうえに、怪我の面倒まで見ていただくのは心苦しいです。エマと二人でやっていけそうですので、どうぞお構いなく」

「……もしかして、離宮から森に移り住んだのは俺に迷惑がかかると思ったからか……？」

自分に腹を立てて出ていったのではないかと不安を抱いていたセオドアは、ルビーの顔色をうかがうように訊ねた。

「あっ……。やはりご存じだったのですね。おっしゃる通りです。自給自足で暮らせばご面倒をおかけしないかと思いまして」

彼女の態度からは、セオドアやラングレー皇国に対する怒りは微塵《みじん》も感じられなかった。それどころか心の底から感謝し恐縮《きょうしゅく》している様子で、身構えていたセオドアは拍子《ひょうし》抜《ぬ》けする。心の中で張り詰めていた糸が一気に緩《ゆる》んだ。

「……もうあそこには戻るな。城に部屋を用意する」

「えっ！　なぜですか」

なぜかと問われて言葉に詰まる。頭の中に答えは浮かんでいるのに、喉《のど》に刺さった小骨のような引っかかりを感じていた。

「……今住んでいる場所は魔の森といって危険が多い。城が一番安全だ」

「心配してくださっているのですね。やっぱりセオドア陛下はお優しい方です」

ルビーはかねてよりセオドアの厚意《こうい》に感謝し続けていた。

こんなに優しい人が君主のラングレー皇国に来ることができてよかったと、改めて幸せを感じてふわりと微笑んだ。

セオドアは彼女の純真さに胸が苦しくなる。

「俺は優しくなどない。輿入れの日に君を突き放して冷遇し、一度も会いに来ようとしなかった。部下の騎士が無礼を働いたことすら後から知った始末だ。……今さらだが数々の至らなさを心から謝罪する。申し訳なかった」

深く腰を折った皇帝にルビーは狼狽《うろた》える。

「おやめください陛下！　至らないだなんてご冗談《じょうだん》を。ラングレーでの生活が冷遇だというのなら、ベルハイムでの暮らしはなんだというのでしょう。お父さまがわたしを虐待《ぎゃくたい》していることになってしまいますよ」

「……王女よ。それは冗談で言っているんだよな？」

「いえ、冗談ではありません。冗談を聞くのは好きですが、あまり自分から申し上げることはありません」

きょとんとするルビーに、セオドアは愕然として言葉を失っていた。

アクアマリン王女との入れ替わりの経緯《けいい》を調べた際に、ルビーのベルハイムでの扱いについてもある程度把握していた。

彼女自身に罪は無いとわかったことも、この国から追い出さなかった理由の一つだった。計画通り離縁した後は、望むのならラングレーで生活基盤《きばん》を整えてやるつもりでいた。

だが、本人に虐げられていた自覚がないというのは想定外だった。

「その……アクアマリン王女に嵌《は》められたと考えたことはないのか？」

「妹にですか？　妹は聖女なのですよ。そんな卑劣《ひれつ》なことをするはずがありません。わたしが代わりに嫁《とつ》ぐことになってからもあれこれ情報を調べて教えてくれましたし、少々臆病《おくびょう》なところはありますが親切な子です」

「……そうか」

セオドアは話が通じているようで通じていない感覚に陥り、どっと疲れを感じていた。

（こんなにも人を疑うことを知らない人間は初めてだ。嫁いできた先が俺でよかった。中央の腹黒王族のところに輿入れしていたら、どうなっていたかわからないぞ）

そんな動揺をよそにルビーは声を改める。

「話を戻しますが、わたしは今の暮らしを続けさせていただきたいのです。この婚姻《こんいん》に意味がないことは理解していますので、離縁はもちろんさせていただきます。ですが陛下のお手を煩《わずら》わせることのない形で、どうかこの国に置いていただけないでしょうか？」

「離縁だと？」

待ち望んでいた言葉がルビーの口から発せられた。

それなのに、セオドアはちっとも嬉しくなかった。むしろ、正体不明の煮え切らない感情がふつふつと湧き始めていた。

「はい。離縁すればわたしに対する陛下の責任はなくなりますし、新しい奥様をお迎えするにも支障ありません」

セオドアはルビーと離縁して余計なしがらみと責任から解放される。一方ルビーは彼の庇護から抜け出して、眷属たちとの自由気ままな生活《スローライフ》を手に入れる。そういう提案だった。

願ってもない申し出のはずだった。

それなのに、セオドアは即答することができない。

「――――俺は」

たっぷり考えてから重い口を開く。

「俺は、君と離縁するつもりはない」

彼は俯《うつむ》きながら一思いに言い切った。

しかし、ルビーは解せぬという表情で小首をかしげる。

「……ん？　ですが、それでは陛下はなにも得をしません。厄介《やっかい》ごとが増えるだけでしょう」

「……急いで決断する必要はない」

「そっ、そういうものですか？　陛下がそう判断なさるなら、わたしが口を挟《はさ》むことではありませんが……」

ルビーに伝えたことが、今この瞬間のセオドアのすべてだった。

料理のことだけではない。もっと彼女自身のことを知りたい、彼女と関わっていきたいという気持ちが待ったをかけていた。

「離縁しないとなると、いっそう申し訳ありませんね。書類上は妻である以上、わたしに万が一のことがあったらこうして面倒を見ていただくことになってしまいます。なにかお礼をさせていただけませんか？」

礼などいらん、と言いかけたセオドアだったが、これはいい機会だとはっとする。

「では、このあいだ差し入れてくれた粥とコンポートをもう一度作ってくれないか？」

「そんなことでいいのですか？　価値が釣《つ》り合わない気がしますけど」

「どちらも美味《うま》かった。ずっとずっと、もう一度食べたいと思っていたんだ」

そのときの感動を思い出して、セオドアは幸せそうに目を細めた。

初めて目にする彼の柔らかい表情に、ルビーはどきっとする。

(陛下はこのように笑うお方なのね。なんだか……とっても意外だわ)

途端に胸が切なく締め付けられてどきどきが酷《ひど》くなった。たまらず深呼吸を始めると、セオドアは彼女の身体にそっと毛布を掛け直し、丸椅子から立ち上がる。

「料理のことは怪我が治ってから考えてくれ。まずはゆっくり休むように」

「ありがとうございます」

部屋から去っていく大きな背中を見送って、ルビーは「――ふう。ようやく息が吸えるようになったわ」と安らいだ。

「それにしても、お粥とコンポートが好きだなんて皇帝陛下の食の趣味《しゅみ》はわからないわね。でも、せっかく希望してくれたのだから心を込めて作りましょう。満足いただけたら森暮らしの許可をいただけるかもしれないし」

ふんすと意気込んでいると、派手な音を立てて医務室のドアが開け放たれた。

「ルビーさまぁあああ〜っっ‼」

半泣きで駆け込んできたのはエマで、マイケルを背中に乗せたブラッキーも一緒だ。

「エマ！　ごめんなさい。心配かけてしまったわね」

「ご無事でよかったです！　血まみれのルビー様を発見したときは生きた心地がしませんでしたっ‼」

「わたしを運ぶの、重たかったでしょう。あなたはどこも痛めていない？」

「あたしの力では時間がかかりそうで途方に暮れていたんですが、ブラッキー様が助けてくださったんです。ルビー様を背に乗せて本城まで飛行なさいました。そのあとをマイケル様と追いかけたんです」

「まあ、ブラッキーが？　そうだったの。いい子ね、ありがとう」

ルビーがブラッキーを抱きしめると、彼は「キュイィーン！」と得意気に鳴いた。

雛《ひな》だったときのふわふわとした羽毛は生え変わり、硬質《こうしつ》でツヤのあるしっかりとした翼が生えている。ずいぶん逞《たくま》しくなったわねとルビーは嬉しくなった。

「ルビー様の危機を知らせてくれたのはマイケル様です。眷属様の連携《れんけい》のおかげで、すぐにお助けすることができました」

「マイケル！　やっぱりあなたは頼りになるわね。最高の親友よ！」

ルビーは左腕にブラッキーを抱きながら、飛びついてきたマイケルを右腕で受け止めた。

ほっこりとして柔らかな毛を幾度《いくど》も撫でると、マイケルは「チュ～……」と身を擦《す》り寄せて甘えた。

「みんな聞いて。セオドア陛下がね、この国にいてもいいっておっしゃってくださったの。これからも一緒に楽しく暮らしていきましょうね！」

「ようございました。お供させていただきます、ルビー様」

エマが目元を拭いながら、くしゃりと相好《そうごう》を崩す。

「チチィッ！」

「キュー－ンキュー－ン‼」

医務室らしからぬ賑《にぎ》やかな声は、その日の面会時間が終わるまで続いたのだった。

◇◇◇

医務室を後にしたセオドアは、畑の謎について訊ね忘れたことを思い出した。

引き返そうか逡巡《しゆんじゆん》したものの、廊下《ろうか》の奥からどやどやと走ってくるメイドやダークドラゴンに気がついて、後でもいいかと思い直す。

(ルビー王女はこの国に留《とど》まるのだから、機会はいくらでもある。いきなり質問攻《ぜ》めにして警戒されても困るからな)

あのダークドラゴンだって、人畜無害《じんちく》そうな顔で王女のそばにいるが、本来人間に懐《なつ》くはずのない最上位種の魔物なのだ。

幼体だから庇護を求めて彼女のもとにいるのか、それとも王女が『眷属』と表現していた通り、なんらかの主従契約《けいやく》を結んでいるのか――。

いずれにしろダークドラゴンの生態としては考えられないことなのだが、あの王女ならあり得ると思えてしまうのが恐《おそ》ろしい。負傷した主人を城に運ぶあたり知能が高く忠誠心もあるようだ。

セオドアにとって魔物は討伐の対象であり、共生するという発想はなかった。

世界中から見下されるこの国で、数々の有毒動物や魔物を従えて楽しそうに暮らしているルビーの生活は、ある意味でセオドアの理想を見たようなものだった。

もっと彼女のことを知りたい。純粋《じゅんすい》にそう思った。

「こんなところに突っ立って何をニヤニヤしているのですか？　変な妄想《もうそう》をなさるのはご自分の部屋に戻ってからにしてください」

からかうような声ではっと意識を引き戻される。

「……ふん」

なにもなかったような風を装《よそお》って執務室へ足を向けると、後ろをアーノルドがついてくる。

「結局、ルビー殿下とは離縁しないのですね？」

「とりあえずは、だ。先のことはわからない」

「そうですか。思っていたような悪いお方ではなさそうですし、陛下が楽しそうだとわたくしの生活にも張りが出ますので、異論はありません」

アーノルドと別れて執務室に戻ると、相変わらず机の上には山のように書類が積まれていた。

二年前に父帝が急逝《きゅうせい》し、悲しみに整理を付けられぬまま就《つ》いた皇帝の椅子。民のために生きて死ぬのが自分の運命だと言い聞かせ、がむしゃらに働いてきた。

広間には性懲《しょうこ》りもなく中央からの使者が来ているし、民からの嘆願《たんがん》状もどっさり届いている。

けれども、セオドアは以前ほど無味乾燥《むみかんそう》な気持ちにはならなかった。

もしかしたら、生き急ぐ必要なんてないのかもしれない。最近はそう思うようになった。

（ひとつひとつ、ゆっくり片付けていけばいい）

セオドアは椅子に腰を下ろし、穏やかにカーネーションの栞を見つめるのだった。

第三章　毒使いは人生を楽しみたい

1

ルビーは怪我《けが》から順調に回復し、予定通り一週間で抜糸《ばっし》することができた。「もう大丈夫《だいじょうぶ》ですよ」とドルーアからお墨付《すみつ》きをもらうと声を弾《はず》ませる。

「ドルーア先生、お世話になりました。とても良くしていただいて……また会えたら嬉《うれ》しいです！」

「こちらこそと申し上げたいところですが、私は医者なので、お会いする機会は無いほうがよろしいかと」

「あっ！　そっ、そうですね。わたしったら」

「あっはっは。王女殿下《でんか》のお言葉は身に余る光栄ですよ。どうぞお大事にしてください」

赤面するルビーをドルーアは陽気に笑い、医務室から送り出した。

ルビーとエマはその足で皇城の厨房《ちゅうぼう》に向かった。元気になったら料理を振《ふ》る舞《ま》うというセオドアとの約束を果たすためだった。

心を込《こ》めて調理し、湯気の立つできたてをワゴンに載《の》せて皇帝《こうてい》の執務室《しつむしつ》を目指す。すれ違《ちが》う皇城の使用人たちは、偽者《にせもの》王女が嬉々《きき》として城内を歩く姿を二度見した。

五階に位置する執務室に通されると、ルビーは深々と頭を下げる。

「セオドア陛下。この度《たび》は手厚い治療《ちりょう》を受けさせていただきありがとうございました。約束のお食事を作ってまいりました」

「何事もなく回復して安心した。料理は落ち着いてからでよかったのだが」

「一週間ベッドの上で安静にしていたので、動き回れてむしろ嬉しいんです」

ルビーはぱっちりとした二重の瞳《ひとみ》を細め、血色の戻《もど》った頬《ほほ》を綻《ほころ》ばせる。

「可笑《おか》しいですよね。ベルハイムでは小さな塔《とう》で八年間も暮らしたのに、医務室の一週間が長く感じるなんて。きっと陛下が外の世界の素晴《すば》らしさを教えてくれたからですね」

セオドアは耳の端《はし》を赤く染め、恥《は》ずかしそうに目線を逸《そ》らす。

「……せっかく作ってくれたのだから、冷めないうちにいただくことにしよう」


食事を終えて匙《さじ》を置いたセオドアは、名残惜《なごりお》しそうな顔で皿から目を上げる。

「君には自由に過ごしてほしいと思っている。ログハウスでの生活を認めるが、決して危ないことはしないでくれ。近くに騎士《きし》の詰《つ》め所を設置するから、何か起きたら……いや、起こる前に助けを求めるように」

「よろしいのですか⁉　ありがとうございます！」

「城や離宮《りきゅう》のほうがまだ快適だろうに。自給自足する王族など前代未聞《ぜんだいみもん》だぞ」

「あの森は居心地《いごこち》がいいんです。たくさんの自然に囲まれていますし、眷属《けんぞく》たちも思い切り身体《からだ》を動かせるので好評なんですよ。マイケルは塔の暮らしで肥満になってしまいましたからね。もちろん二度とご迷惑《めいわく》をかけないように、細心の注意を払《はら》ってスローライフをしますので！」

魔《ま》の森を褒《ほ》められたセオドアは奇《き》妙《みよう》な気持ちになった。そして、細心の注意を払うような生活にスローライフという表現は適切ではないと心の中で小さくツッコミを入れる。

この王女は自分たちとは物事の捉《とら》え方が百八十度違っているのだということを、改めて感じたのだった。

◇◇◇

ルビーが一週間ぶりにログハウスに戻ると、留守番をしていた眷属たちが出迎《でむか》えた。ポイズンラットにクロガラス、ロードウルフなど、みんな彼女《かのじょ》の友達《ともだち》だ。

一匹《ぴき》一匹の頭を撫《な》でて労をねぎらっていく。ブラッキーの番になると、彼《かれ》はドレスの裾《すそ》をくわえて引っ張った。

「見せたいものがあるのね、ブラッキー」

「キュイッ！　キュ～ン‼」

ブラッキーと出会っておよそ三か月。マイケルの通訳がなくてもルビーは彼の言うことが理解できるようになっていた。

後についていくと、ログハウスより少し奥《おく》の森が切り拓《ひら》かれ、屋根付きの立派な小屋が建っていた。

「まあ、これはどういうわけかしら⁉　こんな小屋、なかったわよね」

自分が造ろうとした干し草の屋根ではなく、金属板でできた頑丈《がんじょう》な屋根だ。小屋と呼ぶには大きすぎる規模で、中には寝心地《ねごこち》の良さそうな藁《わら》や毛布が敷《し》き詰められていた。

ルビーは木製の壁《かべ》にそっと触《ふ》れる。

木板は適度に隙間《すきま》を空けて張られており、通気性が確保されている。身体が接触《せっしょく》して怪我をしないように、釘《くぎ》は頭がならされている。

（とても丁寧《ていねい》に造られている……。こんなことをしてくださるのはセオドア陛下に違いないわ）

ブラッキーはニコニコしながら藁に寝そべった。肌触《はだざわ》りの良い毛布を抱《かか》えてご満悦《まんえつ》である。

新しいねぐらがとても気に入っているようだった。

「ウキュッ！　キュウキュウキュウッ‼」

「そんなに気に入ったの。ここなら一人暮らしも寂《さび》しくないって？　それはよかったわ。陛下には何とお礼を言ったらいいのかしら」

怪我の手当てをしてもらったうえ、こんなに立派な小屋まで造ってもらってしまった。

おそらく「小屋の建築でこれ以上怪我をされたら困る」ということなのだろうが、ルビーはセオドアの気遣《きづか》いに深く感謝した。自分だけでなく、友達である眷属のことも思いやってくれていることが嬉しかった。

（陛下はわたしの料理を気に入ってくださったみたいだし、折に触れて差し入れを持って行きましょう）

ルビーはにこりと微笑《ほほえ》んだ。

この一週間でセオドアとの距離《きより》が少し縮んだ気がする。忙《いそが》しいはずなのに医務室にたびたび様子を見に来てくれたし、他愛《たわい》もない話にじっと耳を傾《かたむ》けてくれていた。

（アクアマリンのことはほんとうに悪いことをしてしまったけど、きっとこの先素晴らしいご縁《えん》があるに違いないわ。それまで微力《びりよく》ではあるけど、少しでもお役に立てたら嬉しい）

小屋の周りではしゃぐ眷属たちを眺《なが》めながら、ルビーは心からセオドアの幸せを願った。

2

正式にラングレー皇国の滞在《たいざい》が認められたルビーは、日々をいっそう楽しみながら過ごしていた。

朝は穏《おだ》やかな陽《ひ》の光で六時きっかりに目を覚ます。エマや眷属たちと一緒《いっしょ》に温かい朝食をとり、面積を増やした畑の世話に精を出す。昼食のあとは眷属たちの運動を兼《か》ねて魔の森を散策する。

このとき熟《う》れた果実を発見すれば収穫《しゅうかく》するし、魔物に出会えば「仲間になりたいか？」と訊《たず》ねる。

冥府《めいふ》より湧《わ》き出る魔物は十中八九有毒なので、毒使いであるルビーにとって脅威《きようい》ではなかった。どんなに恐《おそ》ろしい見た目をした魔物でも、ルビーにとっては小さなマイケルと同じように、親しみの湧く相手だったのである。

ちなみに残りの一割というのがルビーたちを攻撃《こうげき》してくるような魔物だった。話が通じず脅威になる場合はやむを得ず退治することになる。これにはブラッキーが活躍《かつやく》し、肉は解毒《げどく》して食料庫に蓄《たくわ》えられた。

散歩が終わるとエマが住みやすく整えてくれているログハウスに戻り、収穫した野菜や果実で工《く》夫《ふう》を凝《こ》らした食事を作る。日暮れ前に池で身体を清め、夜の訪《おとず》れと共にベッドに入るのだ。

人生で今が一番充実《じゅうじつ》しているわ、とルビーはしみじみ実感していた。

そんなある日、ログハウスに珍《めずら》しい客がやってきた。

畑を耕していたルビーは、マイケルの警戒《けいかい》するような鳴き声で手を止める。

近づいてくるのは蒼黒《そうこく》色の髪《かみ》に金色の双眸《そうぼう》をもつ大柄《おおがら》な男性だ。騎士服を模した装束《しょうぞく》は迫力《はくりょく》があり、彼の堂々とした立ち振る舞いをさらに闊達《かったつ》に見せている。

「まあ、陛下ではないですか。いかがされましたか？」

鍬《くわ》を置いて彼のほうに身体を向けるが、セオドアはどこか居心地が悪そうな表情だ。

「……無事に暮らしているか、様子を見に来た」

「忙しいのにすみません。おかげさまですこぶる平和に過ごしております。陛下の言いつけどおり、異変が起こりましたら詰め所の騎士様に報告しますから、どうぞお気遣いなく」

「…………」

彼は返事をせず、じっと足元の畑に目を落とした。

この一帯だけ嘘《うそ》のように雲が晴れて光が降り注いでいる。直線状に植え付けられた野菜たちは青々として、その身いっぱいに光を受けて伸《の》び伸びと育っている。

「ここの作物は、すべて君が育てているのか？」

「はいっ！　眷属が増えたので農地も増やしました。青菜に根菜、お豆やお芋《いも》もありますよ。そのうち麦も試《ため》す予定です」

しばしの沈黙《ちんもく》ののち、セオドアは今日ここにやってきた理由を口にする。

「……ルビー王女。今日一日農作業を手伝わせてくれ。そのかわり、この畑について話を聞かせてもらっても構わないだろうか」

「陛下が農作業をなさるのですか？　畑の話なんて特に面白《おもしろ》くないと思いますけど、聞きたいとおっしゃるならいくらでもしますわ。わざわざ手伝っていただく必要はありません」

「いや、それでは俺《おれ》の気がすまない。ただ情報を聞きに来ているだけだと思われても困る」

「それでいいではないですか。皇帝なのですから」

「だめだ」

食い気味に即答《そくとう》するセオドア。今日の陛下は妙に頑固《がんこ》だわ、とルビーは首をかしげる。

「あっ、もしかして陛下も家庭菜園を始めるのですか？　だからノウハウを教わりに来たのですね？」

「……まあ、そういうことでもいい」

セオドアのボソッとした返答はルビーには聞こえなかったらしい。「それならそうと早くおっしゃってくだされば いいのに！」とニコニコしながら彼の分の農具を取りに走る。

「こちらをどうぞ！　普段《ふだん》エマが使っているもので申し訳ありませんが、二人分しかないのでお許しくださいね」

鍬を受け取ったセオドアは、先ほどまでルビーが耕していた畝《うね》の先を引き受けた。

けれども、当たり前だが耕作などしたことのない彼の動きはとても見ていられないものだった。鍬で魔物でも斬《き》っているような、無駄《むだ》に俊敏《しゅんびん》な動きで土を掘《ほ》り返している。

「わわっ、陛下！　鍬はこう持つんですよ。そのやり方では腰《こし》を痛めてしまいます。それと土の返し方は外から中の方向です！」

慌《あわ》てたルビーはセオドアの右手に自分の手を重ねて正しい持ち方をレクチャーする。そのまま何度か一緒に動かし、畝を作る動きは彼の腰に手を添《そ》えて身体に負担のかからないやり方を伝授した。

「えへへ。わたしもこの間までは自己流でやってたんですけどね。エマが正しいやり方を教えてくれました。……って陛下、お顔が真っ赤ですよ！　大丈夫ですか⁉」

見上げたセオドアの表情はカチカチで、首まで真っ赤になっていた。心ここにあらずといった様子でぼうっとしている。

「たっ、大変だわ！　いつもお城にいらっしゃるから、この日差しで当てられてしまったのね。一度屋内に入って休憩《きゅうけい》しましょう！」

大きな背中を押《お》してログハウスに押し込もうとしていると、セオドアははっとして我に返る。

「すまない、もう大丈夫だ。作業を続けよう」

「でも、お顔が真っ赤ですよ」

「少々暑いだけだ。体調に問題はない」

きっぱりと言い切ったセオドアは、ものすごい勢いで畑を耕し始めた。

邪念《じゃねん》を振り払うがごとく一心不乱な動きに、ルビーは感嘆《かんたん》の息をつく。

「教えたことをもう呑《の》み込んでらっしゃるわ。やっぱり陛下は優秀《ゆうしゅう》なお方ね……！」

鬼神《きじん》のごとき活躍によって、予定していた作業は瞬《また》く間に終わってしまった。セオドアは一日手伝うと言ったものの、そもそも農作業をするのはいつも午前中だけだ。

そこでルビーはセオドアを昼食に招待して、彼の話を聞くことにした。

3

セオドアの前に並べられたのは、見たこともない料理の数々だった。

芋を細かく刻んで平坦《へいたん》な丸型に成形し、こんがりと焼き色を付けたメイン料理。色とりどりの野菜をトマトの汁《しる》で煮込《にこ》んだというスープ。新鮮《しんせん》な青菜は塩を振ってそのままサラダに。食後にはいちじくのコンポートまであるという。

「せっかく陛下がおいでなので、ベルハイム料理を作ってみました。お口に合えばよいのですが」

香《こう》ばしい匂《にお》いに食欲が刺激《しげき》され、ごくりと喉《のど》が鳴る。

食べることが好きなセオドアだが、結納金捻出《ゆいのうきんねんしゅつ》のために一年近く粗食《そしょく》が続いていた。ごちそうを並べられて心中穏やかではなかったが、平静を装《よそお》ってゆっくりとカトラリーを手に取る。

「いただこう」

会話もそこそこに料理を口に運ぶ。まずは焼いた芋料理だ。

（……美味《うま》い。ホッフェン芋のはずだが、外側はサクッとカリカリしていて、中はほっくりしている。甘《あま》みが濃《こ》く、旨味《うまみ》が凝縮《ぎようしゆく》されているようだ）

「そちらはガレットというものです。つなぎは使わずに、ホッフェン芋のでんぷん質だけで焼き固めているんですよ」

「ガレットというのか。我《わ》が国にはない料理だな」

瞬く間にガレットを食べ終えたセオドアはトマトスープに手を伸ばす。野菜の出汁《だし》がしっかり出ていて、労働後の身体に心地よく沁《し》みわたっていった。

（……ああ、この感覚だ。粥《かゆ》を食べたときもこのように心の奥から浄化《じようか》されるようだった）

ありていにたとえるならば、ひとくち噛《か》みしめるごとに回復薬を飲んでいるような感覚だ。自然と身体が軽くなり、五感がひときわ冴《さ》えわたる。頭を悩《なや》ませていることも「まあ、どうにかなるだろう」と前向きな捉え方になれる。ルビーの料理を食べるたびに必ずこのような実感を得た。

食事を綺麗《きれい》に完食したセオドアは、今日ここに来た本題に入る。

「素晴らしい食事を振る舞ってくれて感謝する。さっそくではあるが、王女にいくつか訊ねたいことがある」

「なんでしょう？」

食後のハーブティーを持ってきたルビーは、セオドアと自分の前に一つずつマグを置いて椅子《いす》に腰を下ろす。

「まずは畑のことだ。我が国では瘴気《しょうき》の影響《えいきょう》で農作物の生育が悪く、多くを輸入でまかなうしかない状況《じょうきょう》だ。しかし王女の畑ではこんなにも多くの野菜が育っている。それはなぜなのだろうか？」

「ああ！　そのことでしたら答えは簡単です。このあたりの土と空気は毒されてましたので、それを解消しましたら通常の土に戻りました。あとは普通に種をまいて育てるだけです」

「……毒を解消？」

「はい。毒使いの力を使ってみたんです。どうも瘴気由来の毒が土質に悪影響を与《あた》えているみたいだったので、瘴気ごと払って毒を消しました」

「瘴気を払う、だと!?」

とんでもない言葉が飛び出したため、セオドアは思わず大きな声を出す。

浄化の力を持つ聖女にしかできないと思っていた瘴気払い。それが、このルビー王女にもできるということなのか？

セオドアの動揺《どうよう》ぶりを目の当《ま》たりにしたルビーは慌てふためく。

「すみません！　あの、詳《くわ》しいことはよくわからないんです。毒や瘴気がなくなったのは、すべて結果的にそうなっているという話だと思ってください。まったく大したことではないんです」

（重要なのはむしろ結果だ。これが事実なら国の一大事なのだが……）

動悸《どうき》が止まらないセオドアは心臓のあたりを強く押さえる。

初手の質問で大ダメージを食《く》らったが、聞きたいことはまだある。ここで怯《ひる》むわけにはいかなかった。

「ひとまず次の質問に移らせてもらう。表にいるダークドラゴンのことだ。見たところ王女に懐《なつ》いているようだが、どのようにして知り合ったのだ？」

「ダークドラゴン？　どの子のことですか？」

「奥の小屋に住んでいるだろう。君が怪我をしたとき城に運んできた魔物だ」

「ああ、ブラッキーのことですか！　陛下、ブラッキーはダークドラゴンとやらではありませんよ。鳥です。毒はありますけど、ただの鳥さんですよ」

（王女はあれを鳥だと思っているのか。冥府最恐《さいきょう》の魔物を……）

まさかの回答にセオドアは吃驚《きっきょう》するが、ルビーはほくほくしながらブラッキーとの馴《な》れ初《そ》めを語り始める。

「初めてこの森に来たときのことでした。鳥同士の喧嘩《けんか》に負けて落っこちてきたブラッキーを助けたのがきっかけです。あっ、ちなみに目の前の池はそのときに解毒しました。有害物質で真っ黒でしたから、ブラッキーがどこに沈《しず》んでいるか見えなかったんです。離宮に連れて帰って手当てをしたら眷属になりたいということだったので、その日からわたしたちは友達になりました」

「王女はどんな相手でも眷属にできるのか？　我が国にはテイマーという動物訓練職があるが、魔物やドラゴンをテイムできる者はいない」

「どうやら有毒生物に限られるみたいですね。ですから魔物さんが多いです」

「なるほど……。さきほど池を解毒したと言ったが、土や空気と同じようにということか？　対象物の毒を抜《ぬ》くことができるという理解でいいのだろうか」

「抜いているというより、なにかで上塗《うわぬ》りしているような感覚です。すみません、そのあたりは自分でも理解できてません。結果的に毒がなくなるというのはその通りです」

彼女の口から語られたのは、セオドアが予想していた内容をはるかに上回るとんでもないものだった。聖女ではないが、実質的に聖女と同等の能力を持っていることが判明したのだから。

しかし、すべてを鵜呑《うの》みにするほどセオドアは楽観的な性格ではなかった。自分の目で見るまでは〝王女が勘違《かんちが》いをしている〟可能性も捨てきれなかった。

「王女よ。その能力を実際に見せてもらうことはできるか？」

「もちろんです。どうやって試しましょうか？」

「そうだな……。では、ヘルスパイダーでやってみよう」

二人はログハウスから出て魔の森に入る。

警戒しながら周辺に目を走らせるセオドアは、木の幹に張り付いた大きな蜘蛛《くも》を見つけると、べりっと剥《は》がして戻ってきた。

「ヘルスパイダーは身体の色で毒の強さがわかる。赤ければ赤いほど毒が強く、逆に白いほど毒が弱い。生まれたばかりの幼体のようにな」

セオドアがわしづかみにしているヘルスパイダーは熟れた林檎《りんご》のように真っ赤な体躯《たいく》だ。つまりルビーがこの個体を解毒できたなら、真っ白に色が変わるはずだという。

「気をつけてくださ い陛下。その子は結構強いです」

「問題ない。今までさまざまな毒を浴びてきたから、ヘルスパイダー程度にやられたりはしない」

「そっ、そうなのですか？　でも心配なので、さっそく始めますね」

セオドアに掴《つか》まれてじたばたしているヘルスパイダーは、ルビーがそっと撫でると嘘のように大人しくなった。

そのままルビーはいつものように両手を組み、ヘルスパイダーに向かって祈《いの》りを捧《ささ》げる。

（蜘蛛さん、どうかわたしの声を聞いて。陛下に信頼《しんらい》いただく機会なの。あなたの毒をちょうだいね）

強く念じれば、脳裏《のうり》に例の呪文《じゅもん》がくっきりと浮《う》かび上がる。あとは声に乗せるだけ。

「ルビー・ローズ・デルファイアの名に於《お》いて命ず。気高き蜘蛛よ、我が猛毒《もうどく》をもってその血を召《め》さん！」

ルビーの手から黒いモヤが漂《ただよ》い始め、紅《べに》色の蜘蛛をゆらゆらと包み込んでいく。

やがてモヤは再び彼女の手に吸い込まれていき、雪のように真っ白なヘルスパイダーが姿を現した。

「できました！」

ぱっと表情を明るくしてルビーが顔を上げると、セオドアは氷のように冷たい表情をしていた。眉間《みけん》には深く皺《しわ》が寄り、鋭《するど》い眼差《まなざ》しは射貫《いぬ》くようにヘルスパイダーを見つめている。

一瞬《いっしゅん》でルビーの表情もこわばった。

「……陛下？　もしもし？」

「感謝する。すまないが、もう戻る」

王女の話していたことはすべて真実だった。すぐに戻ってアーノルドと共有しなければならない。

セオドアは唖然《あぜん》とするルビーを残して馬に飛び乗り、急ぎ皇城まで駆《か》けたのだった。


「陛下ったら、急にお手洗いにでも行きたくなったのかしら？　よその家では言い出しにくかったのね。……ああ、空が暗くて雨が降りそうだわ。急いで家に戻りましょう」

魔の森からの帰り道。ホワイティと名付けたヘルスパイダーにルビーがそう話しかけているころ――。


「アーノルド！　午後の予定はすべてキャンセルしろ。極《きわ》めて重要な話がある」

城に戻ったセオドアはアーノルドの執務室に踏《ふ》み入るなりそう告げた。

長年の付き合いからただならぬ様子を察知したアーノルドは「承知しました」と頷《うなず》き、すみやかに各所へ連絡《れんらく》を入れる。

侍《はべ》っていた補佐官《ほさかん》も退室させ、部屋には二人だけになった。

「……で、いかがされたんです？　徹夜《てつや》で仕事を終わらせて、今日は丸一日ルビー殿下のために空けていたはずですよね。殿下からなにか有益な情報が？」

「有益どころじゃない。我が国の未来を左右する重大な話だ。いいかアーノルド、今から話す内容は他言無用だ」

セオドアは今朝からの出来事をすべてアーノルドに共有した。

最初は真面目《まじめ》な顔で頷いていたアーノルドだが、実際に解毒能力を目撃したくだりになると喜びを隠《かく》しきれなくなる。聞き終わると、とうとう声を弾ませた。

「それは大ニュースですね！　ラングレー皇国にとってこの上ない朗報です！」

「嘘みたいな話だろう。毒使いが聖女のような力を持っていただなんて」

「にわかには信じられない内容ですが、この件で陛下が冗談《じょうだん》をおっしゃるはずがないこともわかっています。ああ、よかった！　聖女アクアマリン姫《ひめ》でないとわかったときはどうなることかと思いましたが、結果的には帳尻《ちょうじり》が合ったのですね！」

しかしセオドアの表情が晴れないことに気がつく。

「どうしたのです？　おめでたいニュースなのに顔色が冴えませんね」

「……ルビー王女は自分の力がどれだけすごいものなのか、理解していない様子だった」

「長年幽閉《ゆうへい》されていたそうですから、天星を行使することもなかったんでしょう。中央に近いベルハイムは瘴気が薄《うす》いですし、魔物もまず出ませんから。それがなにか問題でも？」

「彼女は今の暮らしを気に入っている。これから俺たちが頼《たの》もうとしていることは、酷《こく》ではないだろうか」

消極的な態度にアーノルドは目を丸くする。

「今日は驚《おどろ》かされることばかりですね……」

良くも悪くもセオドアは有能な皇帝だ。人を切り捨てる冷酷な判断を下すこともあるし、騎士団にいたときは容赦《ようしゃ》なく罪人や魔物の命を奪《うば》ってきた。

幸せを願う対象は国民だけであり、自分のことに関しては夢も希望も抱《いだ》かず淡々《たんたん》と生きてきた男である。

女性に対しても同様で、義務以上の感情を持ったことはアーノルドの知る限りでは無い。自身の結婚《けっこん》に関しても皇帝、皇妃《こうひ》として互《たが》いの務めを果たしながら、余計な干渉《かんしょう》をせずに生きていくという考え方をする人間だ。

それが今は、明らかにルビー王女個人の気持ちを気にかけている。

幼馴染《おさななじみ》として共に育ってきたアーノルドの狐《きつね》につままれたような表情に、セオドアはきまりが悪そうに目を逸らす。

「……妻だからな」

「まさか陛下の口からその言葉が出てくるとは。よかったですよ、早まって離縁《りえん》しなくて」

俯《うつむ》いたまま黙《だま》り込むセオドア。彼自身も今この口から飛び出した言葉に驚いているくらいだった。

「これも興味深い話ではありますが、本題に戻りましょう」

アーノルドは表情を引き締める。

「陛下が聖女アクアマリン姫と結婚した暁《あかつき》には、半年かけて国内を回り各地を浄化する予定でした。ルビー殿下に聖女に準ずる能力があったということは、殿下にその役目を負っていただくということになります。複雑な胸中でいらっしゃることはわかった上での確認《かくにん》ですが、陛下も同じお考えで相違《そうい》ないですね？」

セオドアは腕《うで》を組み、苦い顔のまま首を縦に動かす。

「だがルビー王女の能力には未知な部分が多い。あくまで毒使いなのだから、聖女とまったく同じ活躍というのは難しいだろう。ゴブリンのような小型の魔物を追い払い、瘴気に侵《おか》された井戸《いど》を一つ二つ浄化できれば御《おん》の字だと思っている」

「……少々舞い上がってしまいましたが、おっしゃる通りです。殿下は聖女ではない。期待しすぎるのは危険ですね」

二人は同時にため息をついたが、セオドアのそれはアーノルドのものとは質が異なっていた。

彼はもごもごと小さく口を動かす。

「……それですら都合が良すぎる頼みだ。彼女は好きでこの国に来たわけではないし、皇妃になりたかったわけでもない」

「入れ替《か》わり自体はルビー殿下も承知の上だったのですから、気にしすぎることはないと思いますけどね。そもそも我が国は騙《だま》された立場だということをお忘れなく。宰相《さいしょう》として公平な意見を述べるならば、偽者だったルビー殿下の生活を保障し、怪我を治療したことで十分な対応をしていると考えています」

「……いずれにしろ、王女は俺たちが頼めば断らないだろう。あれは根が善良すぎる。無理強《むりじ》いしたくない」

煮え切らない態度に、しだいにアーノルドの表情が厳しいものになっていく。

いつの間にか降り始めていた雨が、しとしとと窓の外で湿《しめ》った音を立てている。

「予定通りにアクアマリン姫と結婚していたとしても、同じことをしていただく予定だったでしょう。この婚姻《こんいん》の本質は陛下も理解していますよね？」

「わかっている。立場を考えれば俺に選択肢《せんたくし》などない」

決断を下せないのは、あくまでセオドアの私的な部分が引っかかっているから。

旅に出れば移動ばかりの過酷なスケジュールを半年間続けることになる。ベルハイムと違ってラングレーは貧しい。町によっては庶民《しょみん》と同じ宿屋に泊《と》まることもあるし、腹いっぱい食べられない日もあるだろう。

聖女であれば自分自身に回復魔法をかけることもできるが、毒使いにそれはできない。他者を助けることはできても自分自身を救うことはできないのだ。

あの純粋無垢《じゅんすいむく》な女性にそんなことを頼んでもいいのか？　都合のいい時だけ利用するような男だと思われないだろうか。

結局セオドアは、「ルビーにどう思われるのか」というところが気になって仕方がないのだった。

アーノルドの冷えた声が彼の耳を刺《さ》す。

「わたくしたちが最も優先すべきは民《たみ》の幸せです。『民の満足が皇帝の幸福』。前帝陛下のお言葉をお忘れになったのですか？」

セオドアの父である前帝ゾイエルは、民の幸福を願いながらも志半ばで病に倒《たお》れた。

冥府が目と鼻の先にあるラングレーに好き好んで住まう民などいないのだから、それでもこの国を選んでくれた民に少しでもいい暮らしをさせてやりたい、と幼いセオドアとアーノルドに常々語り聞かせていた。

その遺志を継《つ》いで、これまで二人は互いに支え合いながらラングレーの舵取《かじと》りをしてきたのである。

「心配するな」

憂鬱《ゆううつ》な顔で前髪をかき上げて盟友に向き直る。

「明日、もう一度王女のもとに行ってくる」

「よい返事を期待しております」

アーノルドは断固とした響《ひび》きで言い放つ。

鉛《なまり》のように重い身体を引きずって、セオドアは部屋を後にした。

4

翌日、ルビーが雨露《うろ》に濡《ぬ》れる畑を耕していると、とぼとぼとセオドアがやってきた。

浮かない表情が気になったルビーは彼をログハウスに招き入れ、昨晩こしらえたスイートポテトと温かいハーブティーを並べた。

「ホッフェン芋とバイフェン芋を混ぜると甘みと粘《ねば》り気がちょうどよくなって最高だという発見をしたんです。……なにかお話があっていらしたのでしょう？　食後に伺《うかが》いますから、まずは召し上がってください」

「ありがとう」

あたたかな気配りによって、胸のつかえがほんの少し軽くなった気がした。なんと切り出そうか一晩中悩んでいたが、変に取り繕《つくろ》うより正直に話してみようと思った。

「折り入って王女に話がある。昨日見せてもらった毒使いの力のことだ」

「はい」

邪心の欠片《かけら》もない表情を見ると、固めた決意が揺《ゆ》らぎそうになる。セオドアは感情を押し殺して先を続ける。

「君の能力はラングレーにとって非常に助かるものなんだ。空を覆《おお》う瘴気を払えば魔物は冥府に留《とど》まり、土を浄化すれば農作物が育つ。飢《う》える者はいなくなり、民の生活は飛躍的に向上するだろう」

「そっ、そんな大それた力ではありません。一国を救済するなんて大聖女様にしかできません」

数百年に一人現れるかどうかという『大聖女』は神からの最大の祝福だ。民の命を救うだけでなく、その国にいるだけで安寧《あんねい》をもたらす強大な天星といわれている。その輝《かがや》かしい活躍はどの国でも英雄《えいゆう》的に伝承されていて、ルビーも幼いころ絵本を読んでもらったことがあった。

「もちろん君が大聖女……聖女でもないことはわかっている。だが、その百分の一でも千分の一でも助かる。家庭菜園やヘルスパイダーに使ったような力を、我が民のために貸してくれないだろうか」

そこまで言うとセオドアは椅子から立ち上がり、ルビーの目の前にひざまずいた。

「これまで放っておきながら勝手な頼みをしているのはわかっている。だから俺の誠意として、役割を終えた後は君の望みをすべて叶《かな》えることを約束しよう。金であろうが物であろうが——望むのなら離縁だって。その代わりに俺と共に国内を回る旅に出て、君にできることがありそうだったら力を貸してくれないか？」

「陛下⁉　頭をお上げください！」

ルビーは慌てて彼の元に駆け寄るが、セオドアは熊《くま》のように動こうとしない。

「もちろん君には断る権利がある。旅は長く体力的にもハードだ。宿も食事も劣悪《れつあく》な環境《かんきょう》が想定される。この家で今まで通りに暮らしたいということであれば、そうする自由がある。断ったことで立場が悪くなるということは決してない」

言い終えると、返事を待つようにルビーを真っすぐに見据《みす》えた。

「えっと……。陛下は今日そのお話をしにいらしたのですか？」

「ああそうだ」

「そんなに怖《こわ》いお顔をされて、膝《ひざ》までついて？」

「……その通りだ」

ああだめか、とセオドアは長い睫毛《まつげ》を伏《ふ》せる。いきなりこんなことを言われても困るだろう。王女にしてきたことを考えれば当たり前の反応だ。

少し前の自分だったら「皇妃の務めを果たしてほしい」と当然のように迫《せま》っただろう。けれども王女の人となりを知るにつれ、自分の振る舞いは身勝手だったと気づかされた。誰《だれ》にだって意思や感情があるのだから、それを無視して決めつけたり押しつけたりするのは違うと。

手ぶらで戻るとアーノルドは憤《いきどお》るだろうが、自分がいっそう身を粉にして働いて取り返せばいい。時間を取ってくれた礼を述べて帰ろうと思い、ぐっと足の裏に力を込めたとき――。

「そんなの、大歓迎《だいかんげい》に決まっているではないですか！」

ルビーは顔を明るく輝かせる。

「ラングレーの皆《みな》さまのお役に立てるなら、これ以上光栄なことはありません。それに各地を旅できるというのも楽しそうです。ご存じの通りわたしは狭《せま》い世界で生きてきましたから、新しい経験ができると思うとわくわくします！」

弾《はじ》かれるように顔を上げると、彼女は大輪の薔薇《ばら》のような笑顔《えがお》を咲《さ》かせ、しなやかな手を差し出していた。

「身体は健康そのものですし、農作業で体力も充実しています。どれだけハードなのか想像つかないところはありますが、陛下と一緒なら安心です。わたしが怪我をしたとき陛下はとても優《やさ》しくしてくださいましたもの。さあ、どうかお立ちになってください」

セオドアは言葉を返すことができなかった。

ただ自分の顔がひどく熱を持ち、心臓が今までにないほど早鐘《はやがね》を打っていることだけは、はっきりと感じていた。

（――ああ、ルビー王女はこういう人間だった）

人を疑うことを知らず、誰にだって手を差し伸べる。この世の中に悪人などいないのだと心の底から信じている。

彼女が自分らしくあれる世界であってほしい。

穢《けが》れのないままいつまでも健《すこ》やかでいてほしい。

（皇帝でよかった。ひとまず王女を守ることはできる）

初めて自分の地位に感謝したセオドアは、彼女の柔《やわ》らかな手を取ると、「王女の慈悲《じひ》に心から感謝する」と自らの額を押し当てた。ラングレー皇国の騎士が忠誠を誓《ちか》う礼だった。

その意味を知らずに「……？　もしかして、足が痺《しび》れて立てなくなりましたか？」とまごつく表情さえいとおしい。セオドアは晴れ晴れとした気持ちでスッと立ち上がる。

「出立《しゅったつ》は二週間後だ。必要な物品はこちらで手配するから、君とエマは身一つで来てくればいい」

「わかりました！」

元気よく返事をしたルビーの足元に、ちょろりとマイケルが駆け寄ってきた。

「チチッ！　チィ～……」

寂しげな鳴き声を出し、潤《うる》んだつぶらな瞳でルビーを見上げた。

「あっ……。マイケルたちはどうしましょう」

ベルハイムを出るときは数匹のポイズンラットだけだった眷属たちも、ずいぶん種類が増えた。ほとんどは自力で餌《えさ》を確保できる個体だが、高齢《こうれい》などで人間のサポートが必要な個体もいる。半年も家を空けるとなると、エマを残していくよりほかないだろうか……。

セオドアは、ぎゅっとマイケルを抱きしめるルビーに声をかける。

「この家に残る動物たちには世話係を用意しよう。君の大切な友人なのであれば、旅に連れて行っても構わない」

「よいのですか⁉　ありがとうございます！」

嬉しくなったルビーは思わずセオドアに飛びついた。突然《とつぜん》のことでも大きな体躯はしっかりとルビーの身体を受け止める。

「わたし、この国に来られてよかったです！　ラングレーも陛下も大好きです！」

「……そうか。それはなによりだ」

輿入《こしい》れのときは栄養不足で痩《や》せ細っていたルビーの身体も、健康的なスローライフによって女性らしい曲線を描《えが》くようになっていた。

無邪気なルビーとぎくしゃくするセオドアの周りを、マイケルが楽しそうに駆け回るのだった。

幕間《まくあい》　聖女アクアマリンの誤算

ベルハイム王城の最上階。贅《ぜい》を凝《こ》らした煌《きら》びやかな空間には、思わず耳を覆《おお》いたくなるような金切り声が響《ひび》き渡《わた》っていた。

「こんな質の悪いお菓子《かし》、口にできるわけないじゃない！　今すぐ取り替《か》えてきて！」

金髪碧眼《きんぱつへきがん》の令嬢《れいじょう》は、ひとくちだけ手を付けたクリームパフを皿に叩《たた》きつけると、恐《おそ》ろしい顔でメイドを睨《にら》みつけた。

「恐れながらアクアマリン様。今期は小麦の質が悪く、こちらが最高品質のお品なのです」

「～～～っ。ああ言えばこう言うのね！　いつからそんなに偉くなったのかしら⁉」

アクアマリンが右腕《みぎうで》を払《はら》うと、ティーセットがことごとく床《ゆか》に落ち、けたたましい音をたてて砕《くだ》け散る。聖女のためにと特別に焼いたパイやケーキも、すべて無残に散らばった。

お付きのメイドは「出過ぎたことを申しました。お許しくださいませ」と真っ青な顔で頭を下げる。

「はぁ、つまらない。心底つまらないわ」アクアマリンは冷ややかな声を出す。「聖女としてベルハイムを守護しているのに、まともなお菓子一つ食べられないなんて」

姉のルビーが自分の身代わりとして嫁《とつ》げば、『アクアマリン王女の双子《ふたご》の妹』として表舞台《おもてぶたい》に戻《もど》るまで、悠々自適《ゆうゆうじてき》に過ごせるはずだったのに。

ところが計画は輿入《こしい》れの初日に明るみに出てしまった。それもこれもすべては間抜《まぬ》けな姉のせいだ。

「お姉さまってほんとうに愚図《ぐず》なのね。おかげでまったく休めなかったわ」

結納金《ゆいのうきん》は思ったより早く底をついてしまい、すぐに退屈《たいくつ》な日常が戻ってきた。

聖女としての役割は面倒《めんどう》だからやりたくない。力を使うと疲《つか》れるし、肌《はだ》の調子も悪くなる。身を削《けず》る仕事なんてやらずに、ただちやほやされて生きていきたい。

「ドレスが汚《よご》れるから視察も行きたくないわ。汚《きたな》らしい田舎《いなか》の民《たみ》に話しかけられるのも嫌《いや》だし、粗《そ》末《まつ》な食事は美容に悪影響《あくえいきょう》だもの」

当分遊んで暮らせると思っていただけに、そうでなかった結末が受け入れられない。

更《さら》に運の悪いことに、姉の輿入れと時を同じくして国内の農作物の質が悪くなり始めた。どうせ農民たちがサボっているだけなのに、どうして高貴な聖女である自分が粗末な菓子を食べるはめになるのか。

苛々《いらいら》しながら爪《つめ》を噛《か》んでいると、私室の外から呼び声がかかる。

「アクアマリン殿下《でんか》。国王陛下がお呼びでございます」

「お父さまが？　食事が粗末になったぶん、新しい宝石でも買ってくださるのかしら⁉」

途端《とたん》にアクアマリンは機嫌《きげん》を取り戻す。床に散らばったケーキを高いヒールで踏《ふ》みつけて、父の執務室《しつむしつ》へ向かった。

父王の話は想像と百八十度異なるものだった。

「公務を疎《おろそ》かにしてはいないか、アクアマリンよ。我《わ》が国の一次産業は年々発展を続けてきたにもかかわらず、今期は収穫量《しゅうかくりょう》も品質も軒並《のきな》み落ち込《こ》んでいる。一部の学者の間では、瘴気《しょうき》が強まっているのではないかという話も出ているのだが」

「瘴気が？　わたくしはなにも存じません。日々の務めに手を抜くなどもってのほか。時間さえあれば常に自分を高めておりますわ」

「そうか……。悪かった。少々気が立っていたようだ」

王は表情を緩《ゆる》め、語気を和《やわ》らげた。

「おまえが日々ベルハイムに尽《つ》くしてくれていることは知っている。しかし今は国の危機なのだ。毎朝祈りを捧げていると思うが、昼と夜にも祈祷《きとう》してほしい。それと今週末には西方の農作地へ足を運び、民を激励《げきれい》してくれないか」

「今週末は、セルディオ王太子殿下を歓待《かんたい》するパーティーがあるはずでは？」

隣国《りんごく》の王太子セルディオは二十歳《はたち》。見目麗《みめうるわ》しく、剣《けん》の腕もかなりのもの。いまだ婚約者《こんやくしゃ》がいないということもあって未婚令嬢の憧《あこが》れの存在である。アクアマリンも、彼《かれ》がどうしてもと言うのならお付き合いしてもいいと思っていた。

このパーティーで彼からダンスに誘《さそ》われることを楽しみにしていたのである。

「今回は聖女としての役目を優先してもらいたい。歓待関連はオパール公爵《こうしゃく》令嬢が代理出席する方向で調整している」

――オパール公爵令嬢ですって？

アクアマリンはギリッと奥歯《おくば》を噛みしめた。

社交界での序列は当然自分が一位だが、次席にあたるのが同じ十七歳《さい》のオパール公爵令嬢だ。凛《りん》とした美貌《びぼう》を持ちながら、宰相《さいしょう》である父親譲《ゆず》りの知性も兼《か》ね備えていると評判の才媛《さいえん》。貴族男性からの注目度も高く、アクアマリンにとってはまさに目の上のたんこぶのような存在だった。

そんな女に、王太子殿下の歓待の座を奪《うば》われるなんて――ッ‼

全身の血液が沸騰《ふっとう》するような感覚に陥《おちい》ったが、父王の声ではっと引き戻される。

「そういうわけだ。優《やさ》しいアクアマリンよ、引き受けてくれるな？」

父親といえど国王だ。嫁入《よめい》りの時と違《ちが》って『聖女』としての役割を引き合いに出されたら断れるはずもない。

「……承知いたしました。ベルハイムのために、身を粉にして働きます」

「よく言った。それでこそ我が娘《むすめ》だ！」

自室に戻ったアクアマリンは、無言で花瓶《かびん》を壁《かべ》に叩きつけた。

（どれもこれもお姉さまのせいよ。あの愚《おろ》か者が失敗したからわたくしが損をしているの。こんなことがあってはならない。罪を償《つぐな》わせないと！）

アクアマリンは鋭《するど》い声でメイドを呼びつける。存在感を消して壁際《かべぎわ》に控《ひか》えていたメイドはびくりと身体《からだ》を跳《は》ねさせ、主人に駆《か》け寄った。

「御用《ごよう》でしょうか」

「今すぐお姉さまを捜《さが》して。おおかたラングレーで物乞《ものご》いでもしていると思うから、拾って帰ってきなさい。わたくしの侍女《じじょ》として雇《やと》うと言えば、涙《なみだ》を流してついてくるでしょう」

「ですが、勝手にそのようなことをしては……」

「聖女の命令が聞けないの？　あなたの代わりはいくらでもいるの。クビにしてもいいのよっ⁉」

「しっ、失礼しました！　すぐに手配いたします！」

「待って。良いことを思いついたわ」

アクアマリンは部屋を出ようとしたメイドを呼び止め、醜悪《しゅうあく》な笑《え》みを浮《う》かべた。

「お姉さまの元婚約者の魔術師《まじゅつし》団長に行かせなさい。なんだかんだお姉さまはあの男のことを気に入っていたもの。面白《おもしろ》いことになりそうだわ」

「承知しました」

メイドは今度こそ逃《に》げるように部屋を出ていった。

（お姉さまには、わたくしを輝《かがや》かせるために存在してもらわなきゃ。足を引っ張るなんて許されないのよ）

ふと時計を見上げたアクアマリン。一日三回に増えた祈祷の時間が迫《せま》っていたが、ふんと鼻を鳴らして鏡台の前に腰《こし》を下ろす。今日はもう疲れたし、明日は新しいドレスを作りに行く日だし、まあ明後日《あさって》から適当にやればいいだろうと考えた。

（聖女だなんて疲れるだけでほんとうに面倒だわ。もともと存在するだけで至高なのだから、仕事なんてフリでいいのよ）

鏡に映る自分の完璧《かんぺき》な姿を眺《なが》めると、恍惚《こうこつ》として微笑《ほほえ》んだ。

第四章　民《たみ》は皇妃《こうひ》に感謝する

1

「アーノルド、後は頼《たの》んだぞ。行ってくる」

「舵《かじ》はしかと預かりました。お気をつけて」

短いやり取りの中には、互《たが》いへの厚い信頼《しんらい》が滲《にじ》んでいた。

朝日に照らされる城門の前で見送りを受け、旅団の馬車が続々と流れ出す。

半年間にわたる今回の旅は、表向き〝他国出身の皇妃にラングレー皇国を紹介《しょうかい》する〟という名目になっている。軽めの視察旅行という形をとりながら、ルビーの天星で各地の状況《じょうきょう》を改善できそうなことがあれば実施《じっし》してもらう、というのが実態だ。

ちなみにラングレーに聖女が嫁《とつ》いでくるという話は、用心深いアーノルドによって、無事にアクアマリン姫《ひめ》が到着《とうちゃく》してから広く国民や各地を治める領主貴族に知らせる段取りになっていた。つまり皇城の一部の人間以外は、『セオドア帝《てい》が異国の王女と結婚《けっこん》した』とだけ認識《にんしき》している。

その一部の人間も、ルビーの隠《かく》れた力を知っているわけではない。共に旅に出た皇帝夫妻に、医務室に通い詰《つ》めていたセオドアの姿を思い浮《う》かべ、なんだかんだ仲良くなったんですねと空気を読んでいるのだった。

走り出した馬車の中では、セオドアが早くも落ち着きを失っていた。

「酔《よ》ったらすぐに教えてくれ。このバスケットの中には軽食が入っているから好きなときに食べるといい。ああ、背中に当てるクッションもあってだな――」

「ふふっ。お気遣《きづか》いありがとうございます。ですが陛下、どうぞゆっくり座《すわ》っていてください。特別なことをしていただかなくても、こうしてお喋《しゃべ》りしていると、あっという間に着いてしまいそうですから」

ルビーがニコニコと笑うと、セオドアは驚《おどろ》いたように目を見開き、ふいと横を向いた。

「俺《おれ》は話し上手ではない。女性が好む話などわからない」

「そんなことないです。陛下とお話ししていると、とっても楽しいですよ」

顔を背《そむ》けても朱《しゅ》に染まった横顔は隠せない。心臓の鼓動《こどう》が馬車の振動《しんどう》に重なって、今にも飛び出してしまいそうだった。

（……ルビー王女と二人きりか。この先、俺は大丈夫《だいじょうぶ》なんだろうか）

彼《かれ》は今までに感じたことのない種類の不安に駆《か》られ、膝《ひざ》の上にのせた両手に力を込《こ》める。

「旅は輿入《こしい》れ以来、人生で二回目です。半年間よろしくお願いしますね」

「先が思いやられるな」

「えっ、なんとおっしゃいましたか？　車輪が石を踏《ふ》んだようで聞き逃《のが》してしまいました」

「なんでもない」

一応は夫婦《ふうふ》なので二人は同じ馬車に乗せられている。その後ろがエマら従者の乗る馬車で、物資を積んだ荷馬車と続く。最後尾《さいこうび》にはマイケルたちが乗る特製の小さな車が引かれている。

国内の五都市を回る旅が始まったのだが——最初の町に着くころには、セオドアは早くも気疲《きづか》れでヘトヘトになってしまっていたのだった。

◇◇◇

一つ目の訪問地は、皇都の東に位置するイストという町だ。

到着したのが日暮れだったため、その晩はすぐ宿に入り、翌朝から活動を開始した。

宿の前には出迎《でむか》えの人だかりができていた。エントランスから出てきた二人を見つけると、一人の老人が進み出てきてひざまずいた。

「皇帝陛下に皇妃殿下《でんか》、ようこそイストにおいでくださいました。領主と町長を兼《か》ねておりますモリー・オブ・ジェイデンです。なにもないところですが、ごゆるりとお過ごしくださいませ」

モリーは真っ白な髪《かみ》と髭《ひげ》にずんぐりむっくりしたドワーフ体型で、煉瓦《れんが》色のズボンをサスペンダーで吊《つ》っている。朗《ほが》らかで気のよさそうな人物だ。

「久しぶりだな、モリー町長。息災か？」

セオドアはモリーを爵位《しゃくい》ではなく町長と呼びかける。親しみのこもった口調だった。

「ご覧の通り年々芋《いも》太りしておりますが、まだなんとかやっております」

「町長のような人物が町をまとめてくれて助かっている。くれぐれも健康には注意してくれ」

セオドアは彼に立ち上がるように促《うなが》し、ルビーを紹介する。

「こちらがルビー王女だ。ベルハイム王国から嫁いできたので、此度《こたび》の旅は王女にラングレー各地を紹介することを目的としている」

「ご成婚心よりお慶《よろこ》び申し上げます。しかしその……奥方様《おくがた》に〝王女〟殿下ですか？」

町長や住民の生温かい視線が集まり、セオドアは顔をしかめる。

「……皇妃だ」

「ルビーです。よろしくお願いいたします」

「お会いできて光栄です、皇妃殿下。これはこれは、見事な若草色の御髪《おぐし》でございますね。我《わ》がイストの農作物もあやかりたいほどのみずみずしさです」

「まあ！　モリー町長は褒《ほ》め上手ですね。男性に容姿を褒めていただいたのは初めてのことなので、舞《ま》い上がってしまいます」

ルビーが素直《すなお》に喜ぶと、モリーは「なんとまあ！　それはますます光栄なことです」とにこやかな表情を浮かべたが、隙《すき》をついてセオドアをちらりと見た。その目は「まさか一度も奥方様を褒めていないのですか？」と彼を非難していたものだから、セオドアは一気にきまりが悪くなる。

「皇妃殿下の薔薇《ばら》色の瞳《ひとみ》も宝石のごとくお美しいですよ。楚々《そそ》とした立ち振《ふ》る舞いも皇国に舞い降りた女神《めがみ》のようでございます。陛下もそうお思いですね？　ねっ？」

「……もちろんだ」

モリーは前帝時代からイストの領主を務めていて、幼いセオドアは「可愛《かわい》らしい坊《ぼっ》ちゃんだ」と頭を撫《な》で繰《く》り回されていたことがあったから、どうにも頭の上がらないところがあるのだった。

歯切れの悪いセオドアに気がついて、ルビーは悲しそうに眉《まゆ》を下げる。

「陛下、ご無理をなさらないでください。町長はわたしを喜ばせようとして褒めてくださったのです。まさかほんとうに自分が女神だと思い込むほど調子に乗ってはおりません」

「いや、そういう意味ではない。勘違《かんちが》いしないでくれ」

「陛下は公平なお方ですから、陛下の評価こそが真実だときちんと理解しております」

「いや、ほんとうに違うんだ。俺はただ……そのっ……！」

セオドアは必死に言い募《つの》るが、経験不足が災《わざわ》いして気のきいた言葉が出てこない。らしくない皇帝の姿を見てモリーは「これはこれは……」と肩《かた》をすくめ、

「そろそろ視察地に出発しましょうか。あちらに馬車を用意してございます」

と場を収《しゅう》拾《しゅう》するのだった。


半刻《はんとき》ほど馬車に揺《ゆ》られて到着したのは、見渡《みわた》す限りの農作地だった。

皇城の敷地《しきち》もずいぶん広いと思ったが、ここは地平線まで田畑が続いているわとルビーは目を見張る。

「ここイストは我が国随一《ずいいち》の農業地帯だ。普段《ふだん》の食事に使われる野菜や肉は、輸入品以外だとほとんどがイスト産だ」

「ここで一国の作物を……」

セオドアの説明を受けて、ルビーは素朴《そぼく》な疑問を口にする。

「冥府《めいふ》に近い皇都からそれほど離《はな》れていないのに、農作物が育つのですね？」

モリーは「皇妃殿下は聡明《そうめい》でいらっしゃる」と、的を射た質問を受けたことに顔を綻《ほころ》ばせる。

「冥府の方角に高い山脈があるため、瘴気《しょうき》の影響《えいきょう》がわずかながら軽減されるのです。加えて豊富に湧《わ》き水が出ますので、農地に適しているというわけです」

「なるほど、あちらに見える山々ですね」

「ええ。山脈から川も流れてまいりますが、そちらは瘴気の影響があるのでもっぱら下水用です」

「下流の町で湧き水が出ないようなところは川水をろ過して使うことになるが、ろ過装置も高価だから馬鹿《ばか》にならん」

聞き慣れない言葉にルビーが聞き返す。

「ろ過装置、ですか？」

「川水に含《ふく》まれる有害成分を吸着して、生活水として使えるようにする装置のことだ」

「ああ、魔術《まじゅつ》を使って作る類のものですね。とても高価だと聞いたことがあります」

数は多くないが、どの国にも魔法に長《た》けた者が就《つ》く魔術師という職業がある。戦闘《せんとう》用に術を磨《みが》く者もいれば、『魔道具』と呼ばれる便利機具を研究開発する者もいる。確か自分の元婚約者は前者だったわね、とルビーはふと思い出した。

「そういう町では水は高級品で、やむを得ず雨水をためて使う民もいると聞きますな」

「まあ！　雨水は決して清潔ではないでしょうに……」

ラングレーの国民は思った以上に不便な暮らしをしているようだ、とルビーは胸を痛めた。祖国のベルハイムでは不自由なく農作物が育ったし、川の水は飲むことができた。それは王都だけでなく、国土全体でそうだったはずだ。

「モリー町長、畑を見て回ってもよろしいでしょうか？」

「もちろんでございます。作業をしている者もおりますが、気にせずご覧ください」

町長に断りを入れ、ルビーは靴《くつ》に泥《どろ》がつくのも構わず畦道《あぜみち》に入る。

広大な農地一面にわたって作物が植えられているが、よく観察してみると、どれも育ちは良くないように思われた。

背中を丸めて収穫《しゅうかく》作業をしている老女に訊《たず》ねてみる。

「あの、作業中にすみません。このソラマメはまだ固そうに見受けられますが、もう収穫するのですか？」

老女は汗《あせ》をぬぐいながら顔を上げ、ぎょろりとした目を向ける。

「あんた、いい年してそんなことも知らないのかい！　瘴気の影響でね、これ以上は大きくならないんだよ。虫に食われちまう前に人間様が食べないと！」

老女は目の前の女性が皇妃だと知らないようで、「まったく、畑仕事をしたことがないのかい。呑《のん》気《き》なもんだねえ……」とぶつぶつ呟《つぶや》いて作業に戻《もど》る。付き添《そ》っているエマはむっとしたが、

「教えていただき、ありがとうございます」

ルビーは丁寧《ていねい》に礼を述べ、再びソラマメに目を戻した。

皇城の離宮《りきゅう》にいたころ、食卓《しょくたく》に並ぶソラマメがなぜカチカチなのか不思議に思ったものだ。煮込《にこ》まれてはいたがやはり舌触《したざわ》りは悪く、味も熟したものに比べて劣《おと》っていた。てっきり品種の関係かと思っていたが、葉の形を見るにベルハイムで一般《いっぱん》的に食べられているものと同じだ。

(あちらではトマトを穫《と》っているみたいだけど、小ぶりで若いわね。日照時間が少ないから、十分に育たないのかしら)

ラングレーの空には瘴気が混じっているため、いつもどんよりとして曇《くも》っている。冥府に近い皇都ほどではないにしろ、イストも例外ではなかった。

(日陰《ひかげ》でも生育するブラックベリーなんかは熟しているけれど、それで満腹になるのは難しいわよね……)

結局、畑の中で質も量も十分に収穫できているものは、ホッフェン芋とバイフェン芋ぐらいだった。ラングレー随一の農業地帯でこうなのだから、国内の状況は推《お》して知るべしだった。

一通り見学して馬車の近くに戻ると、セオドアとモリーが話し込んでいる。

「ご結婚されたとのことで、もしかしたらと思ったのですが。母君はご一緒《いっしょ》ではないのですね」

「……ああ。まだ戻らない」

「失礼しました。この度《たび》はイストを訪問地に選んでいただき感謝しております」

「イストによって我が国の食卓は支えられている。いつも苦労を掛《か》けてすまないな」

「滅相《めっそう》もない。新しい耕運機を購入《こうにゅう》いただいたおかげで、今季はずいぶん作業が楽になりました」

二人の視線は畑の中を動く二輪の手押《てお》し車に向いている。

「ラングレーは豊かになれぬ運命ではあるが、せめて飢《う》えることはないようにしたいと思っている」

「おっしゃる通りです。腹が満たされていれば、たいていのことは乗り越《こ》えられますからな」

「他にも必要なものがあれば遠慮《えんりょ》なく国庫に申請《しんせい》してくれ。町の予算は民に使ってほしい」

やりとりを耳にしたルビーは、身が引き締《し》まる思いだった。

祖国で享受《きょうじゅ》していた環境《かんきょう》は当たり前ではなかった。ラングレー皇国の民は、限られた資源の中で一生懸命《いっしょうけんめい》汗水を垂らして働いている。

自分もこの土地とセオドアの役に立ちたいと思った。

人の気配を察知したセオドアが振り返る。

「王じょ……皇妃か。そんなところに立ってどうした？」

いつもと様子が違う気がして訊ねると、ルビーはちいさな手を握《にぎ》りしめ、凛《りん》とした表情で宣言した。

「わたし、この畑を解毒《げどく》します！」

「――は？」

セオドアとモリーは目を丸くした。

「解毒というのは、君が家庭菜園をつくったときと同じようなことをやるということか？」

「はい！　とはいえ比較《ひかく》にならないほど面積が広いので、どこまでやれるかはわかりません。とにかく気合いを入れて頑張《がんば》ってみます！」

「げ、解毒？　皇妃殿下はいったい何をなさろうと？」

戸惑《とまど》うモリーをセオドアが制する。すでにルビーは前を見据《みす》えて集中していた。

農地に進み出たルビーは静かに息を吸い、そして地面に手を当てる。大地を蝕《むしば》む邪悪《じゃあく》な瘴気を感じ、うごめく毒を感知する。

（この畑をきれいにして作物が育つようにしたいの。ラングレーの皆《みな》さんの食卓が、彩《いろど》りにあふれた豊かなものになってほしい……）

宿の前に出迎えに来てくれた住民ひとりひとりの顔を思い浮かべながら、深く祈《いの》りを捧《ささ》げる。頭に降りてきた呪文《じゅもん》を声に乗せた。

「ルビー・ローズ・デルファイアの名に於《お》いて命ず。赤貧《せきひん》の地よ、我が猛毒《もうどく》をもって穢《けが》れを晴らせ！」

詠唱《えいしょう》と同時にルビーの身体《からだ》から黒いモヤが立ち上る。どこからか生ぬるい風が吹《ふ》き始め、しだいに勢いを増していく。

緑色の髪を散らし、ドレスの裾《すそ》をはためかせる。黒い嵐《あらし》は舐《な》めるように大地を吹きまわり、最後は竜巻《たつまき》のように天に向かって昇華《しょうか》されてゆく。

凪《なぎ》の後に残された農地は見た目こそ変わりなかったが、ルビーが手のひらで触《ふ》れてみると、すっかり解毒されていた。

灰色の雲がぷつりと途切《とぎ》れ、眩《まぶ》しい陽《ひ》の光が大地に射《さ》し込んだ。

「――やった！　できたわ！」

ほどよい疲労感《ひろうかん》を感じながら立ち上がる。喜び勇んで振り返ると、セオドアとモリーは顎《あご》が外れそうなほど口を大きく開けていた。

「なんとまあ……。老いぼれすぎて天国の夢でも見ているのでしょうか……」

「空と大地を一度に浄化《じようか》したのか？　まさか、ここまで規格外の力だったとは……」

セオドアの胸中では、喜びと困惑《こんわく》がないまぜになっていた。

せいぜい庭の家庭菜園程度の効力範囲《はんい》だと思っていたが、国の食糧庫《しよくりようこ》を担《にな》う広大な畑すべてを解毒してしまうとは。

王女の能力は、自分の想像をはるかに超《こ》える桁外《けたはず》れなものなのかもしれない。そう思うと、ぶるりと身体に震《ふる》えが走った。

「やりましたよ陛下！　モリー町長！　ほら見てください、ソラマメがはち切れそうなくらいパンパンになりましたよーっ！」

右手に完熟ソラマメを突《つ》き上げながら戻ってくるルビー。セオドアはあらゆる感情をいったん胸の中に抑《おさ》え込む。

「――驚いた。一度に広範囲を解毒できるだけでなく、作物の生育に即効性《そつこうせい》もあるのか？」

「わたしもびっくりです！　多分ですが、毒が無くなったので抑え込まれていた生命エネルギーがパンッてなったんじゃないでしょうか？　とにかく人間、何でもやればできるってことですね！」

パンッという独特なたとえは、わかったようでわからなかった。

「……我が国がとても助かったことは事実だ。ルビー王女、ありがとう。心より感謝する」

セオドアは胸に手を当てて腰《こし》を折る。これはラングレーの皇帝が公的に最大の謝意を示すときの所作だった。

「わわっ！　おやめください陛下。わたしの力がラングレーの皆さまのお役に立てるなら、全力を尽《つ》くすのが当たり前です。この国はもう、第二の故郷なんですから」

その言葉に大感激したのはモリーだった。

「皇妃殿下はなんと素晴らしいお人柄《ひとがら》なのでしょう！　聖女様のようなお力と清らかな心。ラングレーの民として生まれたことを誇《ほこ》りに思います。いつ死んでも後悔《こうかい》はありません」

「まあモリー町長ったら。そんなことを言わないで、ぜひ長生きしてくださいね」

モリーはしわしわの目元を節くれだった太い指で拭《ぬぐ》う。

「殿下がそうおっしゃるのなら。この畑が青々と茂《しげ》り、国中にみずみずしい野菜が行きわたるまでは、老体ながら頑張ることにしましょうか」

「イストの未来が今、変わったのだ。まだまだ引退には早いぞ、町長」

初夏の日差しが降り注ぐ新緑の大地。和《なご》やかに言葉を交《か》わす三人の間を、爽《さわ》やかな風が吹き抜《ぬ》けていった。

2

農地視察のあとは、昼食を挟《はさ》んで役所を訪ね、職員の激励《げきれい》などをして宿に戻った。

農業に特化した小規模な町なので、滞在《たいざい》中のスケジュールは比較的《ひかくてき》ゆったりしたものになっている。

夕食はセオドアや眷属《けんぞく》と一緒に宿の食堂でとった。離宮にいたとき提供されていた料理と似たようなメニューだが、農産地ということもあり、素材の味を生かす薄《うす》めの味付けが多かった。

離宮やログハウスでの食事も美味《おい》しいけれど、その土地ならではの料理を食べるのも素晴らしい体験ね、とルビーはニコニコしながら食べ終えた。

「――ごちそうさまでした。美味しかったですね、陛下。ホッフェン芋を揚《あ》げて粗塩《あらじお》を振ったものなんて、シンプルなのにびっくりするほど食が進みました」

「外側のカリカリと、中のホクホクとした食感が素晴らしい対比になっていたな。皮付きのまま揚げるというのもおつだ」

「ふふっ。ずっと思っていましたけど、陛下って食べているときすごく幸せそうなお顔をされますよね。味の感想もお上手です」

いたずらっぽい顔をしたルビーの指摘《してき》に、セオドアはかあっと顔を赤くする。

「知らない。自分ではわからない」

「からかっているんじゃないですよ。陛下が幸せそうなので、わたしもほっこりした気持ちになれます」

「……そうか。なら、まあ、良かったんじゃないか？」

返答に困り、居心地《いごこち》が悪くなってきたセオドアは席を立つ。

「今日は疲れただろう。明日も市街地の視察だ。ゆっくり休んでくれ」

形式的には夫婦の二人だが、道中の宿では一人一部屋を手配している。これはセオドアによる強い希望で、『ラングレーに不慣れな皇妃が疲れを溜《た》めないように』という名目での配慮《はいりょ》だった。

「ありがとうございます。おやすみなさいませ、陛下」

ルビーも席を立ち、自分の部屋へ戻った。

◇◇◇

あとは自分でできるからとエマにも休んでもらい、ルビーは備え付けの浴室でシャワーに入ることにした。

皇帝一行が宿泊するとあって、ここは町一番の高級宿だ。ざばざばと水圧の保たれた水が流れ出る。

ちょっと日に焼けたような気がする身体を流しながら、ルビーはふと考えた。

(当たり前のように水を使っているけど、昼間の話ではそれができない民もいるってことよね。イストでは生活水に湧き水を使っていると言っていたけど、それだって水を汲《く》む人たちの苦労があるわけだし……)

蛇口《じゃぐち》を絞《しぼ》り、水の勢いを弱くした。

(畑を解毒させてもらったけど、苗《なえ》が育って収穫できるまでは時間がかかるわ。他にわたしができることはないかしら？）

すぐにでも住民の役に立つことができて、喜んでもらえることはないだろうかと頭を悩《なや》ませる。

今日一日の出来事を朝から振り返っていると、夕食のシーンに至ったところでハッとひらめく。

「そうだわ！　炊《た》き出しをしましょう！　ベルハイム風の味付けにしたら目新しくて喜んでもらえるんじゃないかしら⁉」

貴重な野菜や果実を使うことは避《さ》け、豊富に穫れるバイフェン芋かホッフェン芋を使おう。美味しい料理を作って、住民にお腹《なか》いっぱいになってもらいたい。モリー町長も言っていたことだが、お腹がいっぱいであれば大抵《たいてい》のことは乗り越えられる。塔《とう》に幽閉《ゆうへい》されて満足に食事がとれなかったルビーには、その気持ちが痛いほどわかった。

幸い、あらかじめセオドアから「滞在地によっては非常に質素な食事になる場合がある」と聞いていたので、ログハウスから調味料や干し肉を積んできていた。

「ベルハイム風にしつつも、イストでも再現ができるようなものだと一番いいわね。ああ、楽しみだわ。さっそく陛下にお許しをいただかないと！」

手早くシャワーを終えるとバスローブを羽織って居室に戻る。濡《ぬ》れた髪を拭《ふ》くのもそこそこに、こっそり廊下《ろうか》に忍《しの》び出た。

「こっ、皇妃殿下⁉　いかがなされましたか？」

バスローブ姿で現れた皇妃に夜勤の護衛騎士《きし》がぎょっとする。

「大丈夫よ。陛下にご用があるだけだから」

隣《となり》の部屋のドアの隙間《すきま》からは、オレンジ色の灯《あか》りが漏《も》れていた。

「起きていらっしゃるわね。水音も聞こえないから、入浴中でもなさそう」

一瞬《いっしゅん》、明日の朝でもいいんじゃないかという考えが頭をよぎったが、ぶんぶんと頭を横に振る。

「準備が必要なことだから早いほうがいいわ！　滞在の日数だって限られているわけだし」

もし断られたら断られたで、他にできることがないか考えたいし。

ルビーは自分が湯上がりのバスローブ姿だということをすっかり忘れ、夫の部屋のドアをノックした。

3

室内からはすぐに返事があった。

「誰《だれ》だ？」

「ルビーです。入ってもよろしいでしょうか」

問いかけると、椅子《いす》が倒《たお》れるようなガタガタッという音がして、つかつかと足音が近づいてきた。

ドアが開いて怪訝《けげん》な顔のセオドアが現れる。ほかほかと上気した身体にバスローブを着用しているルビーを見つけると、ぎくりとして肩を揺らした。

「……こんな時間にどうした？」

ヒグマに遭遇《そうぐう》した無防備な木こりのように、セオドアはおそるおそる訊ねた。

彼の激しい動揺《どうよう》などつゆ知らないルビーは満面の笑《え》みである。

「良いことを思いついたのです！　イストの皆さんに炊き出しをしませんか？　いつもの食材であっても調理法や味付けを工夫《くふう》すれば新しい料理ができます。これは喜んでいただけるのではないかと思い、善は急げとご相談にまいりました！」

仕事の話だとわかったセオドアは胸を撫で下ろす。深くため息をつき、自分の羽織っていた上着をそっと肩にかけてやった。

「……？　シャワーを浴びてきたばかりなので、寒くはないですが」

「だろうな。しかし、そのような格好《かっこう》でうろつかれると困る。部屋の周囲には男の近衛《このえ》もいるだろう」

「あっ⁉　すっ、すみません！」

ようやくルビーは自分の勇み足に気がつき、恥《は》ずかしそうに頬《ほほ》を紅潮させる。

「許可をいただくことに夢中で、わたしったらこんな格好のまま……」

セオドアの上着をきゅっと両手で引っ張り、はだけかかっていた胸元《むなもと》を隠した。

赤くなったまま俯《うつむ》いていると、耳元にそっと大きな手が触れる。

「髪も濡れたままじゃないか。まったく、君は夢中になると周りが見えなくなるんだな」

「ほっ、ほんとうにお恥ずかしい限りで……。一度戻って身支度《みじたく》を整えてきます」

「……また近衛の前を通るのは癪《しゃく》だな。構わない。俺が乾《かわ》かしてやる」

「陛下が？」

きょとんとするルビーを室内に招き入れ、椅子に座らせる。

浴室から魔道具の温風機を持って戻ってきたセオドアは、無表情で彼女《かのじょ》の髪を乾かし始めた。

「……あのう。陛下にわたしがどう見えているか自信が無いので、念のために申し出ますが、今年で十九歳《さい》になりました。自分で髪を乾かすことができます」

「いい。君は炊き出しの話を続けてくれ。そのほうが効率的だろう」

むすっとした声のセオドア。近衛がこの格好のルビーを目にしたであろうことが、脳裏《のうり》にこびりついて不快だった。

更《さら》には、朝にルビーを褒めた町長のことも突如《とつじょ》として思い出され、不機嫌《ふきげん》に輪をかける。

胸中穏《おだ》やかではなかったが、髪を梳《す》く手はゆっくりと優《やさ》しく動いていた。

「そういう問題なのでしょうか？」

ルビーは頭の上にいくつも「？」を並べていたが、有無《うむ》を言わせない圧を感じ取って話を戻す。

「炊き出しの件ですが、使って問題ない食材と、設備や会場について確認する必要があるかと思います。調理についてはわたしとエマで担当するので、有志の方に配膳《はいぜん》などをお願いできたらありがたいです。他には――」

ざっくりとした構想を話し終えると、セオドアは大きく頷《うなず》いた。

「わかった。明日にでも町長に確認してみよう」

「えっ。よいのですか⁉」

「君が民のために考えてくれたことだ。駄目《だめ》なはずがない」

嬉《うれ》しくなったルビーは勢いよく後ろを振り返る。温風機に側頭部が当たりそうになり、セオドアが反射的に避けて事なきを得る。

「急に動くと危ないだろう」

「ありがとうございます！　陛下はやっぱり素敵な方ですね！」

湯上がりの余韻《よいん》が残る血色のよい笑顔。いつもの薄化粧《うすげしょう》すら脱《ぬ》ぎ去った表情は、幼く見えるのではなく、むしろ大人びて感じられた。

セオドアは息を呑《の》んで鼓動を速めたが――コホンと一つ咳《せき》をして何でもないふりをする。

「乾いたぞ。ほら、今度こそ部屋に帰って休むといい。その上着は部屋まで脱がないように」

「はいっ！　夜分にどうもお邪魔《じゃま》しました」

ぱたんとドアが閉まり、嵐は去っていった。

セオドアはふらふらとした足どりで仕事机まで歩き、椅子に崩《くず》れ落ちる。額の上にたくましい腕《うで》を置いて力なく天井《てんじょう》を見上げた。

「ああ驚いた。王女には危機感というものが無いのか？　あんな格好で男の部屋に来るなんて……」

まさか、手ずから女性の髪を乾かす日が来るなんて。アーノルドの耳に入ったら丸一か月は……いや、半年間は指を差されてからかわれる事案だ。

王女への対応を後悔しているわけではないが、らしくない自分に戸惑いを隠せなかった。

絹のようになめらかな髪の手触りと、香《かお》り立ってきた甘《あま》やかな芳香《ほうこう》。思い出すと頭と腹の奥が熱を持って落ち着かなくなる。

「……すっかり眠気《ねむけ》が覚めてしまった。仕事でもするか……」

弱々しい呟きを残して、イストの夜は静かに更《ふ》けていった。

4

翌日。セオドアとルビーが揃《そろ》って町長に炊き出しを打診《だしん》すると、彼は躍《おど》り上がって了承《りょうしょう》した。自分の領地と町民が大切に思われていることに感激し、芋でよければいくらでも穫れるからぜひ使ってほしいと申し出た。

調理器具と人員も貸し出すし、川沿いにある広場を使うのがいいだろうと現地まで案内した。

「わっ、素敵な場所ですね！　風の通り道になっていて気持ちがいいです」

「気に入っていただけて何よりです。普段から民の憩《いこ》いの場になっているところですから、皆集まりやすいかと」

芝生《しばふ》の上をくるりと回ったルビーのドレスの裾が、大輪の薔薇《ばら》のように舞う。昂《たかぶ》ってきた気持ちそのままに、彼女は両手を広げて広場一帯の瘴気を解毒した。

その日から、セオドアが公務に出ている間、ルビーとエマは町長たちと協力して準備に当たった。レシピの確認に、保存のきくものの下ごしらえ。他人を巻き込んで大きなことに取り組むのは初めてで緊張《きんちょう》もあったが、それ以上にわくわくしながら準備を進めた。

そしてルビーたちがイストを発《た》つ二日前。

川沿いの広場には『無料炊き出し会場はこちら　どなたでもお腹いっぱいどうぞ！』と書かれたのぼりが掲《かか》げられていた。

あらかじめ宣伝していたとあって、広場付近には時間前から住民が集まり始めていた。十時になってポイズンラットたちが鐘《かね》を打ち鳴らすと、ぞろぞろと人が流れ込む。

「お越しいただきありがとうございます！　お好きなお料理の前に並んでくださ〜い！」

ルビーがのびやかな声を張り上げる。

この日のために用意したメニューは三種類。芋を使った総菜とデザート、そして魚を使ったスープだ。

広場の入り口に掲げられた看板を、訪《おとず》れた住民たちは興味津々《きょうみしんしん》に見上げる。

「ベルハイム風ポテト炒《いた》めに蜂蜜《はちみつ》ぐるぐるポテト？　聞いたこともない料理だわ」

「魚料理も食べられるのか？　これは嬉しいな」

めいめい気になる料理の最後尾に移動する。いい匂《にお》いに吸い寄せられるようにして、次々と新しい住民が広場を訪れる。

「慌《あわ》てずとも料理は十分な量が用意されておる！　皆の衆、順番に並んで待つように！」

モリーが人混みをかきわけて声を張る。大盛況《だいせいきょう》だった。

ベルハイム風ポテト炒めを受け取った女性が、配膳するルビーに駆け寄ってきた。

「これ、すっごく美味しいです！　皇妃殿下に恐《おそ》れ多いのですが、作り方を教えていただけませんか？」

「はいっ、もちろんです！」

ルビーは手に持ったお玉をエマにバトンタッチし、女性と大きな調理鍋《なべ》の近くに移動する。

「ポイントはいくつかあるんですけど、まずは芋の種類です！　ぜひ煮崩《にくず》れしにくいバイフェン芋を使ってください」

「ホッフェン芋より安価ですから、それは助かりますね」

「二つ目は、皮ごと水からゆっくり加熱することです。皮を剥《む》いてしまうと旨味《うまみ》成分が溶《と》け出てしまうので」

「沸騰《ふっとう》した湯ではなく、ということですね。わかりました」

女性は鍋の中で静かに茹《ゆ》でられている芋を見て頷いた。

二人はフライパンの近くへ移動する。ルビーは調理している住民ボランティアの手元を示した。

「植物オイルとニンニクの欠片《かけら》を入れて、香りが立つまで炒めたら、大きめに切ったバイフェン芋を加えます。軽く焼き色がつくまで炒めるんですが、今日は一緒に自家製の干し肉を入れてます。でも、なくてもすごく美味しいですよ」

「干し肉は魚の塩漬《しおづ》けで代用しても美味しそうですね。肉や魚の脂《あぶら》が入ることで味わいが一段階上がる気がしますもの」

「素敵な工夫だと思います。最後に軽く塩こしょうを振って完成です」

熱心にメモをとっていた女性は相好《そうごう》を崩す。

「ありがとうございます！　思ったより気軽な作り方でしたので、自分たちでも再現できそうで嬉しいです。友人もレシピを知りたがると思うので、皆に共有してもよろしいでしょうか？」

「ぜひぜひ！」

上機嫌な彼女たちの隣の列では、セオドアがぐるぐる蜂蜜ポテトの調理を担当していた。汚《よご》れても構わない質素な格好をしているので、彼が皇帝本人だと気づく者はいない。

「ねーねー。お兄さんもコーテーのけらいなの？」

最前列でポテトの仕上がりを待つ男児が訊ねる。セオドアが絞り袋《ぶくろ》から油に向かって潰《つぶ》した芋を押《お》し出すと、接油した芋はジュワーッと軽快な音を立ててあぶくに包まれる。

「まあ、そんなところだ」

「コーテーってこわい人なんでしょ？　まものをたくさん殺したり、けらいを怒《おこ》ったりするって聞いたよ。お兄さんも怒られたことある？」

「……まあ、そうだな……」

セオドアは言葉少なに俯き、油の中で踊《おど》る渦巻《うずま》き状のポテトを見つめる。

「でも、ぼくたちを守るためにがんばってくれてるんだよね。母ちゃんがそう言ってた！」

男児の言葉に、はっとして顔を上げる。男児はニカッとすきっ歯を見せて笑った。

こんがりとキツネ色になったポテトを皿に移し、気持ち多めに蜂蜜をかけてやる。

「できたぞ。おまえの言葉は皇帝に伝えておく。きっと喜ぶだろう」

「ありがと！　お兄さんもおしごとがんばってねー！」

一番右の列では、ボランティアの女性が魚のスープを配っていた。

料理を受け取った農作業着の男性が首をかしげる。

「すり身を団子にしてるのか。旨そうな匂いだが、これはなんの魚だ？　ここいらでとれる川魚は食えないだろう」

「あたしは仕込みの時にはいなかったから、わからないんだよ。皇妃殿下にお伺《うかが》いしてこようか？」

「いやぁ、恐れ多いからいいよ」

「どうかしましたか？」

ちょうど様子を見に来たルビーが声をかける。

「あっ、これは皇妃殿下。ご機嫌麗《うるわ》しゅう……」

「かしこまらないで大丈夫ですよ。気を遣っていては、せっかくのお料理が楽しめないわ」

「は……」

男性は深々と下げていた頭を上げる。

「で、では僭越《せんえつ》ながら。この魚はなんだろうって話をしてたんです。ご存じかわかりませんが、この地はマグラッシ山脈によって瘴気がせき止められている一方で、山から流れてくる川水は毒されています。川魚は食べることができないので、どのようなわけだろうと」

「ふふっ。そのことね！　もしよかったら説明するから、こちらに来てくれない？」

ルビーは男性に先だって広場脇《わき》の土手を越えていく。

彼は慌てた。皇妃ともあろう人物が軽《かろ》やかにドレスの裾をさばいて土手をのぼり、人気《ひとけ》のない河原に降りていくからだ。

「皇妃殿下っ。どちらへ行かれるのですか？」

急いで後を追いかける。

「ここよ。川の中を見てほしいの！」

「は、はあ……」

言われるがままに川をのぞき込むが、特に変わったことはない。黒みがかった透明《とうめい》な水に、見慣れた毒魚が泳いでいるだけだ。

「すみません。あっしにはよくわかりません」

「あなたが食べたすり身の団子は、この魚よ」

ルビーが川を泳ぐ黒い魚を指さすと、男性は仰天《ぎょうてん》する。

「えっ！　こいつは毒がありますよ。まさかそれと知らずに!?　おええっ！」

思わず喉《のど》を押さえる男性だが、ルビーはおかしそうに笑い声を立てた。

「ごめんなさいね。大丈夫、大丈夫よ。あなたの言う通りここに棲《す》む魚には瘴気由来の毒があるけれど、この魚だけは違ったの。カワムチという名前なのよね？」

「ですが、カワムチも有毒だというのは有名な話ですよ。祖父母の代から言い伝えられてることです」

「もちろんそれも事実だわ。カワムチが他の魚と違うのは、身体全体ではなく特定の臓器だけに毒が蓄積《ちくせき》していることなの」

「えっ！　それがほんとうならば大発見ですよ。なんせこの川の魚はカワムチばっかりですから」

「毒が蓄積している肝臓《かんぞう》を取り除けば食べられるわ」

男性はまだ信じられない顔をしている。手に持ったままのスープ皿と川を交互《こうご》に眺《なが》めて、深々と感嘆《かんたん》の息をついた。

「いや～……。皇妃殿下が嘘《うそ》をおつきになるわけがないですし、実際あっしもぴんぴんしてるからなあ。でもやっぱり、魔法にでもかけられた気分ですよ」

「わたしも驚いたわ。お芋以外の食材があったらいいなと思って川に来てみたら、偶然《ぐうぜん》発見したの」

「毒の有無だけでなく、部位までわかるなんて。皇妃殿下は聖女様のようですね」

男性はルビーに尊敬のまなざしを向ける。ルビーは照れくさそうに頬に手を当てた。

「大したことではないわ。この件はモリー町長にも伝えてあるから、イストの名産にカワムチが加わる日も遠くないはずよ。さっ、広場に戻りましょう！」

再び土手を越えて広場に戻ると、すぐに気を揉《も》んだ表情のセオドアとエマが走ってきた。

「ルビー様っ！　ああよかった。お姿が見えなくなって肝《きも》を冷やしました！」

あちこち捜《さが》し回ったらしくエマの三つ編みは乱れていたが、ほっとして胸を撫で下ろしていた。

一方のセオドアはやや棘《とげ》のある声で訊ねる。

「王女よ。どこへ行っていたのだ？」

「ちょっと川へカワムチを見に行ってました」

「俺のそばを離れるときは必ず近衛に声を掛けろ。この人混みでは近衛も君を見失うことがある」

「わかりました。お手数をおかけしてしまったようで、すみません」

しゅんとするルビーを見て、セオドアは罪悪感を覚えた。

「……すまない。怒っているわけではないんだ。君の安全が心配だから、次から気をつけてくれると助かる」

「もちろんです。形式上は陛下の妻ですから、なにかあったら大事になってしまいますものね。自覚が足りていませんでした」

反射的にセオドアは言い返したくなったが、薄く開いた口からは言葉が出てこない。

彼女と出会ってから――特に怪我《けが》をしてからは、頭と心で感情の不一致《ふいっち》を感じることが増えていた。

「炊き出しは喜んでいただけてるみたいですね。ほっとしました」

ルビーの視線の先には笑顔で料理を食べる住民たちの姿がある。家族連れで来ている者も多い。

「……大盛況だな。料理に満足したのもあるだろうが、疲れが取れるようだとか、気持ちが軽くなったという声も聞こえてくる。精神的にも好ましい影響をもたらしているようだ」

「お家《うち》でくつろぎながら食べるのもいいですけど、みんなで賑《にぎ》やかに食べるのも楽しいですよね」

そんな会話を交わしていると、二人のもとへ一人の老女が近づいてきた。

「あんたが皇妃殿下だったんだね」

水玉柄の頭巾《ずきん》に曲がった背中。よく焼けた褐色《かっしょく》の肌《はだ》に、少し険のあるまなざし。

「あなたは……畑にいらっしゃったお婆《ばあ》さんですね？」

なぜ未熟なソラマメを収穫するのかと訊ね、不愛想な返事をした農民だった。「どうしたのですか」と彼女に目線を合わせて屈《かが》むルビーの後ろでは、エマがじろりと睨《にら》みをきかせている。

「今さら取り繕《つくろ》うのもおかしいから、この口調で話させてもらうよ。――このあいだは悪かった。年を取ったせいか腰が痛くてね。イストを理解してくれようとしていたあんたに八つ当たりをしてしまったんだ」

老女は頭巾を脱いで頭を下げた。

「あの日から畑の具合がいいし、炊き出しを食べたら嘘みたいに腰の痛みが良くなった。あんたみたいに真っすぐな人間には、神様の加護があるのかもしれないね」

顔に深く刻まれた皺《しわ》が、少しだけ緩《ゆる》んだ。

「この国の皇妃は苦労も多いだろうが、ただのソラマメ一つに心を配れたあんたならきっとやれるよ。もし、この先困ったことがあったらモリーにお言い。婆《ばば》あ連中を引き連れて加勢するからさ」

「お婆さん。ありがとう、ございます……」

胸がいっぱいになって言葉が出ない。老女の瞳も潤《うる》んでいるように見えた。

「息が詰まったら気晴らしに来るといい。その時まで生きていたら、今度はあたしに料理をご馳走《ちそう》させとくれ。身体を大事にするんだよ」

伝え終わると、老女は振り返らずに去っていく。

ルビーはまぶしそうに目を細め、小さな後ろ姿をしっかりと目に焼き付けていた。

朝十時に始まった炊き出しは午後三時まで続けられ、大盛況のうちに終了した。

ルビーがすっかり仲良くなったボランティアたちと雑談しながら片付けをしていると、広場に一人の子どもが駆け込んできた。

「ごはん、まだありますか。くださいな！」

痩《や》せた身体にぼろぼろの服をまとった、幼い女の子だった。

5

駆け込んできた女児は、きょろきょろと広場内を見回した。

片付けが始まっていることに気がつくと、くしゃりと顔を歪《ゆが》めて泣き出しそうになる。

「ごはん、もうなくなっちゃった……」

慌ててルビーが駆け寄ってきて膝をつき、細い身体を抱《だ》きしめた。

「ごめんなさいね。遅《おく》れてくる人のために、少しでも残しておけばよかったわ」

がっくりする女児にほぞを噛んでいると、いつの間にか隣にセオドアが立っていた。

「王女さえよければ、なにか作って明日届けてみてはどうだ？」

「陛下！　よろしいのですか？」

「ああ。明日は滞在最終日だ。休息に当てるつもりだったから、予定は入っていない」

セオドアは女児の服装や健康状態から満足な生活ができていないことを見抜いていた。

「なにか、作ってくれるの？」

ルビーのドレスの裾をつまみ、期待のこもった目で二人を見上げる女児。ルビーは安心させるように大きく頷いた。

「優しい陛下がお許しをくださったから、あなたの好きなものを作って持って行くわ！　好物を教えてくれる？」

「すきなもの……。わたし、クッキーが好き」

「クッキーね。任せて！」

「わあい！　ありがとう！」

えくぼを見せる女児から名前と家の場所を教えてもらい、必ず訪問すると約束して帰らせた。

宿に戻ると、ルビーはさっそく厨房《ちゅうぼう》を借りてクッキー作りに取り掛かる。

「差し入れを提案したのは俺だから、手伝わせてくれ」

そう言ってセオドアもやってきた。

麺棒《めんぼう》でつぶしたバイフェン芋とホッフェン芋に、マイケルたちに集めてもらったナッツを混ぜ込んで、薄力粉《はくりきこ》を振ってよく練り合わせる。

高価な砂糖の代わりに蜂蜜をたっぷり入れて成形し、外側がカリッとするまで焼き上げれば完成だ。

オーブンから天板を取り出して一枚頬張《ほおば》ると、ルビーはぱっと目を輝《かがや》かせる。

「——うんっ、上手《うま》くできたわ！　外側はサックサクなのに、内側は柔《やわ》らかくって癖《くせ》になりそう。陛下も味見してみてください！」

焼きたてのこうばしい香りにうずうずしていたセオドアが手を伸《の》ばしかけると、

「はい、どうぞ！」

ルビーが口元にクッキーを差し出した。

「…………ありがとう」

背を屈めてクッキーを齧《かじ》ると、本来の美味しさ以上の幸福感が胸に広がっていく。同時に彼が今まで経験したことのない、切なく焦《こ》がれるような感情がじわりと沁《し》みだした。

「ふふっ。お口の横に付いてます」

長身のセオドアの口元を、背伸びしたルビーが軽く触れる。

「陛下はほんとうに、食いしん坊《ぼう》さんですね」

自分を見上げて無邪気《むじゃき》に微笑《ほほえ》む王女。

セオドアは思わず、離れていこうとする手を引き留めるように握った。

「……どうしましたか？」

不思議そうな顔をするルビーを見つめながら、彼は強く心が揺さぶられていた。

つい引き留めてしまったものの——、彼女をどうしようというのだろう？

片方の手で口元を覆《おお》いながら、細い手首を離す。

「……すまない。少し驚いてしまっただけだ」

「まあ！　驚きやすい人はストレスが溜まっているらしいですよ。クッキーを詰めるのはわたしがやりますから、先にお休みになってください」

「大丈夫だ。王女と出会ってから、驚きへの耐性《たいせい》は上がっていると自負している」

「そっ、そうなんですか？　耐性をつけて陛下がより強くなったという話でしたら喜ばしいことですが、驚くような刺激《しげき》ばかりでは心が休まらないでしょう」

寄り添おうとしてくれる様子がいじらしく、セオドアは言葉にならない温かさに包まれる。

「……ふっ」

自然とこぼれ落ちた微笑みに、ルビーは目を丸くする。

「えっ、ええっ⁉　陛下が笑いました！」

貴重なものを目撃《もくげき》して腰を抜かしかけるが、悔《くや》し顔で踏みとどまる。

「――なるほど、ルールは理解しました。つまり、驚かせ合いが始まっているんですね？　いいでしょう、受けて立ちます。耐性をつけた圧倒《あっとう》的な陛下の強さ、とくと見せていただきます！」

自分の番だと思ったルビーが行動に移すと、

「……ルビー様、変なお顔をするのはお止《や》めください。それでは驚かせるというより笑わせ合いです」

すすっとエマが進み出てきて冷静に告げた。そっと見ないふりをしていたセオドアの態度も相まって、ルビーは恥ずかしさで顔を真っ赤にする。

「嫌《いや》だわ！　驚かせるって難しいのね！　陛下、最近ではどんなことに驚かれたのか教えてくださいませ！」

「君からしたら些細《ささい》なことばかりだろうから、参考にならないと思う。ほら、クッキーを箱詰めしてしまおう」

「ううっ。……ねえエマ、さっきのわたしの顔、そんなにひどかった？」

「愛らしいお顔ではありましたけど、少なくとも殿方《とのがた》にお見せするものではないかと思います」

「そ、そんなぁ」

顔から火が出そうだ。クッキーを詰めながら、ルビーはしばらくセオドアを直視することができなかったのだった。


明くる日。ルビーとセオドアは馬車に乗って目的地へ向かった。

イストの中心部から離れた小さな集落に女児の家はあった。風が吹いたら倒れてしまいそうな、年季の入った木造住宅だった。

コンコンとノックをすると、間髪《かんはつ》いれずにドアが開き、喜びに顔を輝かせた女児が登場する。

「ほんとうに来てくれた！　ありがとう！」

「こんにちはカリン。それにしても、すぐにドアを開けてくれたのね」

「早起きしてずっとここで待ってたから！　ねえねえ、クッキーを持ってきてくれたの？」

「もちろんよ。はい、どうぞ」

綺麗《きれい》にラッピングした箱を渡すと、カリンは小さな身体を飛び上がらせて喜んだ。

「やったぁ！　お母さん、クッキーだよ！　皇妃さまがほんとうにクッキー作ってきてくれたの！」

「お母さまと住んでいるのね。ご挨拶《あいさつ》をしてもいいかしら」

「うん！　でもね、お母さんは病気だからいつも寝《ね》ているの。こっちだよ！」

隣の部屋に入ると、若い女性がベッドから起き上がろうとしているところだった。ルビーたちを見て、ただでさえ白い顔がさらに青ざめる。

「あっ……。皇妃殿下に……皇帝陛下。申し訳ございません。すぐにご挨拶を」

「そのままで構わない。動くのも辛《つら》いとお見受けする」

「横になっていてください。ご病気のところに押しかけてしまってすみません」

「お心遣い痛み入ります。ここ一年ほど調子を崩してまして、恥ずかしながら娘《むすめ》と二人で生活補助金を受給して生活をしている有様なんです」

「恥ずかしいなんてことないです。病気になりたい人なんていないんですから、しっかり休んでください」

母親をベッドに戻すと、カリンが待ちきれないといった表情で一同を見回す。

「ねえねえ、みんなでクッキー食べようよ！」

「カリン。あなたがいただいたものだから、母さんは大丈夫よ」

「嫌だ！　お母さんも食べるの！　ちっともごはんを食べないんだもん！」

カリンが機嫌を崩して半泣きになると、母親は困ったように眉を下げる。

「……じゃあ、一枚だけいただこうかしら」

「うん！　みんなで食べると美味しいよ！」

カリンが張り切ってクッキーを配る。「いっせーのせね！」という声に合わせて頬張った。

「……美味《うま》いな」

昨日よりも内側がしっとりしている。セオドアが唸《うな》るとカリンもくりくりとした目を輝かせる。

「と〜ってもも甘い！　カリン、これ大好き！」

「口に合ってよかったわ。二種類のお芋を混ぜて作ったのよ。ナッツはわたしのお友達《ともだち》が集めてくれてね――」

話に花を咲《さ》かせるルビーとカリンの横で、母親は口元に手を当てて目を見張っていた。

「ほんとうに素晴らしいクッキーだわ。なんだか身体が楽になったみたい」

「お母さんも⁉　じゃあもっといっぱい食べて！　たくさん作ってきてくれたの！」

「そうね……いただきましょう」

そうして母親はクッキーを五枚も平らげた。カリンはくりっとした目をぱちくりさせる。

「お母さんすごい。すっかり元気になったみたい」

「不思議だわ。食事をとるとお腹が痛くてたまらないのに、このクッキーは食べるほど身体が軽くなる気がする……」

母親は腹部に手を当てて怪訝な顔をするが、流れるように六枚目のクッキーに手を伸ばした。

その様子を見て、セオドアは何かに気づいたようだった。

「ご婦人。あなたの病とはどういったものか教えてくれないか？」

「こっ、皇帝陛下」

母親は居住まいを正して答える。

「お医者様が言うには、毒素だそうです。何らかの原因で病の素《もと》が体内に入り、毒素と呼ばれる悪いものを出していると。瘴気とはまた違うようで、とにかく養生して身体が病に勝つのを待つしかないとのことでした」

「毒素、ですか？」

ルビーが反応すると、セオドアが彼女に向き直る。

「君は毒使いだ。毒素にも力が通じるのだろうか？」

「どうでしょうか……。でも、ひとまずやってみますね」

一つ頷いたルビーは母親の手を取り、精神を研《と》ぎ澄《す》ませる。

しばらくして顔を上げると、こう言った。

「毒素の名残《なごり》は感じますが、もう消えています。どうやら半年前に食べた貝が病の素を持っていて、お腹の中で毒素を出していたようです」

「貝ですか？　──食べたわ。確かに食べた。珍《めずら》しい品が安く売られていたんです」

「お母さん、病気なおったの!?」

飛びついてきたカリンを母親はしっかりと受け止めた。感無量の面持《おもも》ちで娘の身体を抱きしめ、声を震わせる。

「こっ、皇妃様は聖女様なのでしょうか？　まさか病を治すお力があるなんて……」

「いえ、わたしがわかるのは毒のことだけなんです。念のためお医者様にかかって確認してみてくださいね」

控《ひか》えめに答えるルビーは、すっきりしない気持ちを抱《かか》えていた。

解毒するときはいつも呪文を唱えているが、今回はそうでない。思い当たることと言ったら手作りのクッキーを食べたことだけなのだ。

抱き合う親子の横で、どういうことだろうと思案に沈《しず》む。

黙《だま》り込んだルビーをちらりと見て、セオドアが腰を上げた。

「長居してしまったな。ご婦人はこれから医者にかかるだろうし、我々は帰るとしよう」

母親ははっとしてベッドから出て、床《ゆか》に頭をつけた。

「両陛下にはお礼の申し上げようもございません。このご恩は生涯《しょうがい》忘れません」

「お母さんを助けてくれてありがとう！　クッキーもすっごく美味しかった！」

セオドアとルビーが家を後にすると、中からは再び幸せそうな笑い声が上がった。

ルビーは胸の奥から温かい気持ちが湧きあがり、一度だけ振り返る。自然と言葉を紡《つむ》いでいた。

「ルビー・ローズ・デルファイアの名に於いて命ず。いかなる毒も、未来永劫《みらいえいごう》親子の幸せを妨《さまた》げぬよう」

◇◇◇

イスト最後の夜。

ルビーは夕食後、セオドアの部屋に呼び出されていた。

今宵《こよい》はしっかりと服を着こんでいることを確認し、夫の部屋をノックすると、「入ってくれ」とすぐに応答があった。

セオドアはすでに湯あみを済ませたらしく、ラフな室内着姿でカップに飲み物を注いでいるところだった。

「疲れているところすまないな」

「いいえ。カリンの家から帰った後はのんびり過ごさせてもらいましたので、ぴんぴんしています」

ルビーに椅子を勧《すす》め、その前にカップを置く。

「イスト産の上級茶葉だ。炊き出しの礼にとモリーが献上《けんじょう》してくれた品だから、一緒に飲もう」

「華《はな》やかな香りの紅茶ですね。とても美味しそう……いただきます」

ティーカップの中身が半分ほどに減ったところでセオドアは本題に入る。

「ここに来てもらったのは、単刀直入に言うと、君の持つ能力について一度整理しておきたいと考えたからだ」

「あっ……。そうですね。イストに来てわかったことがいくつかありますものね」

自分の新たな力について戸惑う部分があったため、ルビーにとってもありがたい提案だった。

イストの広大な畑とその上空を解毒できたこと。手製の菓子《かし》で毒素が消えた件。二人は自分の意見を述べ合い、すり合わせを行った。

「――では、結論としてはこういう認識でいいだろうか。君の『毒使い』の能力は、対象物の瘴気や毒を無効化する力である。解毒と言い換《か》えてもいい。そしてその力は、君が作った料理にも一部移行しているようだと」

「それでいいと思います。料理についてはカリンの件しか例が無いので、ちょっと信じがたい部分もありますが……」

「いや、俺はそれで合っていると思う」

セオドアは力強く言い切った。

「俺が体調を崩したとき粥《かゆ》を作ってくれたことがあっただろう？　あのとき俺は、おそらくカリンの母親と同じ体験をした。食事を口にしたら、たちどころに体調が改善したのだ。今思えば病の素が出す毒素にやられていたか……考えたくないことではあるが、何者かに強めの毒を盛られていたという可能性もあるだろう。それが君の料理で解毒されたのだと思う」

「どっ、毒を盛られた⁉」

ショックを受けたルビーは聞き返すが、セオドアは淡々《たんたん》と述べる。

「よくあることだから気にするな。たいていの毒に耐性はあるから死にやしない」

前帝の一人息子ゆえ、命を落とせば皇位は簡単に親戚《しんせき》や重臣に移る。明らかな暗殺未遂《みすい》だけでも一度や二度のことではない。セオドアは幼いころから様々な毒の耐性をつけ、身を守る術《すべ》を叩《たた》き込まれてきた。

「話を戻すと、炊き出しに来ていた住民も口々に身体が軽くなったと言っていた。これについては仮説だが、ラングレーの民は常に軽微《けいび》な瘴気に当てられている。それが解毒されたと考えると筋が通ると思うのだ」

「なっ、なるほど？　慢性的《まんせい》な肩こりが治った、みたいな感覚でしょうか？」

「……大雑把《おおざっぱ》に言うとそうかもしれん」

拍子抜《ひょうしぬ》けするような発言を最後に残し、毒使いの力に関する話し合いは終了した。

瘴気や毒を解毒できること。ルビーが作った食べ物にも力は移行すること。この二点が現時点での主な能力ということで、互いの見解は一致したのだった。

自分の部屋に戻ったルビーはおもむろに窓を開く。雲の切れ間からは美しい三日月が覗《のぞ》き、窓枠《わく》に切り抜かれた絵画のようだった。

（イスト滞在も今夜が最後。いろいろな場所に行かせてもらったけど、町のすべてを回り切ることはできなかった……）

畑や市街地、炊き出しをした広場や近くの川。カリン親子の住む集落。見知らぬ土地に行って、たくさんの人と会話をした。初めて目にする風景を、ひとつひとつ心に焼き付けてきた。

行く先々でできる限り大地や空気を解毒してきたが、イストにはまだ多くの集落が存在する。そこに住む人々のことを想《おも》うと、後ろ髪を引かれる思いだった。

（……どれだけできるかわからないけど。この力が役に立つのなら、みんな平等に豊かになってほしい）

頭の中でこの旅に出た目的を反芻《はんすう》する。

化け物とされてきた自分が誰かの役に立てるなら。この国が少しでもいい方向に変わるなら。目の前のことを一つずつ、精一杯《せいいっぱい》に積み重ねていきたい。

ルビーは床にひざまずき、胸の前で手を組んだ。

窓から差し込む月光が彼女の髪に光の輪を作る。

「ルビー・ローズ・デルファイアの名に於いて命ず。我が猛毒をもってイストの地を護《まも》り賜《たま》え。すべては我の愛《いと》しき民！」

ごうと音を立ててルビーの身体から漆黒《しっこく》の風が巻き上がる。それは窓の外にびゅうと飛び出していき、空には瞬《また》く間に陰雲《いんうん》が立ち込める。ざあざあと激しい雨が降り始め、雷《かみなり》の閃光《せんこう》がぴかっと空に走る。

静謐《せいひつ》な夜空が一転して荒《あ》れ模様になり、イストの民は「なんだなんだ」とカーテンを開け、窓の外を心配そうに見上げた。

ひどい嵐は一晩中続き、朝日にかき消されるようにして、ようやく収まったのだった。


翌朝。嵐が去った抜けるような青空のもと、ルビーとセオドアは見送りを受けていた。

「こんなに空が晴れ上がるなんて、七十年の人生で初めてです。お二人の徳の高さを天も祝福なさっているに違いありません。わたくしもイストの民も、陛下についていくという気持ちを新たにしました」

モリーが顔を綻ばせると、セオドアも不思議そうに空を仰《あお》ぐ。

「確かにこれは珍しい。昨夜の嵐で一時的に瘴気が散ったのか？」

一晩かけてルビーがイスト全体を解毒し、瘴気が払《はら》われたからなのだが、そうと知らない二人は偶然だと位置づけた。

セオドアに挨拶を終えると、モリーはルビーの前に移動する。

「皇妃殿下。聖女様のごときお力でイストに尽力《じんりょく》してくださり、誠《まこと》にありがとうございました。ラングレーの未来は安泰《あんたい》かと存じます」

「滞在中はお世話になりました。この国がもっと豊かになれるよう、わたしも頑張ります」

ルビーが笑顔になると、集まっている見送りの住民たちが「「皇帝陛下、皇妃様、ありがとうございましたーっ‼」」と口々に叫《さけ》ぶ。その中には畑で出会った老女や、炊き出しを手伝ったボランティア、そしてカリン親子の姿もあった。

住民たちの感謝の声は、馬車から町が見えなくなるまで響《ひび》いていた。

「――わたしは聖女様じゃないのに、なんだか後ろめたい気持ちです」

窓から後ろに手を振り続けていたルビーは、前に向き直ると、ぽつりとこぼした。

「もののたとえだから気にすることはない。それより王女、昨日はあまり眠《ねむ》れなかったのか？」

「えっ？　どうしてわかったんですか？」

「その……目の下にクマが」

言いにくそうにセオドアが指摘すると、彼女ははっとして目の下をこすり、ばつが悪そうな顔をする。

「すみません。皇妃なのに見苦しいですね」

「昨夜はひどい天気だったから、眠れなくともおかしくない。それに俺は見た目のことが言いたいのではなくて……君はそのままで十分だし……」

もごもごと口ごもるセオドアに、ルビーは小首をかしげる。

「最後のほうがよく聞こえませんでした。もう一度おっしゃっていただけますか？」

セオドアはぐっと喉を詰まらせる。二人きりの空間で、改まって褒めることなどできなかった。

社交辞令で美辞麗句《びじれいく》を並べることなら容易《たやす》いのに、本音を伝えるのはどうしてこうも難しいのだろうと、羞恥《しゅうち》とともに情けない気持ちになってくる。

「急に黙り込んでどうされました？　あっ、もしかして酔ってしまわれたとか⁉」

心配したルビーがセオドアの隣に移動して背中に手を触れると——。

「わっ、わわっ⁉」

彼はルビーの肩をぐいっと引き寄せ、上半身を倒して自分の膝上に乗せた。驚く彼女から目を逸《そ》らし、ぶっきらぼうに言い放つ。

「今日の宿までしばらくかかる。着いたら起こすから、少しでも寝ていろ」

戸惑うルビーは彼の赤くなった耳を見上げて、しだいに状況を呑み込んだ。彼の不器用な気遣いが嬉しく、くすぐったい気持ちになる。

「……ありがとうございます。ではお言葉に甘えて」

膝枕《ひざまくら》をされるのは初めてだったが、頬からじんわりと体温が伝わってきて心地よかった。

すっかり安心したルビーは急激に気が緩み、すぐに夢の中へ落ちていった。

幕間《まくあい》　皇帝《こうてい》セオドア・レオナール・ラングレーの懸念《けねん》

イストを発《た》った一行はいくつかの中継地《ちゆうけいち》で宿泊《しゆくはく》を重ねながら北東へ向かい、着実に旅程をこなしていた。

次の視察地まで数日というある晩、宿のセオドアの部屋では騎士《きし》が一人、髪《かみ》と衣《ころも》から雨水を滴《したた》らせてひざまずいていた。

「皇城から早馬で伝令を持ってまいりました。こちらでございます」

挨拶《あいさつ》を終えると、騎士は預かってきた文を手渡《てわた》した。

「悪天候の中ご苦労だった、アリよ。しかし騎士団副団長のおまえが来るほどの早馬とは。城か皇都でなにか事件が？」

「いえ、私が知る限り問題は起こっていません。手紙の内容は存じませんので、他はなんとも申し上げられませんが」

手紙の封蝋《ふうろう》はジェレミア公爵家《こうしやくけ》当主、つまりアーノルドのものだった。怪訝《けげん》に思いながら開封する。

簡単な近況《きんきよう》報告で始まった手紙の本題は、極《きわ》めて不快なものだった。

〝──実は先日、在ラングレー皇国ベルハイム大使より問い合わせがありました。

大使は奥歯《おくば》にものが挟《はさ》まったような言い方をしていましたが、要約するにルビー王女殿下《でんか》は今どこで何をしているのか教えてほしい、という内容でした。

殿下は難しい立場でしたから、陛下の指示通り、輿入《こしい》れより対外的にはほとんどの情報を秘匿《ひとく》しています。大使がこちらに問い合わせをすること自体はわかりますが、今の今まで我関せずという態度をとってきたのに妙《みょう》です。

当然、情報はなにひとつ与《あた》えずに追い返しました。

加えて国境からの報告ですが、ベルハイムの魔術師《まじゅつし》団長がラングレーに入国したとのことです。

本件との関連性は不明です。

以上、取り急ぎの報告です。

身辺にお気を付けください。引き続き情報収集を続けます〟


――今さらベルハイムか。セオドアは明確な苛立《いらだ》ちを覚え、小さく舌打ちをした。

珍《めずら》しく感情を露《あら》わにする皇帝を見て、アリは声を潜《ひそ》める。

「吉報《きっぽう》をお持ちできなかったようで残念です。返信をお書きになりますか？」

「いや、必要ない。受け取った証明としてアーノルドにはこれを渡してくれ」

セオドアはラングレー紋章《もんしょう》の透《す》かしが入ったカードにサインを走らせ、アリに託《たく》した。

「お預かりしました。では私はこれで」

カードを皇城に届けるべく、アリは部屋を辞そうとしたが、ふとあることを思い出して振《ふ》り返る。

「次の視察地はノース・ハーバーですか？」

「ああそうだ」

すでにセオドアは感情をしまい込《こ》み、いつもの冷静な表情を取り戻《もど》していた。

「国内の視察が重要事項《じこう》であることは理解しておりますが……なにも彼《か》の地を選ぶことはなかったのではないですか？　ルビー殿下も御一緒《ごいっしょ》なら尚更《なおさら》です」

「……」

信頼《しんらい》している部下の進言に、彼はしばらく黙《だま》り込んだが、重々しく口を開く。

「おまえの言いたいことはわかるが、過去の過《あやま》ちから目を背《そむ》けることはできない。負の遺産の清算も、俺《おれ》に課せられた責務の一つだ」

「なぜ皇太后殿下の後始末を、何も関係のない陛下が……」

そこまで口にしてアリは失言に気がつき、「分を超《こ》えることを申しました。お許しください」と静かに頭を下げた。

「よい。今日はもう遅《おそ》いから、一晩休んで明日皇都に発て」

セオドアが話を切り上げると、アリはまだ何か言いたそうな顔をしたが、ぐっと呑《の》み込んで敬礼をした。

「ご武運をお祈《いの》りしております」

「戦うわけじゃないが、感謝する」

アリが退室していくと、セオドアはゆっくりと椅子《いす》に背を預けた。

ノース・ハーバーで起こりうる展開を頭の中に巡《めぐ》らせると、やはり気分はよくなかった。

アリの言う通りルビー王女を連れて行くべきではないのかもしれない。

けれども、この国の皇妃《こうひ》である以上避《さ》けて通れない問題であることも事実だ。遅いよりは早いほうがいいと考えた。

(俺以外に嫁《とつ》いでいれば、何の憂《うれ》いもなく、華《はな》やかで贅沢《ぜいたく》な暮らしができたのだろうが……)

ここ最近は、そのような索漠《さくばく》とした気持ちになることが増えた。しかし決まって結論は「それは紛《まぎ》れもない事実だが、王女が別の男に嫁ぐのは嫌《いや》だ」なのである。

はっきりとした理由は自分でもわからない。

ひょっとして、自分は王女を愛してしまったのではないかと考えてみたこともあった。

けれども過去にそういう経験が無かったし、愛や恋《こい》といったものと自分は対極にあると思っていたから、やっぱりこの感情の名前はわからないままなのだった。

悶々《もんもん》とした気持ちでぼうっとしていると、隣《となり》の部屋から楽しそうな声が漏《も》れ聞こえてきた。

『……マったら！　えいっ！　……あははは っ』

『きゃっ！　……枕《まくら》の二刀流……！』

はしゃぎ声にまじって、ぽふんぽふんと何かを投げ合う音も聞こえる。

地理の都合上、小さな街に宿をとるほかなく、今夜は街に一軒の平民が使う安宿に泊《と》まっている。

部屋数が限られるため主人と従者は同室で、煙草《たばこ》の臭《にお》いが染《し》みついた壁《かべ》は薄《うす》く、十分なプライバシーは確保されていない。

しかしルビーは文句を言うどころか、エマと一緒に寝《ね》てみたかったから嬉《うれ》しいと感謝を述べた。

決して彼女《かのじょ》は嘘《うそ》をつかない。どんな苦境にあっても真っすぐで、前向きで、素直《すなお》だ。

彼女のそばにいると、いつだって心に光が差し込むような気持ちになれた。

（……俺は君に救われてばかりだ。幸福な未来があり得るのではないかと、つい夢を見てしまうほどに）

窓の外はすっかり暗く、雨が降り続いている。それは次の目的地である港町ノース・ハーバーが近い証拠《しょうこ》でもある。

じっとりと雨水を含《ふく》んだように重かったセオドアの胸は、彼女たちの笑い声で、少しだけ軽くなっていた。

第五章　雨靄《あまもや》のノース・ハーバー

1

ラングレー皇国の国土は広大だ。したがって旅程の実に半分は移動に費《つい》やされる。

イストから半月ほどかけて到着《とうちゃく》した次なる視察地は、国土の北東に位置するノース・ハーバー。名前の通り海に面した港町だ。

とはいえラングレーの悲しき宿命の例に漏《も》れず、ノース・ハーバーに面する海は瘴気《しょうき》の影響《えいきょう》で年中しけ模様。とても漁には向かない、他国だったら捨て置かれているような海域で、僅《わず》かな漁獲《ぎょかく》のために命《いのち》懸《が》けで漁業を行っている町である。

「うわーっ！　細かい波しぶきが風に乗って馬車に飛んできますよ！　これが海なんですね⁉」

「こら。身を乗り出すと危ないぞ」

「あの細長い建物が灯台ですか？　船も停泊《ていはく》していますね！」

海沿いの街道《かいどう》からノース・ハーバー市街地を目指す道中、ルビーは終始愉快《ゆかい》な気持ちでいっぱいだった。祖国ベルハイムは内陸国ゆえ海がなく、目にするのは初めてだったからだ。

「いや〜、大迫力《だいはくりょく》です！　岸壁《がんぺき》に波が打ち付けるとすごい音がしますよ！」

はしゃぐルビーとは対照的にセオドアは仏頂面《ぶっちょうづら》だ。腕《うで》と足を組み、低い声を出す。

「ラングレーの海は特殊《とくしゅ》だ。普通《ふつう》の海はもっと静かだし、他国では砂浜《すなはま》に寝転《ねころ》がって憩《いこ》いの時を過ごす民《たみ》もいる。こんな場所で本来漁は行わない」

海のしけは、数年前に来たときより酷《ひど》くなっている気がした。ノース・ハーバーの漁獲量が数か月前から激減していると報告が上がっているが、これでは当然だと思った。

「そうなんですか？　でもわたし、すごく気に入りました。だってカッコいいじゃないですか！」

ルビーの興奮した顔を見て、荒波《あらなみ》が立っていたセオドアの心は少しだけ凪《な》いだ。

「……君の目に映る世界は、俺《おれ》のそれよりずっと鮮《あざ》やかなんだろうな」

小さな呟《つぶや》きは波音にかき消され、はしゃぐルビーの耳には届かない。

妻の様子をほほえましく眺《なが》めていたセオドアだが、車窓の隅《すみ》に市街地が見え始めると改まった声を出す。

「もうすぐ街に着くわけだが、その前に話しておきたいことがある」

「はい、なんでしょうか」

ルビーは窓の外に向けていた視線を戻《もど》し、しゃんとして座《すわ》り直す。

「ノース・ハーバーでは、イストと違《ちが》って歓迎《かんげい》されないだろう。君にも嫌《いや》な思いをさせてしまうかもしれないから、先に謝《あやま》っておきたい。申し訳ない」

唐突《とうとつ》な話に彼女《かのじょ》は目を見張る。

「えっと……、理由をお伺《うかが》いすることはできますか？」

「ああ。これには俺の母親が深く関わっているのだが――」

皇族とノース・ハーバーの民との間に深い溝《みぞ》ができてしまったのは、十五年前の話になる。

もうそんなに年月が流れたのかと思いながら、セオドアはほろ苦い記憶《きおく》をたどり始めた。

◇◇◇

セオドアの母であるイザベラ・メアリー・ラングレーは、中央諸国出身の侯爵令嬢《こうしやくれいじよう》だった。

自国の高等学園に留学に来ていた皇太子時代の前帝ゾイエルと恋仲《こいなか》になり、卒業と同時にラングレーに輿入《こしい》れした。

好奇心旺盛《こうきしんおうせい》なイザベラは異国で始まる新生活に胸を躍《おど》らせていたのだが——、彼女が想像していたような幸せに包まれた新婚《しんこん》生活はそこにはなかった。

食事は芋《いも》ばかりで代《か》わり映《ば》えがしない。肉や魚はほんの少ししか使われないうえ、ゴムのように硬《かた》く質も悪かった。

目新しい文化や芸術があるわけでもなかった。民はその日一日をどう生き延びるかということしか考えておらず、娯楽《ごらく》が発展する土壌《どじよう》はなかった。

ほどなく皇帝《こうてい》となった夫は魔物《まもの》の討伐《とうばつ》や内政に忙《いそが》しく、共に過ごせるのは夜の僅かなひとときのみ。

「聞いてはいたけれど、予想以上に何もない国ね。毎日退屈《たいくつ》だわ……」

早い段階で落胆《らくたん》を覚えたものの、愛する夫の国に馴染《なじ》もうとイザベラは努力した。

それは容易《たやす》いことではなかったが、やがて彼女の胎《はら》には新しい命が宿った。セオドアと名付けたその子を必死で育てるうちに、生活の不自由さは気にならなくなっていった。そんな余裕《よゆう》がなかったと言ったほうが正しいかもしれない。

しかしセオドアがある程度成長し、自分の時間がとれるようになると、再びイザベラの心に陰《かげ》りがさすようになった。

「わたくしはこのまま一生を終えるのかしら。世界地図にも見切れるような、目立たず、なにもない、貧しいこの国で」

もともと活発な性格のイザベラは、急に自分の人生が惜《お》しくなった。

しばしば思い出されるのは、学園時代に経験した煌《きら》びやかな夜会の光景だった。あちらこちらに最先端《さいせんたん》のドレスが舞《ま》い、流行《はや》りの宝石のような菓子《かし》が並べられ、男性たちは大金が動く商取引の話を交《か》わす。当時はなんでもない当たり前の光景だったのに、今となってはいくら望んでも手に入らないものになってしまった。もう一度輝《かがや》かしい世界に身を置いて、刺激《しげき》に満ちた毎日を送りたいと懐《なつ》かしんだ。

同時に、すっかり所帯じみて色褪《いろあ》せてしまった自分をみっともなく感じた。ラングレーにいることが人生の無駄遣《むだづか》いに思えてしまって、ひどく耐《た》えがたく感じるようになっていた。

夫は相変わらず仕事に忙しく、イザベラの揺《ゆ》れ動く感情に気がつくことはなかった。もっとも彼女も、すでに夫には何も期待していなかった。

「祖国に戻りたいわ。夫も息子《むすこ》も、わたくしがいなくても平気だもの。遅《おそ》くなってしまったけれど、わたくしの人生を取り戻さなければ……」

しかしそれは簡単なことではない。皇妃《こうひ》である以上、夫の国に骨を埋《うず》めるのが世の道理だ。堅物《かたぶつ》のゾイエルに離縁《りえん》を申し出ても頷《うなず》くわけがない。イザベラは独りで苦悩《くのう》した。

そんな折に夫婦《ふうふ》で公務に訪《おとず》れたのが、ノース・ハーバーだった。

憂苦《ゆうく》の日々に疲弊《ひへい》していたイザベラは賭《か》けに出る。

出迎《でむか》えた住民の前で、彼女は人が変わったようにかれらを罵倒《ばとう》したのだ。

「なんて生臭《なまぐさ》い街なのかしら」「むさくるしいわね。早く帰りたいわ」「ラングレーの中でも野蛮《やばん》な者たちが集まっているようね。ずっと我慢《がまん》してきたけれど、学がない民は嫌《きら》いよ」――。

当然民は激怒《げきど》し、思わずゾイエルは妻の頬《ほほ》を張った。そうでもしないと彼女は黙《だま》らなかった。

「皇妃としてあるまじき行為《こうい》だ。そなたは国母として失格だ！」色をなすゾイエルの言葉に、イザベラは壊《こわ》れたように高笑いした。

「うふふふ……あははははは！　言いましたわね。国母失格なのであれば、どなたかふさわしいお方に座を譲《ゆず》りましょう！　わたくしは喜んで離縁しますわ！　これで自由よ！」

事実、彼女はすでに気が触《ふ》れていたのかもしれなかった。

イザベラはその場で皇妃のティアラを外し、街から出奔《しゅっぽん》した。「待つのだイザベラ！」ゾイエルは後を追ったものの、彼女が手配した祖国の者に行く手を阻《はば》まれる。――結局その日から、二度と妻の顔を見ることは叶《かな》わなかった。

単身で帰城したゾイエルは、きょろきょろと母の姿を捜《さが》す息子に詫《わ》びた。

「長らく妻の気持ちに気づけなかった。あれはずっと、余の知らないところで耐え忍《しの》んでいたのだ。すまないセオドア。おまえから母親を奪《うば》ってしまった――」

頬を濡《ぬ》らす父の前で、幼いセオドアはただ立ち尽《つ》くしていたのだった。

◇◇◇

話を終えたセオドアは深くため息をついた。

「――そういうわけで、ノース・ハーバーの民は皇族に潜在《せんざい》的な恨《うら》みを抱《いだ》いている。その後父は何度もこの地を訪れているが、わだかまりは解けていない。俺に皇位が移っても同様だ」

「お話ししてくださり、ありがとうございます……」

言いにくいことを教えてくれた気がして彼の顔をちらりと見たが、相変わらずの無表情を浮《う》かべている。床《ゆか》を見つめる金色の瞳《ひとみ》になんらかの感情を読み取ることはできなかった。

「あまり気分のいい滞在《たいざい》ではないと思うが、理解してもらえると助かる」

「事前に教えてくださったので心構えができました。それより……その、陛下は大丈夫《だいじょうぶ》ですか？」

「俺のことを心配してくれているのか？」

セオドアは視線を上げて、ふっと寂《さび》しそうに口角を持ち上げた。

「ずいぶん昔の話だ。今更《いまさら》どうということはない」

市街地が近づくにつれ窓の外の霧《きり》が濃《こ》くなっていく。馬車の隙間《すきま》から漏れ入ってくる風が肌寒《はだざむ》い。

二人を乗せた馬車は、静かに街の門を通過した。

2

ノース・ハーバーは、街全体が細かい波しぶきのような濃霧《のうむ》に包まれていた。

木造の平屋が建ち並んでいたイストの町並みとは異なり、石で造られた二階建ての家屋がひしめきあう。

馬車を降りて町の公会堂に入ると、出迎えと思われる住民がぱらぱらと手持ち無沙汰《ぶさた》に突《つ》っ立っていた。ちっとも楽しくなさそうな表情から、ルビーは仕方なく集められた役場の職員なのではないかと推測した。

領主のシモンズ子爵《ししゃく》から形式的に歓迎の挨拶《あいさつ》を受け、ルビーとセオドアは追い立てられるように宿屋へ移動する。

「こういうことだったんですね。イストとはずいぶん様子が違います」

馬車の中でルビーが口を開くと、セオドアは頷いた。

「気苦労をかけてすまない。だが、住民にどう思われようとやることは同じだ。ノース・ハーバーをよりよくするために、困っていることはないか、あるいは改善できる点はないか、寄り添《そ》って解決の道を考えるのが皇族の務めだ」

その言葉の通り、翌日からセオドアは精力的に公務に励《はげ》んだ。

早朝に口を真一文字に結んで宿を出て、夜遅《よるおそ》くに疲《つか》れた顔で戻ってくる。

ルビーが帯同することもあったが、「俺が一人で行く」と単独行動する場面のほうが多かった。

住民との距離《きょり》を縮めるために心を砕《くだ》いていることは一目瞭然《いちもくりょうぜん》だった。そしておそらく、当たりの強い現場にはルビーを連れて行かないようにしているということも。

ルビーはもどかしかった。自分だけ安全なところにいて、肝心《かんじん》なところはセオドアが一人で抱《かか》え込《こ》んでいる。

滞在四日目にもなると、そんな状況《じょうきょう》にいてもたってもいられなくなってくる。今日もセオドアは朝から単独で漁業協会に出かけていて帰りは遅いと聞いている。

ルビーは一人で昼食をとりながら、エマに悩《なや》みを投げかけた。

「わたしも陛下のお役に立ちたいのだけど、どうしたらいいかしら？」

「お気持ちはわかります。陛下は基本的に感情を表に出しませんけど、この街に来てから明らかに気疲れしてますものね。お老《ふ》けになられたというか」

「老けた？　容赦《ようしゃ》がないのね、エマは」

「あたしは陛下がルビー様にした仕打ちを忘れてません。ですが、ノース・ハーバーの現状には同情します。陛下に非があるわけじゃないですから」

エマは魚の切り身とホッフェン芋の煮込《にこ》みを配膳《はいぜん》しながら考える。

騎士団叩《きしだんたた》き上げの無骨なセオドアにとって、こういった人と人との繊細《せんさい》な関わり合いは得意分野ではないのだろう。不器用ながら自分なりの誠意を示し続けているに違いない。

けれども平民のエマにはわかる。それでは民衆の心は動かせない。

誠意という形の見えないものよりも、「自分たちは皇帝夫妻から大切に思われている」という目に見える確証が欲《ほ》しいのだ。

「そうですねえ……。イストのように瘴気を払《はら》うのはいかがです？　解毒《げどく》の様子は見た目にも神秘的ですし、晴れてしけが収まったら漁師衆は大喜びするかと」

「実は、到着した日に試《ため》してみたの。少しは日差しが出てしけも凪いだのだけど、十分もしないうちに元通りになってしまってね」

その後もいちおう毎朝祈《いの》りを捧《ささ》げ続けているが、やはりすぐに曇《くも》ってしまい、思うような成果は得られていない。

「そうなると、これは瘴気じゃなくて天候の問題ですね。日に日にひどい天気になってますから、嵐《あらし》でも近づいているのかもしれません」

毒使いの力では、毒や瘴気に関係のない天気まで変えることはできない。エマは口元に手を当てて思案する。

「うーん……。滞在日数も限られてますから、この際領主様に直接訊《たず》ねてみてはいかがでしょう？『街のためになにかしたいから、困っていることがあれば教えてほしい』とおっしゃれば、さすがに無下にはできないはずです」

「そうね、それが間違いないわ！　さっそくシモンズさんに都合を伺いましょう」

領主の屋敷《やしき》に使者を出すと、外出先から帰ったところで今日はもう予定がないから来てくれて構わない、という返事を持って帰ってきた。

さっそくルビーはシモンズの屋敷を訪ねることにした。

3

屋敷までは半刻《はんとき》ほど馬車に乗ると到着した。スムーズに応接室に通される。

海を思わせる濃紺《のうこん》の絨毯《じゅうたん》が敷《し》かれた室内にはすでに領主のシモンズ子爵が待ち構えていて、作り笑いを張り付けてルビーを出迎えた。

「ご機嫌麗《きげんうるわ》しゅう皇妃殿下《でんか》。こちらからお伺いすべきところ、ご足労くださりありがとうございます」

痩《や》せぎすのシモンズは皮肉っぽい声色《こわいろ》で挨拶し、細い身体《からだ》を折りたたむようにして礼をとる。けれどもルビーが声をかける前にニヤリとして顔を上げ、「どうぞおかけください」とカウチを勧《すす》めた。

無礼な振《ふ》る舞いにエマはピキッと青筋を立てたが、ルビーは「ふかふかの素敵《すてき》なカウチですね。ありがとうございます」と腰《こし》を下ろす。

「それで、わたくしにご相談があるとか？　お伺いしましょう」

「はい。単刀直入に言いますと、わたしは皇妃としてノース・ハーバーの皆《みな》さんの役に立ちたいと考えています。ですが嫁《とつ》いで間もない身ゆえ、皆さんがどのような困り事を抱えているのかわからないのです。シモンズさんに教えていただけたらと思ってやってきました」

「ほう。皇妃殿下が我々のために……？」

値踏《ねぶ》みするようにいやらしく口角をつり上げるシモンズ。乾《かわ》いた唇《くちびる》の隙間から黄色い歯が覗《のぞ》いた。

「困り事はもちろんありますが、とても皇妃殿下に解決できるとは思えませんね」

「おっしゃる通り必ず解決できる保証はないのですが、少しでも状況を改善するために力を尽くしたいと思っています。内容だけでも教えていただけませんか？」

「………」

シモンズが沈黙《ちんもく》していると、コンコンとドアが鳴って一人の女性が入ってきた。

「ご挨拶が遅《おく》れまして失礼いたしました。シモンズの妻でございます」

「妻のクレアです。紅茶を持ってきてくれたのかい？　ありがとう」

クレアは神経質そうなシモンズと違って、穏《おだ》やかな空気を纏《まと》ったふくよかな女性だった。

彼女は礼を終えると二人の前に柔《やわ》らかな香《かお》りが立つティーカップを並べ、夫の隣《となり》に腰を下ろす。

「ねえあなた。部屋の外から少し話が聞こえたのだけど、皇妃殿下はノース・ハーバーの力になってくださるそうじゃない。いつまでも意地を張っていないで、ご厚意《こうい》をお受けしませんか？」

「しかしな、クレア。そう簡単なことではないんだ」

「そうかもしれないけれど、結果として助かる民がいるのだから、領主としてはありがたいことじゃないの」

クレアは彼の骨ばった手の上に、ふっくらとした白い手を重ねた。

彼女の手のひらから伝わる体温は、シモンズの胸にも届いたようだった。

「……君がそこまで言うのなら」

妻に蕩《とろ》けた表情を浮かべたシモンズは、再びつんとした顔でルビーに向き直る。エマが小声で「キモッ」と呟いた。

「現在この街が抱えている問題点は二つあるのです。これらは互《たが》いに関わり合っているので、切り離《はな》せないものではあるのですが――」

話を聞き終えたルビーは、問題点のうち一つは対応が難しいものの、もう一つはすぐにでも役に立てそうだと判断した。

その場で具体的な話をシモンズ夫妻と進め、「じゃあ、明日はそういうことでよろしくお願いします」とほくほくした気持ちで屋敷を後にした。

「来てよかったわ、エマ！　あなたには感謝しているけど、失敬なことを言ってはだめよ」

「心の声のつもりだったんですけど、聞こえちゃってました？　チーズばりに鼻の下が伸《の》びてたのでつい。それにしてもシモンズ夫人はいいお方でしたね」

「話がうまく進んだのは夫人のおかげね。無事にことが終わったら改めてお礼に伺いましょう。あ、外は風が吹《ふ》くとひんやりするわね」

皇都は夏季を迎えているはずだが、日差しのない北の海街はうすら寒い。

馬車に乗り込んでシモンズ邸《てい》の門を出ると、すぐそこにひと塊《かたまり》の住民が集まっていた。皇帝の紋《もん》章《しょう》が入った馬車を見つけるとざわざわとして指さしたりしている。ルビーは首をかしげた。

「……もしかして、わたしを待っていたのかしら？　御者《ぎょしゃ》さん一度停《と》まってくれる？」

路肩《ろかた》で馬車が停まると、後を追いかけてきた住民に取り囲まれる。

そのうちの一人が険しい顔でルビーに迫《せま》った。

「お屋敷に紋章入りの馬車が入るのを見たっていうやつがいたんだ。あなたが皇妃殿下か？」

「はい。ルビーと申します」

そう答えると、他の住民も一気に顔をこわばらせる。今しがた質問をした男が再び口を開いた。

「俺たちはあんたを歓迎していない。この街にとって皇妃は不必要な存在だ」

「――えっ？」

ルビーの戸惑《とまど》いをよそに、彼らは口々に勝手な思いをぶつけ始めた。

「前帝陛下は素晴《すば》らしいお方だったが、結婚を機に変わっちまった！」

「以前は誰《だれ》よりも国民の心を理解してくれていたのに！」

「皇妃なんてろくでもない存在だ。悪いがアンタのことは認められない！」

エマや護衛の騎士が飛び出してきて事態の収拾《しゅうしゅう》にかかる。制圧されてもなお、群衆は顔を歪《ゆが》めて感情のままに叫《さけ》んでいた。

「「早くこの街から出てってくれ！　そして二度と来るな！」」

ほうほうのていで宿に戻ってきたルビーは、急に自信がなくなってきた。

「……ひょっとして、わたしは余計なことをしようとしているのかしら？」

「そんなことありません。ルビー様の力を目の当《ま》たり《あ》にすれば、あの人たちも考えを改めるでしょう。陛下だって直接ルビー様に何かを頼《たの》むようなことはなさいませんが、お喜びになるはずですよ」

エマに励まされたものの、心中は穏やかではなかった。

勇気を出して自分なりに動いてみたものの、ひっかき回すだけひっかき回して、かえって関係を悪化させることになったらどうしよう、と不安が胸をよぎる。

しかし、何もしないで傍観《ぼうかん》しているという選択肢《せんたくし》もなかった。

皇妃の座にいる限りは、その名に恥《は》じない人間であるよう努力すべきだと思った。それはセオドアのためでもあり、懸命《けんめい》に生きるラングレーの民のためでもある。ルビーには、かつて一国の王女だった矜持《きょうじ》もあった。

(陛下が必要としてくださる限り、わたしもこの国のために尽くすべきだもの。けれど、足を引っ張るようなことだけは避《さ》けなければならないわ)

決意を胸に刻みつけたルビーは、エマと護衛騎士に言い含《ふく》める。

「帰りの出来事はここだけの秘密にしてちょうだい。陛下はただでさえ心労を重ねているから、余計な心配を掛《か》けたくないの」

「承知しました」

騎士たちは素直に返事をしたが、エマだけは口を尖《とが》らせている。

「よいのですか？　あんなに無礼な目に遭《あ》ったのですから、お耳に入れておいたほうがいい気がします」

「あの方たちは思いの丈《たけ》をぶつけに来てくれただけよ。実害があったわけではないわ」

「……納得《なっとく》はしてませんが、ルビー様がそうおっしゃるなら他言はいたしません」

「心配してくれたのよね。ありがとう」

ルビーは夕食を辞退して早めにベッドに入った。珍《めずら》しいことに食欲が湧《わ》かなかった。

自覚はないが、慣れない旅の疲れが出ているのだろうか。

(明日はさっそくシモンズさんとの約束を果たす日だもの。よく休んで備えましょう)

そう思ったものの、いつもより身体が冷える感じがして寝《ね》つけない。クローゼットから厚手のブランケットを一枚持ってきて、再びベッドに横になる。

窓の外にはじっとりとした雨が降り続いている。

セオドアはまだ帰っていない。今もどこかで、民のために心を砕いているのだ。

(陛下はほんとうに素晴らしい皇帝だわ。その妻がわたしでいいのかしら……。ああ、毒使いの能力があるからだわ……そうでなければ隣に置いてくださる意味は無いもの……)

ぼんやりとして雨音に耳を傾《かたむ》けているうちに、ルビーは泥《どろ》のような眠《ねむ》りについていた。

4

翌朝ルビーが食堂に降りてくると、セオドアがそわそわと室内を歩き回っていた。彼女の姿を見つけると長い脚《あし》ですぐに駆《か》け寄ってくる。

「昨日、夕食をとらなかったと聞いた。どこか調子が悪いのか？」

「あ……陛下……」

がしっと掴《つか》まれた両腕に目を落とすと、セオドアは「すっ、すまない！　痛くなかったか？」と慌《あわ》てて手を離す。

「少々胃がむかついていたので控《ひか》えただけです。今日はこの通り絶好調ですよ」

にこりとして顔を緩《ゆる》めると、彼は少しほっとしたようだった。

「それより陛下の体調はいかがですか？　連日遅くまであちこち回られて、お疲れではないですか？」

「問題ない。時間は限られているから、一人でも多くの民と会っておきたいのだ」

気丈に振る舞うセオドアだが、ルビーは彼の目の下のクマと、瞳に滲《にじ》む焦燥《しょうそう》を見逃《みのが》さなかった。

住民との再構築は上手《うま》くいっていないのだ。

彼の苦労を思うと、ルビーは胸が潰《つぶ》れそうになった。


「陛下は今日、ウォーターフロント病院の視察に行かれるんですよね？」

共に朝食をとりながらルビーが切り出すと、セオドアは頷いた。

「ああ。このしけで多くの怪我人《けがにん》が出ているから、視察も兼《か》ねて見舞いにな」

「その件ですが、わたしもお供することになりました。実は昨日、領主のシモンズ子爵のお屋敷に伺いまして——」

屋敷で行われた話し合いの内容を共有する。

「――シモンズさんによると、ノース・ハーバーが抱える困りごとは二つだそうです。一つ目は、数か月にわたるしけによる漁獲量の低下。もう一つが同じくしけによる漁師さんたちの怪我だそうです。漁獲量の低下は解決が難しいですが、怪我のほうはお力になれるのではと思いまして。ベルハイムにいたころ、怪我や病気は自分で治さざるを得ない環境《かんきよう》にありましたから」

家族から死んでも構わない扱《あつか》いを受けていたルビーは、体調を崩《くず》しても治療《ちりよう》を受けられなかった。だからマイケルたちが運んでくれる薬草を調合し、独自に薬を作ってしのいでいた。

「最初のうちはほとんど効かなかったんですけど、八年間も研究を続けるうちに、我ながら結構効くものが作れるようになりました。万一に備えてログハウスから持ってきていたので、ここの患者《かんじや》さんにも使っていただこうかと！」

「……」

セオドアは眉間《みけん》に皺《しわ》を寄せ、金色の眼光を鋭《するど》くした。

てっきり賛同してもらえるものと思っていたルビーは、おそるおそる聞き返す。

「あの……陛下？」

「君は、一人で領主の屋敷に行ったのか？」

初めて耳にする棘《とげ》のある声。

アクアマリンとの入れ替《か》わりが明るみに出た時ですら、ここまで非難めいた感情を向けられたことはなかった。心臓が嫌な音をたてて跳《は》ねる。

「はっ、はい。一人と言ってもエマと護衛の騎士さんは一緒《いっしょ》ですけ――」

「同じことだ」

怒気を孕《はら》んだ声が覆《おお》いかぶさった。

「この街では勝手な動きをしないでほしい。特に住民との接触《せっしょく》は慎重《しんちょう》に。事前に一声かけてもらわないと困る」

氷のような言葉に驚《おどろ》いたルビーは血相を変え、すぐさま床にひざまずく。

「もっ、申し訳ありません！　出過ぎた真似《まね》をしました！　申し訳ありません！」

何度も頭を下げて謝罪するルビーを見て、怒《いか》りに染まったセオドアは我を取り戻す。すぐさま彼女に寄り添い、ぶるぶると震《ふる》える身体を強く抱きしめた。

「すまない。全部俺が悪かった。君は俺のためを思ってしてくれたのに」

「いえ、わたしが判断を誤りました。この地が陛下にとってどういう意味合いがあるか知っていたにもかかわらず、短絡《たんらく》的な考えで動いてしまいました……」

ルビーの声は震え、目の端《はし》には涙《なみだ》が浮かんでいた。

「それは違う。すべて俺の責任だ」

セオドアは彼女の腕をとって立ち上がらせると、手で自らの顔を覆い、力のない掠《かす》れ声で言った。

「……君の言う通り、疲れが溜《た》まっているのかもしれない。酷いことを言ってすまなかった」

朝食はまだ残っていたが、もはや食事を続けられる空気ではなかった。

出発の時間になると、セオドアは「頭を冷やしたい」と言って別の馬車に乗り込んだ。

ルビーはエマと二人で病院に向かうことになった。

5

ガラスの向こうには幾筋《いくすじ》もの雨が流れ、車体に打ち付ける雨音で車輪の音も聞こえない。

「今日も雨ですね、ルビー様」

向かいに座るエマの声も、いつもより気持ち大きめだ。

「よく降るわね。こんな天気で漁に出るなんてまさに命懸けだわ。怪我人が相次ぐのも当然よ……」

先刻の失敗に落ち込んでいたルビーだが、ひとまずこの後の視察に気持ちを切り替えていた。

もし薬の他にできることがあれば、今度こそ助けになる心づもりでいた。

波止場《はとば》にほど近いウォーターフロント病院は、馬車から降りると地鳴りのような波音が聞こえたが、どっしりとした建物の中に入ると嘘《うそ》のように静かだった。

「お越《こ》しくださり感謝します。院長のブルックス・アントニオといいます」

漁師だと紹介《しょうかい》されても納得するような、がっちりとして覇気《はき》のある壮年《そうねん》男性が出迎えてくれた。

ここはノース・ハーバーでもっとも海沿いに位置する病院で、患者の大半が漁師だという。

院内を案内してもらうと、病棟《びょうとう》には包帯を巻いた漁師がひしめきあっていた。痛みをこらえる低い呻《うめ》き声が廊下《ろうか》にまで聞こえてくる。

「ここ数か月で急に海のしけがひどくなり、負傷して運ばれる漁師で医療機関はパンク寸前です。過去にない異常な状況が続いています」

「確かにあのしけは異常だ。この街に来てから面会した者もみな口を揃《そろ》えていた」

セオドアも首肯《しゅこう》する。

「城には早馬で報告を入れているから、再来週《さらいしゅう》には調査団と応援《おうえん》の人員が到着する手はずになっている。それまであと少し踏《ふ》ん張ってくれ」

「おお、迅速《じんそく》なご対応に感謝申し上げます！」

院長は力の入っていた表情を緩め、声を弾《はず》ませる。

「シモンズ様も手を尽くしてくれてますが、領主だけで解決できる範疇《はんちゅう》を超えています。皇帝陛下に陳情《ちんじょう》するよう意見していたのですが、なかなか納得いただけず……。そうこうしているうちに怪我人は増えますし、救える命も救えなくなるのではとやきもきしていたところだったんです」

「民を守るのは当然のこと。今後困ったことがあったら、領主を通さず陳情書を上げても構わない。シモンズには俺から説明しておこう」

皇帝の言葉は院長の胸を打ったようだった。筋肉が浮かんだ太い腕を胸に当てて頭を下げる。

「……過去に何があろうと、大切なのは今生きている者の命だと私は考えます。今上《きんじょう》陛下がこのような素晴らしいお方で嬉《うれ》しいです」

このような考え方を持つ人もいるのねとルビーは驚き、同時に胸の奥《おく》が温かくなった。

院長の言葉を聞いたセオドアが、ごく僅かに口元を緩ませ、救われたような表情をしていたから。

◇◇◇

ルビーが持参した特製薬は大いに喜ばれた。塗《ぬ》ればたちどころに痛みが和《やわ》らぎ、飲めば身体の内側から力が湧くようだと、最初は皇妃を警戒《けいかい》していた患者たちも感謝して彼女に手を合わせた。

院長は興味深そうに薬箱をのぞき込む。

「差し支《つか》えなければお教えいただきたいのですが、この軟膏《なんこう》にはどのような薬草が使われているのですか？」

「構いませんよ。この軟膏はスターベルの実とクララ草を二対一の割合で混合して作っています」

「クララ草？　それは確か毒草ではないですか？」

「茎《くき》の部分に強い薬効を持つのですが、種子と葉には毒がありますね。だから毒草と考えられているのかもしれません」

院長は目を見張って感嘆《かんたん》の息をつく。

「皇妃殿下は毒に詳《くわ》しいですね。そのような知識はどの文献《ぶんけん》でも目にしたことがありません」

「……言われてみれば、わたしはずっと前から毒のことを本能的に理解していたのかもしれませんね……」

ルビーも院長の言葉に気づかされていた。

ベルハイムで塔《とう》に幽閉《ゆうへい》されたばかりのころ、「この実は嫌な感じがするから食べるのをやめよう」

とか「このきのこには毒がありそうだけど、加熱すればいける気がする」とか、勘《かん》だと思っていた感覚に助けられたことが何度もあった。それはきっと、毒使いとしての本能だったのではないか。その後勘はやがて確信に変わり、毒の有無《うむ》だけはかなりの精度を持って判別できるようになっていった。

家族からは化け物と忌《い》み嫌われる天星だが、ここまで陰から自分を支えてくれたことに感謝せずにはいられなかった。

ルビーはふとあることを思いついた。そばで治療を見守っていたセオドアに耳打ちする。

「──ということを考えたのですが、よろしいでしょうか？」

緊張《きんちょう》しながら訊ねると、彼はルビーの目を見て頷いた。

「もちろんだ。ありがとう」

許可がもらえたので、ルビーは気を引き締《し》めて向き直る。

「院長さん。この病院に、毒が原因で困ってらっしゃる患者さんはいますか？」

「毒、ですか？　確か数名おりますけれども」

「実は、わたしは毒使いなんです。治療させていただけませんか？」

「どっ、毒使い⁉」

院長は一瞬《いっしゅん》恐怖《きょうふ》をその目に宿したが、セオドアが「民を救う素晴らしい力だ。俺も身をもって体験したから間違いない」と言い添えると半信半疑の面持《おもも》ちで聞き返す。

「それはその、毒使いのお力で患者の治療ができるということですか？」

「はい。最近わかったのですが、わたしは毒を無効化できるようなんです。イストでは毒素に侵《おか》された患者さんを治すことができました」

「おお、その症例《しょうれい》なら仲間の医師から聞いています。慢性化《まんせいか》していた病をきれいさっぱり治癒《ちゆ》されたとか。聖女様のような不思議な力だったと表現していましたが、そういうことだったのですね」

腑《ふ》に落ちたというように何度も頷いた。

「ぜひお願いしたいので、患者の意向を確認《かくにん》してきます。住民の命を守る医師として、重ね重ね感謝します」

院長は深く頭を下げた。


病院の食堂で昼食を終えると、二人のもとに院長が戻ってきた。

「五名が解毒処置を希望しました。よろしくお願いいたします。それで、その……もし差し支えなければ提案があるんですが……」

「どうされましたか？」

「せっかくの機会なので、皇妃殿下のお力を広く住民に見てもらうというのはいかがでしょう」

「と言うと？」

セオドアが怪訝《けげん》な顔をする。

「ご気分を害されたら大変恐縮なのですが、言葉を選ばずに申し上げますと、これも一つのイメージアップに繋《つな》がるのではないかと思ったのです。皇帝陛下も皇妃殿下もこの街のことを心から気にかけてくださっているのに、目に余る態度をとる者も多いことが悔《くや》しく……」

患者を治癒する姿を目の当たりにすれば、皇族への考えを改める住民も多いはずだと院長は力説した。

即座《そくざ》に反応したのはルビーだ。

「ぜひやりましょう！　やらせてください！　よろしいでしょうか、陛下？」

「君が平気なら、俺は構わないのだが……」

セオドアの歯切れは悪い。

「ここぞという時に君の力を借りてばかりで、皇帝として不甲斐《ふがい》なく思う」

「そんなこと気にしないでください。この国と陛下の力になりたくて来ているんですから、頼《たよ》ってもらえたほうが嬉しいです」

「……ありがとう」

彼は息が詰《つ》まったように礼を言い、苦しげに微笑《ほほえ》んだ。

ノース・ハーバーに来てから幾度となく目にした、胸が締め付けられるような表情。ルビーは彼のことを守れるようになりたいと強く感じた。

そのためならば、どんなことだってできる気がした。

夕刻の院内のホールには、病院の職員や見学の住民らが半円状になって集まっていた。その前には椅子《いす》に座った五人の患者が待機している。

「ご指示通り、毒が病因の患者を待機させています」

「ありがとうございます」

意気込むルビーに、セオドアがそっと声をかける。

「印象どうこうの話は気にしないでほしい。君はいつも通りで大丈夫だ」

「はい。いつも通り、誠心誠意祈りを捧げてきます」

皇妃が姿を現すと、観衆は一気に静まり返った。嫌悪《けんお》と好奇心が入り混じった視線が集まる。

「ノース・ハーバーの皆さま、こんにちは。皇妃のルビーと申します。急なお声掛けだったと思いますが、お集まりいただきありがとうございます」

患者と観衆の前で、ルビーは丁寧《ていねい》に一礼する。

「わたしにはとある天星があります。イストでは瘴気に侵された田畑を解毒し、毒素が原因の病にかかった女性を治してきました。この力をラングレーのために役立てたく、こうして国内各地を視察して回っているところなのです」

しんとした沈黙が流れる。ルビーの声や身振り手振り、その一挙手一投足が注目を集めていた。

「ノース・ハーバーの皆さまはラングレーの宝だと陛下はおっしゃられました。わたしも同じ気持ちでです。ですから少しでも助けになれたらと考え、今からこちらの患者さまを解毒させていただくことになりました」

病衣を着た五名の患者たちは、緊張した面持ちでルビーを見つめている。

「――では始めます。リラックスしていてくださいね」

安心させるように微笑むと、すっと意識を集中させ、いつものように解毒に挑《いど》む。

（ええと……蛇《へび》の毒に食中毒。薬物中毒と……怪我をこじらせて傷口に毒素が発生している。――あら？　最後の女性だけ毒ではなさそうね）

一番右の若い女性だけ毒の気配がない。医師の見立てが間違っていると思われた。

しかし彼女は両手を組み合わせて懸命に祈っている。この場にいる患者の誰よりも治療に期待しているようだった。

事実を告げて退席してもらおうかと思ったが、その様子を見たルビーは気の毒になってしまった。

（……やっぱりこの場にいてもらいましょう。明らかな効果は出ないと思うけど、少しでも気休めになれたらいいわ）

病は気からという言葉もある。せめてもの励みになればと判断し、このまま祈りを続けることに決めた。

ルビーは気合いを入れ直して目を閉じる。一度に五人もの解毒をするのだからと、全身全霊《ぜんれい》で呪《じゅ》文《もん》に力を込める。

「ルビー・ローズ・デルファイアの名に於《お》いて命ず。我《わ》が猛毒《もうどく》をもって汝《なんじ》の身体を覆いつくさん。毒された民の命に灯《あか》りをともせ！」

強い願いに呼応して、ルビーの身体から直黒《ひたぐろ》の疾風《しっぷう》が飛び出した。ホールを舐《な》め尽くすように縦《じゅう》横無尽《おうむじん》に吹き抜《ぬ》ける。

患者は強風に揉《も》まれて慌てふためくが、白い顔にはだんだんと生気が戻っていく。目を丸くして痛みや不調があった部位をさすり始めた。

「嘘だろ⁉　一瞬で痛みが引いたぞ」

「毒蛇に噛《か》まれた腕の痺《しび》れがなくなった……⁉」

「身体が軽い！　憑《つ》き物がとれたみたいだ！」

黒風が四方に離散すると、驚く患者の姿があらわになる。見学の住民たちは口をぽかんと開き、信じられないものを見た表情を浮かべた。

場は興奮の渦《うず》に包まれる。患者たちはガッツポーズをして喜んだ。

――ただ一人を除いて。

「……かはっ。……ゴホッ……ゴホゴホゴボッッ」

一番右の女性患者がゆっくりと倒《たお》れ込む。鼻から、そして口を押《お》さえる手指の間から、堪《こら》えきれなかった鮮血《せんけつ》がだらだらと溢《あふ》れ出す。

ぼと、ぼと、と地面に血だまりができる。

患者の近くにいた観客が恐怖で顔を引きつらせ、そして思い切り悲鳴を上げた。

「いや――――っ‼」

6

「何が起こっている⁉」

「患者の状況を確認しろ！」

「すぐに救命処置だ！　担架《たんか》！」

血の海に突っ伏《ぷ》して動かない患者。口や鼻、そして耳までも。全身の穴という穴から出血を起こしていた。

院長と血相を変えたセオドアが駆け寄って、すぐに応急処置が始まった。

その場に突っ立ったままのルビーは何が起こったのか理解できずにいた。

（わたしが解毒をした途端《とたん》に体調が悪化した。なにか間違ってしまったの……!?）

いつもと同じようにやれたと思ったが、失敗したのだろうか。泣きそうになりながら女性の身体に意識を集中させる。

すると、さっきまでは毒の気配が一切《いっさい》なかった肉体に、これまで目にしたどの毒よりも強くて禍々《まがまが》しい猛毒が渦巻いていた。

（――っ!?　しかもこの毒は……）

その正体がわかったとき、背筋に冷たいものが走った。

（これはわたしの毒だわ。この猛毒は、間違いなくわたしから出た痕跡《こんせき》がある）

毒使いの本能が残酷《ざんこく》な答えを告げていた。

ルビーはようやくすべての辻褄《つじつま》が合ったことを悟《さと》る。

（わたしの力は解毒することじゃない。『毒使い』である自分が持つ猛毒を塗り重ねて打ち消しているだけなのだわ。だから毒に当てられていない人に使うと猛毒状態にさせてしまう）

しかも今回は、相手が体力の衰《おとろ》えた病人だったことがまずかった。手料理という間接的な形でもなく、全力で祈りを捧げてしまったから、猛毒に肉体が耐えられなかったのだ。

「ごめんなさい……わたしのせいで……ごめんなさい……」

到着した担架に乗せられて、患者はすぐそこの処置室に運び込まれていった。院長とセオドアも付き添って中に姿を消す。

足が棒のようになって動くことができない。身体は小刻みに震え、両頬には透明《とうめい》な筋がつたう。視界の片隅《かたすみ》には、厭悪《えんお》の視線を自分に向ける住民たちが映っていた。

敵意を剥《む》き出しにしたかれらは茫然《ぼうぜん》とするルビーを取り囲む。中央で仁王立《におうだ》ちするのはシモンズ夫人だった。

「よくも騙《だま》してくれたわね。あなたを信じていたから手を貸したのに」

あの日の柔和《にゅうわ》な笑顔《えがお》の欠片《かけら》もない、氷のように冷たい表情と声色だった。

「この大嘘つき！　どれだけノース・ハーバーを愚弄《ぐろう》したら気が済むのかしら！」

彼女が容赦のない罵声《ばせい》を浴びせると、「そうだそうだ！」と他の住民も勢いづく。ルビーは牙《きば》を剥く感情に押し潰されるように、その場にへたり込んだ。

「やはり皇妃はこの地に災《わざわ》いをもたらす存在だ！」

「この人殺しッッ！」

「善人のふりをして俺たちを騙すなんて、皇太后よりたちが悪いぞ！」

罵倒はやがてセオドアへ矛先《ほこさき》が向き始める。

「陛下が愚帝になるのも時間の問題だな⁉」

「やはり皇族は信用できない。この女を皇妃にした責任をとってもらわねば！」

それはルビーにとって、なにより耐えがたいことだった。

「――止《や》めてください！」

やっとの思いで声を絞《しぼ》り出す。喉《のど》はからからに渇《かわ》き上がっていた。

「これはわたしの問題です。どうか陛下を悪く言うことだけはお止めください！」

その瞬間、ルビーの顔に湿《しめ》った何かが投げつけられる。

魚の生ゴミだった。

絶句する彼女を、シモンズ夫人が強い力で引き起こす。

「わたしたちは二度も裏切られたの。とっととこの街から出てお行き」

「そうだ！　出ていけ！」

「ノース・ハーバーに皇族は要《い》らない！」

――ルビーはもう、ここには居られないと思った。

セオドアの顔に泥を塗ってしまった。彼が長年にわたって心を砕いてきたノース・ハーバーの民との関係を、自分がめちゃくちゃにしてしまった。

彼が唯一《ゆいいつ》頼りにしてくれていた毒使いの力も、人を傷つける諸刃《もろは》の剣《つるぎ》だったのだ。

こんな自分では、とうてい皇妃にふさわしくない。住民の言う通り、一刻も早く出て行かないとますます迷惑《めいわく》をかけてしまう。

ルビーは悲しみに暮れながら、女性患者が運び込まれた処置室に向かって祈りを捧げる。自分が与《あた》えてしまった猛毒を呼び戻し、解毒した。

（さようなら陛下。迷惑ばかりかけて恩に報《むく》いることができなくて、ほんとうにごめんなさい）

顔や身体に付着した生臭いゴミを払う余裕もなく、ふらりと歩き出す。

セオドアがルビーの姿が見当たらないことに気がついたのは、ほどなくして女性患者が意識を取り戻したあとのことだった。

◇◇◇

ノース・ハーバーには、地面を叩き付けるような強い雨が降り始めていた。

病院を後にしたルビーは宿に戻って最低限の荷物だけを持ち、力なく海沿いの街道を歩いていた。馬車でこの街に入るときは、あんなに楽しい気持ちだったのに。岸壁に打ち付ける荒波は、今や自分を拒絶《きよぜつ》しているように感じられた。

彼女のちいさな頭の上にはクロガラスがとまり、羽を広げて主人を少しでも雨から守ろうとしている。後ろにはマイケルらポイズンラットたちがついてきていた。

「……みんな、ごめんね。もうこの国にはいられないの。ベルハイムにも戻れない。わたしたちの家は無くなってしまったわ」

「チチィッ！　チ〜ッ‼」

怒《おこ》ったようにマイケルが鳴く。トコトコとルビーの身体を駆け上り、頬に身体を擦《す》り寄せた。

「ありがとう。あなたはどんなときも側にいてくれるのね」

心臓に突き刺《さ》さっていた棘が一つ抜けた心地《ここち》になったものの、エマを置いてきてしまったとはっとして、再び絶望感に襲《おそ》われる。

いつでも明るく寄り添ってくれたエマ。何も言えずに姿を消してしまって、あちこち捜し回っているだろうか。想像すると激しく胸が痛んだ。

けれども、彼女が大事だからこそ、どのみち連れて行くわけにはいかなかった。どこに行ってもお荷物になってしまう自分と一緒に来てほしいだなんて口が裂《さ》けても言えない。セオドアならば主《あるじ》を失った彼女に新しい働き口を探してくれるだろう。

なにもかも、これでよかったのだ。

雨脚がいっそう強くなる。ドレスは水に濡れてずっしりと重く、荷物を持つ指先がかじかむ。ルビーは俯《うつむ》きながら、一歩一歩、地面を踏みしめるように歩き続けた。

打ち付ける波音も相まって、後ろから一台の馬車が近づいていることに気がつかない。馬車がすぐ横に止まり、背の高い男性が降りてきたところで彼女はようやく顔を上げた。

魔法陣《まほうじん》の刺繍《ししゆう》が縫《ぬ》い重ねられた豪奢《ごうしや》なローブ。滅紫《めつし》色の長髪《ちようはつ》に理知的な片眼鏡《モノクル》。青年は雨を滴《したた》らせるルビーを見下ろして三白眼を細めた。

「お久しぶりです、ルビー元王女殿下」

ルビーは緋色《ひいろ》の瞳を大きく見開いた。どうして彼がここにいるのだろう。

「オズウェル様、ですよね？　なぜここに……」

「アクアマリン殿下の命により、あなたを連れ戻しに来ました。同行願います」

「妹が？　あの子になにかあったの？」

「詳しいことはベルハイムに向かいながら話しましょう」

オズウェルは無理やりルビーの腕を引いて馬車に押し込んだ。彼女の正面に腰を下ろし、警戒心を露《あら》わにする。

「元婚約者とはいえ、あなたは毒使いです。妙《みょう》な動きをしたら命の保証はないとだけお伝えしておきましょう。これでもベルハイム王国魔術師団長を拝命していますから、抵抗《ていこう》するだけ無駄ですよ」

「そっ、そんなことしないわ……」

ルビーは漠然《ばくぜん》と、二度と毒使いの力を使うことはないだろうと感じていた。また誰かを傷つけてしまったらと思うと、自分自身が怖《こわ》かった。

――まったく状況が呑《の》み込めないまま、馬車は豪雨《ごうう》の中を走り始めた。

幕間《まくあい》　魔術師《まじゅつし》団長オズウェル・オブ・アークレーの憧愛《しょうあい》

アークレー侯爵《こうしゃく》家の悲願は、公爵家への格上げだった。

王家の血を引く由緒《ゆいしょ》ある家柄《いえがら》とはいえ、それは十数代も前の話。家格を保つにはあまりに埃《ほこり》を被《かぶ》りすぎた理由だった。

格上の公爵家からは見下され、格下だが実績のある伯爵家《はくしゃくけ》・子爵家からは「名ばかりのはりぼて貴族め」と陰口《かげぐち》を叩《たた》かれる。幼少期からオズウェルは人間の裏表を嫌《いや》というほど感じる環境《かんきょう》にあり、相手に付け入る隙《すき》を与《あた》えないように自分の感情を抑《おさ》え込《こ》んでいた。「自分を馬鹿《ばか》にした奴《やつ》らより偉《えら》くなって、ひれ伏《ふ》させてやる」と、そんな屈折《くっせつ》した思いを抱《かか》えながら孤独《こどく》に勉学に打ち込んでいた。

世渡《よわた》りだけは上手《うま》い父が「喜べオズウェル！　ルビー王女殿下《でんか》の婚約者《こんやくしゃ》に内定したぞ！　これで我《わ》が家の格上げは確実だ！」と上機嫌《じょうきげん》で城から帰ってきたのは、彼《かれ》が十六歳《さい》のときだった。

自分の力ではなく、また他人の力で家格を手に入れるのか……。嬉《うれ》しくないわけではなかったが、複雑な感情だった。

ルビー第一王女は八歳年下とまだ幼い。夫婦《ふうふ》になるという実感は湧《わ》かなかったが、その日から定期的に城に通い始めた。

未来の妻となるルビー王女は、太陽のように明るく温かな性格だった。いつもニコニコとして穏《おだ》やかだし、相手が貴族だろうが使用人だろうが分け隔《へだ》てなく親切にする。彼女《かのじょ》の周りにはいつも自然に人が集まっていた。

誰《だれ》もがルビーに夢中だったが、オズウェルには彼女が眩《まぶ》しすぎることがあった。自分のように心に陰《かげ》を持った人間とは根っこから性質が違《ちが》う。胸の中に小さくないしこりを感じながら、隣《となり》で顔に笑《え》みを張り付けていた。

そしてある日、オズウェルは気づいてしまう。いつも一歩引いたところで姉を見つめているアクアマリン第二王女。彼女が浮《う》かべている表情は、自分のそれとそっくりだということに。

「アクアマリン殿下。僕《ぼく》と少しお話をしませんか？」思わず声をかけていた。

王城通いの目的はルビー王女と親睦《しんぼく》を深めることだったが、彼女はいつも人に囲まれているので、自然とアクアマリン王女と会話を交《か》わす時間が増えていった。

「お姉さまはね、なんでも持っているの。なんにも努力していないのに、いつも一等いいものに囲まれているのよ。わたくしは勝手に比べられてはがっかりされてしまうの。ひどいでしょう？」

その言葉はオズウェルの胸にすっと入っていった。

自分がルビー王女に抱《いだ》いていた感情は正にそれだ。生まれながらに気高い王族で、周りには人が絶えず、誰に訊《たず》ねても「ルビー王女はお優《やさ》しくて親切だ」「ぜひうちに降嫁《こうか》していただきたかった」と褒《ほ》めそやされる天性の善良さを備えている。心が荒《すさ》んだとき、苛立《いらだ》ちに任せて飼い犬を蹴《け》り飛ばしたことなど絶対にないだろう。

彼女の隣に並ぶと自分が惨《みじ》めったらしく感じるのだ。

「……そうですね。世の中は不平等だ。僕みたいな人間のことなんて、ルビー殿下は一生理解できないでしょう」暗い声で呟《つぶや》くと、王女は姉のほうを見て唇《くちびる》を尖《とが》らせた。

「お姉さまったら。オズウェル様を放っておいて、近衛騎士《このえきし》と楽しそうにお話ししているわよ。ひどいわね！」

「あはは。それは別にいいんです。僕はアクアマリン殿下とお話しするのも楽しいですから」

「そうなの？　ねえ、オズウェル様は魔術がお上手なんでしょう？　お姉さまにはもったいないないから、わたくしの婚約者になるっていうのはどう？」

「ご冗談《じょうだん》でも光栄ですね。もしアクアマリン殿下に困ったことがあったらいつでも言ってください。義兄《ぎけい》として助けになりますよ」

「まあ。わたくしがとびきりの美人になってからじゃ遅《おそ》いんだからね！」

アクアマリン王女と自分は同じコンプレックスを抱えていた。彼女とは年が離《はな》れていたけれど、逆にそれがよかったのか、不思議とありのままの自分を出すことができた。

オズウェルの人生で初めて訪《おとず》れた平和な時間だった。


ところが事態は二年後に一変する。十歳を迎《むか》えたルビー王女の天星が『毒使い』だと判明したのだ。

国王は失望し、王妃《おうひ》は憤慨《ふんがい》した。かわいがってきた娘《むすめ》が化け物だと判明した心中は察するに余りある。けれども、オズウェルはどこか心の中で「すべてが上手くいく人生なんて無いんだ」と愉悦《ゆえつ》を感じずにはいられなかった。

一方で、ルビー王女によって婚約破棄《はき》という不名誉《ふめいよ》を負わされた猛烈《もうれつ》な憤《いきどお》りも感じていた。当然公爵家への格上げは白紙に。アークレー侯爵家は再び社交界から後ろ指をさされる存在に成り下がってしまった。

塔《とう》に幽閉《ゆうへい》されて小気味がよかった。所属している魔術師団で逃亡《とうぼう》防止の結界を張ると聞いたときは、自ら名乗りを上げた。やり場のない憎《にく》しみをぶつけるように、幾重《いくえ》にも結界を張った。

その一年後、アクアマリン王女の天星が『聖女』だとわかったとき、オズウェルは自分のことのように嬉しかった。

同じ苦悩《くのう》を抱えていたアクアマリン王女も、ようやく日の目を見ることになる。姉に奪《うば》われていたものが彼女に与えられるようになり、心から笑っている姿を見るのが彼の幸せだった。

時は流れ、幼かったアクアマリンは美しく成長した。いつしかオズウェルは彼女に恋情《れんじょう》を抱くようになっていた。

聖女となった後は簡単に顔を合わせられなくなり、遠くから眺《なが》めるだけになってしまったが、彼女の本心を理解しているのは自分だけだという優越感《ゆうえつかん》があった。元々アクアマリンに内定していた縁談《えんだん》は白紙になり、立場にふさわしい新たな婚約者選びを慎重《しんちょう》に行っていると聞きつけ、好機を突《つ》いて国王にアクアマリンの降嫁か自分の婿入《むこい》りを願い出ようと画策していた。

だから、彼女の使いから「ラングレー皇国に嫁《とつ》いだルビー元王女を捜《さが》し出し、ベルハイムに連れ戻《もど》してほしい」と依頼《いらい》が舞《ま》い込んだときには二度とないチャンスだと強く拳《こぶし》を握《にぎ》りしめた。

それだけに留《とど》まらず、アクアマリンはオズウェルを部屋に招いた。「お久しぶりですね、オズウェル様。あなた様を忘れたことはありません。懐《なつ》かしくて気持ちが溢《あふ》れ出してしまいそう……」としなだれかかり、そのまま閨《ねや》にもつれ込んで一夜を共にした。幾度《いくたび》夢に見たかわからない、幻《まぼろし》のような時間だった。

「お姉さまを連れ戻したら、お父さまにお願いしてあなたを公爵にするわ。そうしたら、わたくしたちの邪魔《じゃま》をできる者はいない」

耳元で艶《つや》っぽく囁《ささや》いたアクアマリンの声が忘れられない。

「アクアマリン殿下の心を手に入れ、ルビー殿下に僕の人生を汚《けが》したことを謝《あやま》らせるまたとないチャンスですね。ようやくツキが回ってきましたよ」

失敗は許されない。手に落ちてきたこの好機を必ず物にする。

オズウェルは決意を胸に、ラングレー皇国へと旅立った。

第六章　唯一無二《ゆいいつむに》の君

1

セオドアは憔悴《しょうすい》していた。

倒《たお》れた女性患者《かんじゃ》の処置が一段落すると、ルビーが忽然《こつぜん》と姿を消していることに気がついた。

しまった、と血の気が引いた。患者の容態《ようだい》に気を取られ、彼女《かのじょ》への配慮《はいりょ》を欠いてしまったと。

さらに見学の住民がルビーに無礼を働いたことを知ると目の前が真っ暗になったが、叫《さけ》び出したい気持ちを抑《おさ》え込《こ》み、すぐに捜索《そうさく》を開始した。

エマとも合流し、手分けして院内を捜《さが》したが見当たらない。先に宿に戻《もど》っているのかと思い居室を確認《かくにん》するも、空っぽだった。

しかしテーブルの上に目が留まる。一枚の紙が置いてあった。ひどく嫌《いや》な予感がした。

〝セオドア陛下
大変な騒《さわ》ぎを引き起こしてしまい、謝《あやま》っても謝り切れません。
やはり、わたしは妻としてふさわしくありません。
これは最初から間違《まちが》った婚姻《こんいん》だったのです。

離縁《りえん》いたしましょう。

今までのご親切に心から感謝申し上げます。

どうかお元気で。


ルビー〟


「──っくそ‼」

「ああ、なんてことを。あたしがおそばにいれば……！　うわぁぁぁん！」

セオドアはテーブルに拳《こぶし》を叩《たた》きつけて顔を歪《ゆが》め、エマは泣き崩《くず》れた。

事態が起こったとき、エマはルビーの指示で裏方のサポートに回っていて、現場にいなかったのだ。

エマは泣きじゃくりながら、シモンズ邸《てい》の帰りにルビーが住民たちから罵声《ばせい》を浴びせられていたことを報告した。

「陛下にご相談するべきだと申し上げたんですが、ルビー様は陛下に心配を掛《か》けたくないとおっしゃいました。ほんとうはお辛《つら》かったはずなのに、ラングレーのため、陛下のために気持ちを押《お》し殺してらっしゃったんです！」

ともすれば皇帝《こうてい》を責めるような内容に騎士《きし》たちが身を乗り出すが、セオドアは無言でそれを制する。

「ルビー様は、自分のことよりも誰《だれ》かのために役に立とうとするお方です。陛下だってベルハイムでルビー様が受けていた扱《あつか》いをご存じなのでしょう⁉　輿入《こしい》れが厄介払《やっかいばら》いであったことは、きっとどこかでルビー様も悟《さと》られていたはずなんです。それでも家族の役に立とうと前を向き、今はラングレーに尽《つ》くそうとしてくださっている。この街に来てからも、陛下のためにご自分にできることをずっと探しておられました！」

セオドアは強く唇《くちびる》を噛《か》む。鉄の味がした。

「今日の出来事でルビー様は責任を感じられ、ご自分は去ったほうがいいと判断したんでしょう。だけどあたしにはわかります。ルビー様は、本心では陛下に必要とされたかったはずです！　うっ……ううっ……！」

「……俺《おれ》は、何も知らなかったのだな……」

こんなことになるまでいったい自分は何をしていたんだろうと、セオドアは言葉を失った。

旅に出てからは特に距離《きょり》が縮まって、知ったような気になっていたが、ほんの上辺だけだった。

必ず捜し出さなければいけない。捜し出して、自分の過《あやま》ちを詫《わ》び、ずっとここにいろと伝えたい。

落ち込んでいる暇《ひま》はない。セオドアは自分を奮い立たせる。

「これ以降の予定はすべて中止だ。総員、皇妃《こうひ》の捜索に向かえ！」

「「ははっ！」」

「あたしも捜しに行きます！　他の宿屋や飲食店で雨宿りしておられるかもしれません！」

「頼《たの》む」

行方《ゆくえ》がわからなくなってからまだ二時間ほど。そう遠くには行っていないはずだ。

（王女は土地勘《とちかん》がない。もし街の外に出るのであれば、来た道を引き返すと考えるのが自然だ）

街の中は騎士とメイドに任せることにして、他を当たることにする。

宿の外に飛び出したセオドアは厩舎《きゅうしゃ》に走り、黒馬の背に飛び乗った。

◇◇◇

雨は強い風を伴《ともな》い始め、暴風雨の様相を呈《てい》していた。

海道を走る馬車の中では、頬杖《ほおづえ》をついたオズウェルが不機嫌《ふきげん》な顔でルビーを眺《なが》めていた。

「……どんなひどい扱いを受けているかと思っていたら、存外幸せそうにしているので驚《おどろ》きました」

「なぜあなたが知っているの？」

この元婚約者《こんやくしゃ》とは、塔《とう》に幽閉《ゆうへい》されることが決まってから今まで一切連絡《いっさいれんらく》を取っていない。

得体の知れない恐怖《きょうふ》を感じながら、ルビーはおそるおそる聞き返した。

「あなたを連れ戻す機会をうかがっていましたから。一つ前の宿場町から様子を見ていたのですが、セオドア帝がずっと張り付いているのでタイミングに難儀《なんぎ》しましたよ。まったく過保護な皇帝だ」

「その……アクアマリンはどうしてわたしを連れ戻したいのかしら」

「教えて差し上げましょう」

オズウェルはベルハイム王国の状況《じょうきょう》を語りだした。

ルビーが嫁《とつ》いだあと、国内で瘴気《しょうき》の影響《えいきょう》が増して作物の取れ高が激減していること。

そのためアクアマリンが聖女として忙《いそが》しくなり、疲弊《ひへい》していること。

そんな中でもアクアマリンはルビーの身の上を案じ、自分の侍女《じじょ》として戻ってきてもいいと提案していること。

「アクアマリン殿下《でんか》の恩情に感謝することですね。姉妹《しまい》だからと気遣《きづか》いを忘れず、あなたのような不気味な人間にも手を差し伸《の》べるのですから」

「……そうね」

「そういえば、病院では聖女の真似事《まねごと》をしていましたね？　形だけでもセオドア帝に気に入られようと必死なのだと哀《あわ》れになりましたよ。嘘《うそ》をついて民《たみ》を傷つけるなど、救いようのない愚《おろ》か者だ」

「あっ、あれは――！」

オズウェルは『毒使い』の力を知らないのだ。ルビーはぱっと顔を上げて説明しようとしたが、蛇《へび》のような視線と目が合うと本能的に押し黙《だま》った。この状況では迂闊《うかつ》なことを言わないほうがいいだろうと直感した。

言葉の途中《とちゅう》で黙り込んだ彼女をオズウェルはあざ笑う。

「あなたは聖女じゃない。ただの毒使いなんですから、身の程《ほど》をわきまえなさい」

「……そうね。その通りだわ」

「この役目を言いつかったのが僕《ぼく》でよかった。他の者にあんな恥《はじ》さらしな姿を見られたら、国王陛下の評判まで下がります」

「ええ、そうね……」

「…………」

酷《ひど》い言葉を浴びせてもしおらしいルビーが面白《おもしろ》くない。

動揺《どうよう》して涙《なみだ》を流せばいいのに。無理やり連れ去られるのを怯《おび》えればいいのに。

オズウェルは胸の中に渦巻《うずま》く汚《きたな》い感情を抑えきれなかった。

「あなたが聖女であれば――いや、そのような贅沢《ぜいたく》までは言わない。ただ普通《ふつう》であればよかったのに。毒使いなどという薄気味《うすきみ》の悪い存在でなければ、僕は婚約破棄《はき》という不名誉《ふめいよ》を負わずに済んだのだから」

吐《は》き捨てるように言って牽制《けんせい》する。彼《かれ》の視線は湿度《しつど》をたっぷりと含《ふく》んでルビーに絡《から》みついた。

オズウェルは王家の血を引く侯爵家《こうしやくけ》の嫡男《ちやくなん》で、若くして魔術師《まじゆつし》団長を務めている。有能ではあるが、性格は屈折《くつせつ》し、恐《おそ》ろしくプライドの高い男だった。

「僕の人生の唯一《ゆいいつ》の汚点《おてん》がルビー、あなただ。そういえば、そのことをまだ謝ってもらっていないけど？」

「あ……。ほんとうに、ごめんなさい。あなたはなにも悪くなかったのに……」

「口ではどうとでも言える。アクアマリン殿下の侍女として働きつつ、特別に僕のところでも償《つぐな》うチャンスを与《あた》えよう」

仄暗《ほのぐら》い瞳《ひとみ》の奥《おく》には厭《いや》らしい欲望が見え隠《かく》れしていて、ルビーは思わず身震《みぶる》いした。その様子に、彼は初めて満足そうに口角をつり上げる。

座席から身を乗り出してルビーに顔を寄せ、手袋《てぶくろ》の先で意地悪く顎《あご》を持ち上げた。

「化け物のくせに、自分だけ幸せになろうだなんて許さないよ？」

「――っ！」

喉《のど》が締《し》まってうまく息ができない。心臓を凍《い》てついた金属で押し潰《つぶ》されているような圧迫感《あっぱくかん》。

苦しい。冷たい。寒い。

恐怖に見開かれた瞳から、一筋の涙が頬《ほほ》を伝った。

2

――ぴくり。

ルビーに迫《せま》るオズウェルの耳が反応した。

「ちっ。勘の鋭《するど》い男だ」

小さく舌打ちをして後方をうかがうと、黒馬に乗った男がすぐそこまで迫っていた。

「ルビー王女！　中にいるんだろう!?　返事をしてくれ！」

声に弾《はじ》かれるようにルビーも窓から身を乗り出す。セオドアだった。

ローブも羽織らず、ずぶ濡《ぬ》れになって馬を駆《か》っている。彼は顔を出しているルビーを認めると、馬に鞭《むち》を打ち、すぐに真横に並んだ。

「君が何を気にしているかはわかっている！　とにかく降りて話をしよう！」

豪雨《ごうう》に打たれ暴風に煽《あお》られながら、セオドアは必死に叫ぶ。

皇帝なのに服が濡れるのも厭《いと》わず、真っすぐにルビーを見据《みす》えて切実な表情で叫んでいる。らしくない姿を見て、彼女の瞳からはさらに涙が溢《あふ》れた。

「おやおや、セオドア陛下ではないですか。お初にお目にかかります」

ルビーを押しのけてオズウェルが顔を出す。セオドアは眉間《みけん》に深い皺《しわ》を刻み、鋭い眼光で睨《にら》みつける。

「おまえは誰だ？　なぜ王女と共にいる？」

「オズウェル・オブ・アークレーと申します。ルビー元王女殿下の元婚約者であり、魔術師団長を拝命しています。帰国のお迎《むか》えにあがりました」

「元婚約者だと？」

セオドアの声が一段低くなる。

「セオドア陛下にはご迷惑《めいわく》をおかけしました。この偽者《にせもの》王女は責任をもって我《わ》が国が引き取りますのでご心配なく。彼女もそれを望んだからこそ、こうして馬車に乗っているのですよ」

「戯言《たわごと》を！　ではなぜ涙を流している？　おおかた貴様が無理やり乗せたんだろう！」

「……噂《うわさ》通り頑固《がんこ》な皇帝ですね」

オズウェルの顔から表情がすっと抜《ぬ》け落ちる。

「貧しい蛮国《ばんこく》がベルハイムに盾突《たてつ》くなんて。邪魔者《じゃまもの》には強硬《きょうこう》手段に出てもよいと言いつかっています。たとえ相手が皇帝陛下でもね！」

彼は口の中で素早《すばや》く呪文《じゅもん》を詠唱《えいしょう》する。手のひらからセオドアに向けて氷の棘《とげ》を打ち出した。

すんでのところで避《よ》けたものの、馬が驚いてバランスを崩す。落馬は免《まぬが》れたが後退を余儀《よぎ》なくされたセオドアは歯ぎしりをした。

動揺したルビーがオズウェルに取り縋《すが》る。

「オズウェル様っ！　陛下は関係ありません。わたしは抵抗《ていこう》しませんから、手荒《てあら》なことはやめてください！」

馬車に乗せられたときから、ベルハイムに連れ戻されても仕方がないと諦《あきら》めていた。行く当てもなかったし、祖国が必要としてくれるなら身を捧《ささ》げるべきだと自分に言い聞かせていた。けれどもセオドアを傷つけるのは話が違う。彼は何も関係ない。

「うるさいですね。僕の邪魔を許した覚えはないですが」

無表情のオズウェルがルビーに向き直り、呪文を詠唱する。手のひらから魔術が放たれようとした瞬間《しゅんかん》、窓から飛び込んできた短刀が彼の頬をかすめて壁《かべ》に突き刺《さ》さった。

「王女に手を触《ふ》れるな！」

再びセオドアが馬車の横に追い付いていた。

彼は腰《こし》に佩《は》いた大剣《たいけん》を抜き、勢いをつけて馬車の扉《とびら》の隙間《すきま》に突き立てる。てこの原理で何度も力を込めると、けたたましい音を立てて扉が剥《は》がれ落ちる。派手な音を立てて道路の後方へ転がっていった。

馬車の内部がむき出しになり、強風に煽られた雨粒《あまつぶ》がルビーのドレスを激しく打つ。

「こっちへ来い、ルビー！　君はもう自由なんだ！　あんな国に帰って誰かに縛《しば》られる必要はない！」

セオドアが懸命《けんめい》にこちらに手を伸ばしている。

「陛下……っ」

この手を握《にぎ》ることができたらどれだけいいだろうか。

ルビーは押し込めていた感情が決壊《けっかい》しそうになっていた。

（……嫁いで来てから、こんなにも世界は広くて新しいことで溢れているのだと知ったわ。塔の窓に切り抜かれた風景なんて、すごくちっぽけなものだった。大地に果てはないし、お日様の光は暖かくて気持ちが良い。それを思い出させてくれたのは陛下だった）

偽者だった自分を放り出すことだってできたのに、そうしなかった。セオドアの行動にはいつだって不器用な優《やさ》しさがあった。

魔の森でのスローライフ。妹みたいなエマとかわいい眷属《けんぞく》たち。見るものすべてが初めての旅行。この国に来てから、自分は確かに生きることが楽しかった。

「俺を選べルビー！」

セオドアは声を嗄《か》らす。

「時には失敗することもあるだろう。だが、それが何だっていうんだ！　君には幸せになる権利がある！　生きたい人生を生きろ！」

言葉は運命の時を告げる鐘《かね》となりルビーの心で響《ひび》き渡《わた》る。とめどない涙が両頬を流れ落ちる。

「しかし……わたしは陛下にふさわしくありません！　足を引っ張ってばかりで、陛下の大切な民

を傷つけてしまいました……っ！」

「ふさわしくないかどうかは俺が決める！　俺は君がいいんだ！　毒使いであろうがそうでなかろうが——俺には君が必要なんだ！」

その熱情は、ルビーの色を失っていた心臓に燃えるような赤を蘇《よみがえ》らせてゆく。

ルビーの中で、答えはとっくに出ていた。

それを選び取る勇気を今この瞬間セオドアが与えてくれた。

（……ごめんなさい、アクアマリンにオズウェル様。塔の狭《せま》い世界で生きていた、あのころのルビーはもういないみたい）

わたしはこの人のそばで生きていきたい。

役割が済んで、いつか離縁になったとしても、この人の治める国で民の幸せを祈《いの》り続けたい。

（また迷惑をかけてしまうのかもしれない。……それでもあなたが許してくれるなら、わたしはあなたと共に明日を生きてみたい！）

伸ばされたセオドアの手を取ろうとするルビーの前に、醜悪《しゅうあく》な顔をしたオズウェルが立ち塞《ふさ》がる。

「させませんよ。あなたは僕と帰るのです——うわっ⁉」

彼の顔にマイケルが飛び掛かった。鋭い前歯で鼻を噛み、爪《つめ》で頬を掻《か》く。クロガラスは容赦《ようしゃ》なく嘴《くちばし》で片眼鏡《モノクル》を刺し、ホワイティは大量の糸を吐き出して手足を拘束《こうそく》した。

「みんな！　ありがとう！」

しかしそれも、魔術師団長が相手では僅《わず》かな時間稼《かせ》ぎに過ぎない。

眷属たちが彼の動きを止めた一瞬の隙にルビーは馬車から身を乗り出す。セオドアが広げた腕《うで》に向かって思い切り飛び出した。

「────っ‼」

大きな腕でしっかりと抱き留《だ》められる。雨に混じって彼の香《かお》りがした。

「よく頑張《がんば》ったな。もう大丈夫《だいじょうぶ》だ」

セオドアは左腕でルビーを抱《かか》えながら手綱《たづな》を握り、右手で大剣を持ち直す。

「許さない……僕を馬鹿《ばか》にして……っっ！」

激高するオズウェルは眷属の妨害《ぼうがい》から抜け出していた。怒《いか》りに任せて両手から次々と魔術の攻撃《こうげき》を打ち出すが、すべてセオドアの剣に弾き返されて当たらない。

「くっ！　なぜだ⁉」

「貴様の言う通り我が国は貧しいが、冥府《めいふ》の脅威《きょうい》から命懸《いのちが》けでこの世界を守っている。その矜持《きょうじ》もわからぬような腑抜《ふぬ》けた国の魔術師団長ごときに俺は倒せない」

「ならばこれならっ……！」

「しつこい奴《やつ》だ。ルビーが戻ってきたのだから、もう用はない」

特大の炎球《えんきゅう》を作り出して攻撃を仕掛けるオズウェルだが、それもやはり剣に弾かれる。それどころか狙《ねら》ったように馬車に跳《は》ね返り、青ざめるオズウェルを呑《の》み込んで馬車はあっという間に火だるまと化していった。

炎上して失速する馬車を尻目《しりめ》に見ながら、セオドアとルビーは先に駆けていく。

馬車が見えなくなってしばらく経《た》つと、彼女はこわばった顔でセオドアを見上げた。

「オズウェル様は大丈夫でしょうか。さすがに命までは……」

「腐《くさ》っても魔術師団長だ。死ぬことはないだろう」

安堵《あんど》したルビーはやっと全身から力が抜ける。極度の緊張《きんちょう》から解放されてふっと意識を失った。

そんな彼女を大事に抱きかかえ、セオドアは徐々《じょじょ》に馬足を緩《ゆる》めた。

3

パチ……パチ……パチン……。

まず耳に入ってきたのは、薪《まき》が小さく爆《は》ぜる音だった。

「……ここは……?」

頭を横に動かす。どうやら自分はベッドに寝《ね》ているようだ。

部屋の中には火の入った暖炉《だんろ》と二人用の簡易的なテーブルセット。見覚えのない場所だ。

ルビーがゆっくり身体《からだ》を起こすと、暖炉の近くで足を投げ出していたセオドアが振《ふ》り返る。

「目を覚ましたか。体調はどうだ?」

「あ……陛下。――わわっ!」

「どうした?　……ああ」

セオドアは上半身に何も身につけていなかった。彼と暖炉の間には木の枝で作った物干しがあり、濡れた衣類が掛けられている。

鍛《きた》え上げられた彫刻《ちょうこく》のような肉体が暖炉の揺《ゆ》らめく灯《あか》りに浮《う》かび上がり、ルビーが思わず目を覆《おお》うと、セオドアは無言で半乾《かわ》きのシャツを羽織ってボタンを留める。

「その……すまない。君の衣類もずいぶん濡れていたから、差し支《つか》えのない範囲《はんい》で脱《ぬ》がさせてもらった。風邪《かぜ》をひくと大変だから」

「あっ」

慌《あわ》てて自分の身なりを確認すると、ドレスは脱がされていて、中に着ていた薄手の肌着《はだぎ》姿になっていた。下着だけでなくてよかったと胸を撫《な》で下ろしたが、なんとなく恥《は》ずかしくて、首元までブランケットを引き上げた。

「ありがとうございます。えっと、ここはどちらですか？」

「街の外の木こり小屋だ。日も暮れかけていたし、なにより酷いしけであの海道を戻ることは危険だと判断した。今夜はここに泊《と》まる」

話しながら歩いてきてルビーの足元に腰を下ろす。重みでベッドフレームがぎしりと鳴った。

「それで、体調は？　あの男に何もされなかったか？」

「大丈夫です。陛下こそお怪我《けが》はないですか？　オズウェル様の攻撃が当たったりは……」

「掠《かす》りもしていない」

「ほんとうですか？」

なおも不安そうな顔をしているルビーを変に思うセオドアだが、やがて理由に思い当たる。シャツを少しだけめくり上げて言った。

「これは古傷だ。魔物の討伐《とうばつ》で負ったものだから、今日の件とは無関係だ」

「そうなのですね……」

シャツからのぞく彼の上半身には無数の傷跡《きずあと》があった。

魔の森の冥府付近にはオズウェルなど比にならないほど凶暴《きょうぼう》な魔物が跋扈《ばっこ》している。手練《てだ》れの騎士団が相手をするとはいえ皇帝本人も無傷とはいかない。むしろセオドアは自ら先頭に立って魔物に切り込んでいき、臣下を守るような戦い方をする男だった。

痛ましく思ったルビーが傷に触れようとすると、セオドアは腰を上げてふいと視線を逸《そ》らす。

「疲《つか》れただろう。そこに非常食が置いてある。食べられそうだったら食べて休むといい」

そう言って再び暖炉の前に座り込む。大きな背中はどこかルビーを拒絶《きょぜつ》しているように見えた。

「ベッドは一つしかありませんが、陛下はどこで休むんですか？　わたしは充分《じゅうぶん》に寝させていただきましたから、陛下が使ってください」

「安全とは言い切れない場所だ。俺はここで万が一に備える」

ベッドから出てきたルビーを振り返ることもなく言い捨てる。彼の脇《わき》にはぴったりと大剣が置いてあった。

ルビーはいたたまれない気持ちになって、そろりとセオドアに近づく。

「……怒《おこ》っていますよね。わたしが迷惑をおかけしてしまったから」

「……」

セオドアは無言だ。ルビーは自分のせいだとわかっていても悲しくてたまらない。目に見える距離だけでも縮めたくて、彼の背中に自分の背中を合わせて床《ゆか》に座《すわ》った。

ぴくりとセオドアの身体が僅かに反応する。

「……自分が怖《こわ》くなって、逃《に》げてしまったんです。わたしの力は聖女様が持つ清らかなものではなく、毒をもって毒を制す諸刃《もろは》の剣《つるぎ》だった。陛下のお役に立つどころか、大切な民を傷つけてしまって、おそばにいる資格がないと思ったんです」

静かな小屋で、薪がぱちりと弾ける。

「オズウェル様の言う通り、わたしは化け物だと思いました。誰かを傷つけるくらいなら祖国に戻るよりほかないと。……でも陛下が追いかけてきてくださって、逃げるのではなく向き合うべきだと気づかせていただきました」

「君は化け物ではない」

セオドアはそれだけ言って再び口を閉《と》ざしたが、その声は棘が抜けていくぶん丸みを帯びていた。

心遣いを嬉《うれ》しく思いながら、ルビーは言葉を続ける。

「そう言ってくださる存在がどれほどありがたいことか、こうなるまでわからなかったんです。生きたい人生を生きろと陛下が叫んでくれて、初めて目が覚めた心地《ここち》でした。ほんとうにごめんなさい」

「……」

「お許しをいただけるとは思いません。ですがもしチャンスをいただけるなら、今後もラングレーのためにできることをしていきたいと――わわっ⁉」

言い終わる前に温かく大きなもので身体を抱きしめられる。それがセオドアだとわかるまでに時間はかからなかった。

「もういい。君が戻ってきてくれてよかった」

驚きに目を丸くしていたルビーだが、首元から聞こえる消え入りそうな声に、きゅっと胸を締め付けられる。

「はい。戻ってまいりました」

彼の背中に手を回す。自分よりずっと大きな体躯《たいく》のはずなのに、今はとても小さく感じられた。

「役に立とうなんて気負わなくていい。ただ、二度と離縁だなんて言うな」

一国の皇帝らしくない、拗《す》ねたような、あるいは縋るような言い方だった。迷子になってようやく母親の元に戻ることができた子どものように、痛いくらいにルビーを抱きしめている。

「陛下がそう言ってくださる限り、ずっとここにいます」

きつく回された両腕と大きな身体からは、言葉を越《こ》えた彼の気持ちが伝わってきた。

「……すまなかった。傷つけたことを謝りたかったのに、いざ君を前にしたらあらゆる感情が込み上げてしまって、何から話せばいいのかわからなくなってしまった」

「わたしも、ノース・ハーバーに来てからは特に、気持ちを伝える難しさを痛感しています」

「俺が悪かったんだ。住民との関係改善を焦《あせ》るあまり君との対話を疎《おろそ》かにしてしまった。父はそれで失敗したというのに同じ轍《てつ》を踏《ふ》みかけた。知らないところで辛《つら》い思いをさせてしまって、どう詫びたらいいかわからない」

「気にしてないです。『ときには失敗することがある。だがそれが何だっていうんだ』ですよね？　経験は糧《かて》になります。わたしも陛下も成長できたので、次はきっと上手《うま》くいきますよ」

ルビーが元気づけるように朗《ほが》らかな声で言うと、セオドアは救われたように目を細めた。

「……ありがとう。俺は、君のことをもっと知っていきたいと思っている」

金色の瞳にはルビーへの確かな信頼《しんらい》が浮かんでいた。彼女はそれを嬉しく思う。

（愛情で結ばれた夫婦《ふうふ》ではないけれど、人としては信頼してもらえているのかしら？　いつか陛下が正式な奥様を娶《めと》るまでは、もうしばらく隣《となり》にいさせてほしい）

そんな自分の心に素直になろうと思った。

「改めてお願いしますが、あの置き手紙は撤回《てっかい》していただけますか？」

「あんなもの最初から承服していない」

「そうでしたか。陛下には敵《かな》いませんね」

くすくすと笑い声を上げると、セオドアは照れくさそうに身体を離《はな》した。

「早く休め。かなり濡れたから体力を消耗《しょうもう》しているはずだ」

「でしたら、やっぱりわたしだけベッドを使うのはいけません。陛下もびしょ濡れになったでしょう？　一緒《いっしょ》に休みましょう」

「――――は？」

セオドアが硬直《こうちょく》していると、ルビーはベッドからブランケットを抱えて暖炉の前に戻ってくる。

彼の隣に腰を下ろすと半分を自分の肩《かた》にかけ、もう半分をセオドアの肩にかけた。

「陛下が風邪をひいたら悲しいです。ほら、冷えてしまいますからもっとこっちに寄ってください」

花が咲《さ》いたような笑顔《えがお》。その可憐《かれん》さに、セオドアは今まで何度目を奪《うば》われたかわからない。

身体は冷えるどころか、最初からずっと火照《ほて》ったままだ。

宿屋で離縁を告げる手紙を目にしたとき、自分は彼女に好意を抱《いだ》いているのだとはっきり自覚した。愛というのは理屈《りくつ》ではなくて、どうしようもなく溢れるいとおしさだったのだ。

「——だからだめだ」

「だからってどういうことですか？　日が昇《のぼ》るまでそう長くないですし、折角ですからおしゃべりに花を咲かせましょうよ！　昔は空腹で三日三晩寝付けないこともあったので、体力のことなら心配ご無用です！」

「君はもう少し男に対して警戒心《けいかいしん》を持つべきだ。さっきだって、あんな男の馬車にホイホイ乗るなんて危ないだろう」

「あんな男って。オズウェル様のことですか？」

「名を口にするな。だいたい婚約者がいたなど聞いていない」

「子どものころの話ですよ。今回もそうですけど、わたしが塔で暮らすことになったときは張り切って逃走《とうそう》防止の結界を張っていたくらいです。単に仕事熱心なんですよ」

「……やっぱり息の根を止めておけばよかった」

すっくと立ちあがったセオドアの腕を、ルビーは慌てて引っ張る。

「ちょっと陛下っ!?　座ってください！　外は危ないんでしょう!?　後を追いかけようとしないでくださいっ！」

小屋には夜明けまで、楽しそうな笑い声が響き渡っていた。

4

いつの間にか眠《ねむ》ってしまったルビーは、優しく肩に触れる感覚で意識を浮上《ふじょう》させる。

ゆっくり瞼《まぶた》を開くと、セオドアが穏《おだ》やかな表情で見下ろしていた。

「……あっ!?　すっ、すみません！　わたしったら眠ってしまったんですね!?　しかも陛下のお膝《ひざ》で！」

「構わない。もう少しゆっくりしたかったんだが、緊急事態だ」

「緊急事態、ですか？」

どきっとして一気に眠気が吹《ふ》き飛ぶ。セオドアは表情を引き締めてガタガタと揺れる窓の外に目を移した。

「見ての通り外はひどい嵐《あらし》だが、聞こえるか？　ノース・ハーバー方面で警告鐘《けいこくしょう》が鳴っている」

耳を澄《す》ませてみると、唸《うな》るような強風にまじって高い鐘の音が聞こえた。

「まっ、街で非常事態が起こっているのですか？」

「これだけ打ち鳴らしているのだから、誤報ではないはずだ。すぐに戻ろう」

暖炉の火を消して、二人は急いで小屋を出る。

外は昨日に輪をかけた悪天候だった。台風のように風が吹き荒《あ》れ、雨は空ではなく真横から打ち付けてくる。

「速度を出す。怖くなったら合図をしてほしい」

「わかりました」

セオドアはルビーを自分の前に座らせる形で騎《き》馬《ば》し鞭を打つ。一目散にノース・ハーバー市街地を目指した。

◇◇◇

森を抜けて海道沿いに出たところで、二人は事態を正しく把握《はあく》した。

海は荒れ狂《くる》い、ごうごうと海鳴りが響き渡っている。空には鉛《なまり》色の分厚い雲がかかり、ゆっくりととぐろのように渦巻いている。ぴかりと走る稲妻《いなずま》の中で咆哮《ほうこう》しているのは、人魚に大きな翼《つばさ》が生えたような巨大《きょだい》な魔物だった。

鋭い牙《きば》を剥《む》き出しにして、胸を叩いてドラミングしている。特有の誇示《こじ》行動から、明らかに上位種の魔物だった。

「まずいな、大型のシーヴァンパイアだ。街の方向を睨みつけている」

ルビーの背後でセオドアが焦った声を出す。

「きゅっ、急にどこから出てきたんでしょう？　ここから冥府は少し距離がありますよね」

「稀《まれ》な事例だ。冥府から水生魔物の幼体が出てきて捕食《ほしょく》されることなく生き延びた場合、そのまま人間界の海に棲《す》みついてしまう。そうなると成体になるまで存在を認知できなくなってしまうんだ。……くそっ、最初からその可能性も考慮すべきだった」

「じゃあ、この魔物はずっとノース・ハーバーの海にいたのですか？」

「シーヴァンパイアは回遊性があるが、少なくとも近海にいたことは間違いない。ここ数か月の大しけと異常な雨の原因は奴だと考えてよさそうだ」

「瘴気や天候の問題ではなかったんですね……」

シーヴァンパイアに目をつけられたノース・ハーバーには警告鐘が鳴り響いている。住民の避難《ひなん》と迎撃《げいげき》準備が行われているはずだとセオドアは唸る。

「だがあのクラスの魔物では無謀《むぼう》だ。飛行型の魔物は特に難易度が上がる。騎士団の特別編成部隊で対応すべきだが、それでは時間が――」

背中に嫌な汗《あせ》が流れ、馬の手綱を握る手に力がこもる。

街の騎士団では圧倒《あっとう》的に経験と戦力が足りていないが、応援《おうえん》を呼ぶ猶予《ゆうよ》もない。

討伐するのではなく、足止めをして、海から離れた場所まで住民を避難させるのが現実的な戦略だろうとセオドアは考える。成体のシーヴァンパイアは海底に足場を作るから、内陸奥地までは追ってこられないはずだ。

しかしそれだって、多数の怪我人や死者が出ることは免れない。

「……どうやっても被害《ひがい》は出てしまうのか」

セオドアが唇を噛むと、

「あの、陛下。確認してもいいでしょうか？」

じっと考え込んでいたルビーが口を開く。

「どうした？」

「あの魔物は邪悪《じゃあく》な性質で、ノース・ハーバーを攻撃しようとしている。魔物が強そうなので陛下は困っておられる。それで間違いないですか？」

「……？　ああ、そうだが」

「でしたらいい考えがあります！　大丈夫です、あのシーヴァンパイアは討伐できますよ！」

5

「討伐できる？　王女よ、それはどういうことだ？」

セオドアが困惑《こんわく》すると、ルビーはにこりと笑った。

「わたしの頼《たよ》りになる友達《ともだち》がこちらに向かっていますから。きっとそろそろ――あっ、来ました！」

空を見上げるルビーにつられてセオドアも天を仰《あお》ぐ。すると、黒い鳥のようなものがすごい速さで飛来するのが目に入った。

近づくにつれてその姿はどんどん大きくなる。もはや鳥ではなくどう見ても立派なドラゴンなのだが、馬から降りたルビーは舞《ま》い降りた黒い魔物に喜色満面で抱き着いた。

「ブラッキーです！　離れている間にますます大きくなったのね！　陛下、ブラッキーは戦いが得意なんですよ。魔の森に住んでいたときはよく助けてもらいました。毒を抜いても爪や牙で攻撃してくる子はいましたから、そういう場合はブラッキーがやっつけて自分のごはんにしていたんです」

「キュイ〜〜ッ‼　キュ〜ン、キュ〜ン」

久しぶりに主人に会えたことが嬉しいブラッキー。甘《あま》えた鳴き声を出し、鼻先をルビーに擦《こす》り付ける。

いちゃいちゃするふたりを前にしてセオドアは激しい脱力感《だつりょくかん》を覚え、忘れかけていた感覚を思い出していた。

（そうだ、思い出したぞ。この王女はダークドラゴンを飼い馴《な》らしていたんだった。しかしなぜここに……？）

「実は昨日、留守番しているブラッキーを呼び寄せていたんです。その……もうお城には戻れないと思っていましたので。お世話が必要な子たちは残るべきだと思ったんですが、この子は違うので」

「君は離れていてもダークドラゴンと意思の疎通《そつう》ができるのか？」

「この子はダークドラゴンじゃないですよ。ちょっと大きいけど鳥さんですってば」

何度教えても間違えるセオドアに頬を膨《ふく》らませる。

「ブラッキーだけじゃなくてマイケルたちもそうですよ。眷属になった子の考えていることはだいたいわかりますし、距離に関係なくわたしの意思も通じます。言われてみれば不思議な力かもしれないですね」

言われてみれば、という問題ではないのだが――。

セオドアがダークドラゴンを凝視《ぎょうし》していると、ブラッキーは視線に気づいて「キュギュッ」と鼻を鳴らす。セオドアはルビーに目を戻してコホンと一つ咳《せき》をした。

「君の言う通り、その鳥はずいぶん強そうだ」

「キュッキュッ！　キュイッ‼」

「はい。『あのイキりシーヴァンパイアは任せて』と言ってます」

「それはそうだろうな……」

ダークドラゴンは冥府から湧《わ》き出る魔物の頂点に君臨する。伝承によればダークドラゴン自身も数多《あまた》の眷属を従える性質があるはずだ。本来は人間の王女ではなく冥府の王――魔王が侍《はべ》らせるような名実ともに最強の魔物なのだ。

そんな魔物が力を貸してくれるというのなら状況は一気に覆《くつがえ》る。街を狙うシーヴァンパイアにとどめを刺すことができる。

ただ、懸念《けねん》点もあった。

「君とブラッキーを信用していないわけではないが、大丈夫なのか？　街を守りながら戦うことは容易ではないはずだ」

「では陛下、作戦を授《さず》けていただけませんか？」

「わかった。シーヴァンパイアには明確な弱点もある。被害が拡大する前に仕留めよう」

「キュウッ！」

二人と一匹《ぴき》は互《たが》いの顔を見合わせて、しっかりと頷《うなず》いた。

◇◇◇

「早く逃げろ！　シーヴァンパイアが街を狙っている！」

「ぐずぐずするな！　家は捨てろ！　いつ攻撃されてもおかしくないぞ！」

「戦える者は武器を持て！　ノース・ハーバーの誇《ほこ》りのために命を懸《か》けろ！」

シモンズは力の限り叫び、悲鳴を上げて逃げ惑《まど》う住民たちを誘導《ゆうどう》し続けていた。

火の始末もままならないうちに避難が始まったため、火事を起こしている家屋もみられる。昨日までの静かな生活が一転して、警告鐘が鳴り響く街は混乱に包まれていた。

「なんだってこんなことに……っ！　ノース・ハーバーばかりが憂《う》き目に遭《あ》って、僕たちがなにかしたっていうのか!?」

夜も明けきらぬ前に屋敷《やしき》にもたらされたのは『大型のシーヴァンパイアが出現し、街に狙いを定めたようだ』という地獄《じごく》のような報《しら》せだった。

慌てて外に出て海上を確認すると、厚い雲を背に巨大なシーヴァンパイアが街を見下ろして羽ばたいていた。

シーヴァンパイアはすぐには街を攻撃せず、ドラミングで己《おのれ》の力を誇示しながら、ときおり鼓膜《こまく》をビリビリと震わせる大声で吼《ほ》えた。人間が逃げ惑うのを楽しんでいるようだった。いやらしい性格の個体だと思ったが、急襲《きゅうしゅう》を受けるよりはマシだった。

　シモンズ自身も混乱していたが、領主として最後の住民が街を出るまではこの地を離れないという覚悟《かくご》だけは持っていた。とにかく一刻も早く避難を完了《かんりょう》させなければと声を嗄らして叫び続ける。

「クレア、君も早く行くんだ！　隣町まで逃げ延びればひとまず命は助かる！」

「あなたを残してこの街を去ることはできません。わたくしも最後までお供しますわ！」

「この街はもうだめだ！　僕は領主としてこの地で死ぬ覚悟があるが、君には生きていてほしい！」

「死ぬときは一緒だと、教会で誓《ちか》い合ったではありませんか！」

　クレアは手に持っていた銛《もり》を掲《かか》げ、勇ましく叫ぶ。

「三十年間、海女《あま》として海と共に生きてきました。わたくしたちの美しい海を荒らす魔物は一突きにしてやりますわ！　ヤ――――ッッ！」

「あっ、おいっ⁉　待つんだクレアっ！」

　クレアが大通りを人の流れに逆らって走り出すと、雑踏のなかで茫然《ぼうぜん》と突っ立っていた赤毛の少女も、自棄《やけ》になったように駆け出した。

「たった一人のメイドなのに、ご主人様をお守りできなかった！　せめて魔物に一矢報《いっしむく》いなければ、あの世でルビー様に顔向けできない！」

　護身用の短刀を振りかざし、エマは「うわぁぁぁ‼　このクソ魔物がぁ‼」と涙を溢れさせながらクレアの後を疾走《しっそう》する。

　そのとき、街の上空に大きな影《かげ》が差した。

「――――!?」

　怪訝《けげん》に思ったシモンズが顔を上げると。

　驚きに見開かれた彼の瞳には、悠々《ゆうゆう》と翼を広げる伝説の魔物・ダークドラゴンが映っていた。

　その背に乗っているのは、見間違いでなければ皇帝夫妻だった。

「ノース・ハーバーの皆《みな》さま！　助けにまいりました！」

　生の息吹《いぶ》きを感じる凛《りん》とした声が降ってくる。

　一陣《いちじん》の清涼《せいりょう》な風と共に、ダークドラゴンは街を守るようにシーヴァンパイアとの間に割って入った。

「ブラッキー！　街で火事が起こっているわ。消火できるかしら!?」

「キュイッ！」

　ブラッキーは口からプップッと素早く水球を吐き出した。燃える家屋に着弾《ちゃくだん》すると、じゅわーっと音を立てて鎮火《ちんか》する。

「上手じゃない！　ありがとう！」

　改めてシーヴァンパイアに向き直る。

　シーヴァンパイアは「……ヴァ？」と巨大な眼球を泳がせ、突然《とつぜん》現れたダークドラゴンに戸惑《とまど》っているようだった。

「シーヴァンパイアさん！　この街にはたくさんの人間が住んでいるの。攻撃しないでくれると助かるわ！」

「今ならまだ間に合う。大陸から離れた海に棲《す》み処《か》を作れ。さもなくばおまえを倒すことになる」

二人は最終通告する。できるだけ殺生《せっしょう》をしたくないルビーの希望だった。

しかしシーヴァンパイアは「ヴヴォォオォォ――ッッ‼」と地響きがするほどの唸り声を上げた。

「キュイッ。キュキュッキュウッ」

「ブラッキーによると、『ガキどもが。俺様を誰だと思ってる？　ぶっ飛ばすぞォ‼』と言ってるみたいです」

「……交渉《こうしょう》は決裂《けつれつ》したようだな」

「ブラッキーが幼いから侮《あなど》られているんでしょうか？　残念ですが、民の命には代えられません」

その言葉を合図にブラッキーは急旋回《きゅうせんかい》する。口から炎《ほのお》を吐いてシーヴァンパイアの意識を街から逸らす。灼熱《しゃくねつ》の炎が左翼《さよく》の一部を掠めるとシーヴァンパイアは激昂《げっこう》した。

「ヴアアアア――アアッッ！」

「キュッキュッキュイッ！」

「『何すんだこの野郎《やろう》！　調子に乗りやがって！』だそうです！」

シーヴァンパイアは巨大な口を全開にし、涎《よだれ》がまとわりついた牙を剥いて襲《おそ》い掛かってくる。

そのタイミングで三者は動いた。

ブラッキーは大きく咆哮し、シーヴァンパイアの下半身に向かってアイスブレスを吐き出した。

セオドアは剣を振りかぶってブラッキーの背から飛び出した。

ルビーは強く両手を組み合わせ、ありったけの想《おも》いで祈りを捧げる。

「ルビー・ローズ・デルファイアの名に於《お》いて命ず」

体躯の半分が凍てついて身動きが取れなくなったシーヴァンパイア。その頭部をセオドアが渾身《こんしん》の力で斬《き》りつける。

「ヴァァァァ――――ッッ!?」

苦痛に満ちた叫び声が空気を震わせた。

「我が地を侵《おか》す魔物に神の審判《しんぱん》を。――毒をもって毒を制せ！」

刹那《せつな》、ルビーの全身から猛毒《もうどく》が飛び出していく。黒い疾風《しっぷう》は刃《やいば》となってシーヴァンパイアの鱗と厚雲を切り刻み、光り輝《かがや》く朝日が光芒《こうぼう》をつくる。

『シーヴァンパイアの弱点は光だ。だから自分の縄張《なわば》りに雨雲を呼び寄せる習性がある』セオドアがそう言っていた通り、雲の切れ間から差し込んだ光の筋に当てられて、シーヴァンパイアは苦悶《くもん》の表情を浮かべた。

「ヴガ、ヴガ、ヴガ……ッッ」

動きが鈍くなり、混沌《こんとん》とした両眼《りようめ》からは急速に力が失われていく。

セオドアが躍動《やくどう》し第二の弱点である心臓に剣を突き立てると、青い血飛沫《ちしぶき》が勢いよく噴《ふ》き出した。

やがてシーヴァンパイアは巨体をくたりと倒し、完全に動かなくなった。

6

海はすっかり凪《な》いでいた。

瘴気が晴れ、シーヴァンパイアが呼び寄せていた雨雲が消滅《しょうめつ》し、水面《みなも》は楽しげに揺れてきらきらと陽光を反射する。

二人はブラッキーの背に乗ってノース・ハーバーに戻る。舞い降りた岬の灯台近くには、多くの住民が詰めかけていた。

「ルビー様ぁぁ！　ご無事だったんですね⁉」

群衆を掻き分けて飛び出してきたのはエマだった。主人にがしっと抱き着くと、人目も憚《はばか》らずにわんわん泣き出した。

「エマ……！」

すがりついて嗚咽《おえつ》する小さな身体に、ルビーもじわりと目の奥が熱くなる。

「黙っていなくなったりしてごめんなさい。もうどこにも行かないわ」

「いいんです！　ルビー様の人生なんですから、どこに行かれようと構わないんです！　ですが必ずあたしも連れて行ってください！　あたしのご主人様はルビー様だけなんですからっ！」

「……わかったわ。そう言ってくれて、ありがとう」

ひっく、ひっく、としゃくりあげるエマの背を撫でながら、ルビーは彼女と出会えたことに心から感謝した。

「――皇帝陛下。皇妃殿下」

神妙《しんみよう》な面持ちで進み出てきたのはシモンズ夫妻だった。

二人はルビーたちの目の前まで来ると、ぬかるんだ地面に膝をついた。

「この度《たび》はノース・ハーバーを助けてくださり心より感謝申し上げます。壊滅やむなしと覚悟していましたので、一人も犠牲《ぎせい》を出さずに生き残れたのは奇跡《きせき》としか言いようがありません」

シモンズ夫妻が地に額をつけると、住民たちも次々とそれに倣《なら》ってひざまずく。

「皇帝陛下、皇妃殿下に感謝申し上げます‼」

地面が震えるほどの大きな声。驚いたルビーは口元を手で覆う。

「数々のご無礼をお許しください。今この瞬間より、ノース・ハーバーの民は、永代にわたって両陛下の剣となり盾となることを誓います」

「……顔を上げてくれ、シモンズ子爵《ししやく》。此度《こたび》の討伐は皇妃の手柄《てがら》だ。彼女が毒使いの天星でダークドラゴンを使役《しえき》し瘴気を払わなければ、俺一人が立ち向かったところで勝機は無かっただろう」

シモンズ夫妻は怖々とブラッキーを仰ぎ見たあと、ルビーに感謝を述べる。

「皇妃殿下。我々はあなた様に大きな間違いを犯《おか》しました。それにもかかわらず救いの手を差し伸べて下さり、なんと御礼《おれい》を申し上げたらよいかわかりません」

シモンズ夫人も「罰《ばつ》をお与えください」と再び泥《どろ》に額を擦り付ける。

ルビーは黙って二人に歩み寄り、彼らの腕をとって立ち上がらせる。なお萎縮《いしゆく》する二人に優しく微笑《ほほえ》みかけた。

「わたしの故郷には『喧嘩《けんか》するほど仲がいい』という諺《ことわざ》があるんです。きっとこれからは、もっと仲良くなれますね！」

「……えっ？　あの、その……」

ニコニコしているルビーに領主夫妻が戸惑っていると、セオドアが口元を緩める。

「我が妃《きさき》に憎《にく》しみや怒りという感情はないのだ。言葉の通りに受け取ってほしい」

「はっ、はあ。かしこまりました」

「これからもこの地をよろしく頼む」

セオドアが右手を差し出すと、シモンズは慌ててハンカチで自分の手を清め、指の先をそっと握り返した。

「もったいなきお言葉。精一杯《せいいっぱい》務めさせていただきます」

どこからともなく「セオドア陛下、ばんざーい！　皇妃殿下、ばんざーい！」と歓声《かんせい》が沸《わ》き起こる。

この地の新たなスタートを祝福するように、青空を舞うカモメが歌うように鳴き声を上げた。

7

ウォーターフロント病院近くの波止場《はとば》には人だかりができていた。

シーヴァンパイアの討伐から二日後。皇帝と皇妃の連名で出された『珍《めずら》しい料理を振る舞うから、ぜひ食べに来てほしい』という張り紙を見た住民たちである。

青く澄んだ空からは、柔《やわ》らかな日差しが惜《お》しみなく降り注ぐ。瘴気と魔物が去ったノース・ハーバーの海は以前と比べて嘘のように穏やかになった。浜辺《はまべ》には白い波が寄せては返し、小さな蟹《かに》と追いかけっこをしている。

波止場に設営された調理場からは濃厚《のうこう》な香りが漂《ただよ》っている。準備にあたる騎士や街の職員が忙しく動き回って活気づいていた。

会場の片隅《かたすみ》には、とある女性に頭を下げるルビーの姿があった。あの日、自身の猛毒で傷つけてしまった患者だった。

「ほんとうにすみませんでした。その後ご体調はいかがですか？」

「皇妃殿下には充分謝罪と補償《ほしょう》をいただきましたから、もう気になさらないでください」

患者は胸の前で両手を振って恐れ入る。

「昨日も一昨日《おととい》も病室までお見舞《みま》いに来てくださって。むしろ皇妃殿下のおかげで誤診《ごしん》がわかったんです。正しい治療《ちりょう》を受けられるようになったので感謝しているくらいなんですよ」

女性の顔色は良く、声にも張りが戻っていた。

「旦那《だんな》と息子《むすこ》のところに戻れる日も近いってお医者様が言ってました。今日の炊《た》き出しにも来る予定なんですよ。あっ、ちょうど来たみたい」

笑顔を向けた先では、二歳《さい》ほどの幼児を抱いた男性が手を振っていた。

「じゃあ、行きますね。お料理楽しみにしています！」

彼女が家族と合流するのを見届けて調理場のテントに入ると、セオドアがやってきた。

「準備はできている。始めるか？」

「はいっ！」

今日のメニューには先日討伐したシーヴァンパイアの魚肉を使っている。

血の気の多いノース・ハーバーの漁師たちは「俺らを襲ってきた魔物を食べちまうってわけか！

そりゃあいいや！」と大喜びで解体作業に当たった。

ルビーは口元に両手を当てて明るく声を張り上げる。

「では炊き出しを始めます！　ベルハイム風具沢山《ぐだくさん》ブイヤベースと、ノース・ハーバー産天然塩を振った焼き魚の二種類です！　お腹《なか》いっぱい、たーくさん食べてくださいね～！」

ぽかぽかした陽気の浜辺には瞬《また》く間に笑顔が広がる。酒を持ち込んだ者もいたらしく、あちこちで朗らかな宴会《えんかい》集団が生まれた。

「こんなに賑《にぎ》やかな集まりなんていつぶりかねぇ。楽しいねぇ」

「街が無事でよかったよ。なんだかんだ言っても、ここは俺たちの故郷だからな」

そんな声を聞いたルビーは、心から嬉しくなった。

目を細めて住民の様子を眺めていると、隣に皿を持ったセオドアが戻ってくる。

「君のぶんも貰《もら》ってきた。一緒に食べよう」

「まあ！　ありがとうございます」

浜辺の石段に並んで腰を下ろす。

気持ちの良い海風を感じながら食事を終えると、セオドアがしみじみと言った。

「君には驚かされてばかりだ。ダークドラ……ブラッキーと連携《れんけい》して見事にシーヴァンパイアを退治した。騎士団の連中が見たら腰を抜かすだろう」

「陛下の見事な作戦があったからです。それに、逆に言えばわたしにはこれくらいしかできません。聖女様のように皆から慕《した》われ、癒《い》やしを与える存在にはなれないですから」

「自分自身を軽《かろ》んじるところだけは、見過ごせないな」

セオドアは前を見つめているルビーの肩に触れ、自分のほうを向かせた。

「確かに我が国は聖女を欲《ほっ》していた。そのことに関しては予期せぬことがさまざま起こったが、結果的には聖女以上の存在に巡《めぐ》り合えたと思っている。俺は、君と結婚できてよかった」

「へっ、陛下？」

ルビーが頬を朱《しゅ》に染め上げると、セオドアは気まずそうな表情で彼女を抱き寄せる。

「三秒以上顔を見るな。調子が狂う」

「はっ、はい！」

そのままの体勢でセオドアは言葉を続ける。

「この国は特殊《とくしゅ》だ。冥府の影響で常に魔物の脅威にさらされているし、瘴気によって数多の困難を抱えている。聖女のように護《まも》るだけでなく、ときには立ち向かえる力が必要だったのだと、君に出会って気づかされた」

「……わたしは、少しはお役に立てているのですね？」

「少しどころじゃない。ラングレーにとって……俺にとって唯一無二の存在だ」

それは、ルビーにとって何よりも嬉しい言葉だった。必要としてもらえるのだと、ここにいていいのだと、初めてありのままの自分を肯定《こうてい》された気がした。

（ああ、幸福ってきっとこういう気持ちのことを言うのだわ）

もっとこの国の役に立ちたい。もっとこの人を笑顔にしたい。賑やかな毎日がずっと続いていけばいいのにと強く思う。

この素晴らしい気持ちを伝えたい人は誰だろうと考えたとき、ルビーは祖国の家族の顔を思い出す。

「陛下。わたし、家族に手紙を書こうと思います。わたしは幸せだって。この国に嫁げてよかったって！」

「ああ。君は今自由なのだと、居場所を見つけたのだと教えてやるといい。誰にも君の邪魔はできないのだから」

セオドアが力強く頷くと、ルビーはくすぐったそうに破顔した。


ノース・ハーバーを出発する日がやってきた。

二人と住民の距離はすっかり縮まっていて、別れに涙を浮かべる者も多くいた。

美しい空とさざ波の音に見送りを受けながら、一行は次の町を目指して馬車に乗り込んだ。

「――素敵な街でした。またいつか訪《おとず》れたいですね」

「必ず来よう。ノース・ハーバーの海産物は絶品だった」

「ふふっ。やっぱり陛下って食べることがお好きですよね」

ルビーがくすくす笑うと、セオドアは耳を赤くしてふいと横を向く。

「……君のせいだ。ラングレーでも美味《うま》い料理が食べられると知ってしまったから」

「はいはい。次の街でも美味《おい》しいものに出会えるといいですね?」

「馬鹿にしているな?」

「まさか。わたしはただ可愛《かわい》らしいお方だなと」

「かわっ……!?」

賑やかな車内の様子をほほえましく思いながら、御者《ぎょしゃ》は小さく鼻歌を口ずさむ。

――皇都を出てからもうすぐ二か月。

二人の旅は始まったばかりだ。

エピローグ

ベルハイム王国王城。むせかえるほど香《こう》を焚《た》きしめた聖女アクアマリンの私室では、一人の青年が悄然《しょうぜん》としてひざまずいていた。

「——それで、一度追い払《はら》われたからと言ってのこのこ帰ってきたというの？　魔術《まじゅつ》師《し》団長が聞いて呆《あき》れるわね」

猫足《ねこあし》のカウチに頬杖《ほおづえ》をつき、興醒《きょうざ》めした様子のアクアマリン。彼女《かのじょ》の左右にはメイドが立ち、大きな扇子《せんす》でかれこれ一時間は主《あるじ》を扇《あお》ぎ続けている。その額には汗《あせ》が滲《にじ》んでいた。

オズウェルは彼女の尊大な態度に困惑《こんわく》しながらも、哀《あわ》れっぽい声で弁解する。

「いっ、いえ。その後何度も襲撃《しゅうげき》を試みたのですが、ルビー元王女のところにたどり着く前にすべてセオドア帝《てい》に返り討《う》ちに遭《あ》いました。これまで対峙《たいじ》した誰《だれ》よりも強い男です」

「言い訳は聞きたくないわ。結局逃げ帰《に》ってきたのだから同じことよ。これでは公爵位《こうしゃくい》への格上げ推薦《すいせん》もおあずけね」

「ですが、それでは僕《ぼく》たちの関係が……」

「あなたとは利害の一致《いっち》で手を組んでいるだけよ」

アクアマリンは容赦《ようしゃ》なく断じる。

「望みを叶《かな》えてくれないのなら見返りはないわ。一度寝《ね》たくらいで勘違《かんちが》いしないでちょうだい」

「そんな！　僕は本気で貴女《あなた》のことを！」

「冗談を本気にする男が一番嫌《きら》いなのよ」

アクアマリンは自分の美しく磨《みが》かれた長い爪《つめ》を眺《なが》めていて、必死に弁解するオズウェルにはちらりとも目を向けない。

「公爵位を持つ魔術師団長ともなればあなたの地位は盤石《ばんじゃく》になる。わたくしは身の程《ほど》をわきまえないお姉さまに現実を教えて差し上げられる。そういう取引だもの」

「公爵位をいただいて、結婚《けっこん》するという話では⁉」

「いつわたくしが結婚と言ったかしら？　いずれにしてもあなたでは力不足よ」

口元を手で隠《かく》してくすくす笑うと、彼女は大理石でできたサイドテーブルから一通の封筒《ふうとう》を取り出した。

「これ、なんだと思う？」

「手紙、でしょうか」

「見ればわかることを言わないで。これはお姉さまからなのだけど、呑気《のんき》もここまで来ると鬱陶《うっとう》しいったら。すごく不愉快《ふゆかい》な内容なのよ」

美しい顔を歪《ゆが》ませて手紙を広げるアクアマリン。青い瞳《ひとみ》にはとても聖女とは思えない仄暗《ほのぐら》い闇《やみ》と嫉妬《しっと》が渦巻《うずま》いていて、オズウェルは全身が硬直《こうちょく》した。

「セオドア陛下は親切？　——はぁっ？　野蛮《やばん》で醜《みにく》い皇帝にさえ、腫《は》れ物扱《ものあつか》いされてるだけじゃない」

ノース・ハーバーの消印が押《お》された手紙を顔の前に掲《かか》げて、びり、と読んだ部分を縦に破る。

「ラングレー皇国はいいところ？　――あら、まるでベルハイムの居心地《いごこち》が悪かったみたいな言い方ね」

びりり。

「あなたも一度遊びに来ては？　――化け物のくせに馴《な》れ馴《な》れしくしないでよっ！」

びりびりびりっ！　僅《わず》かに残った紙を狂《くる》ったように破り捨てる。宙を舞《ま》う紙吹雪《かみふぶき》のひとひらがオズウェルの頭頂部に乗った。

「あーあ、ほんっとうに気分が悪いわ。お姉さまは生意気だし、お父さまにはこき使われるし。聖女として当たり前の生活水準すら贅沢《ぜいたく》だとなじられるなんて、なーんにも楽しくないわ」

ぱらりと落ちてきた前髪《まえがみ》を撫《な》でつけながら、カウチの背に背中を預ける。

父王の命令で国内各地の浄化《じょうか》に派遣《はけん》されたものの、各地とも凶作《きょうさく》によって生活は困窮《こんきゅう》し歓迎《かんげい》もままならない。つましい滞在《たいざい》が気に食わなかったアクアマリンは適当に祈《いの》りを捧《ささ》げて済ませていた。それはまだマシなほうで、彼女のドレスや宝飾品《ほうしょくひん》を贅沢だと糾弾《きゅうだん》した住民がいた町は見捨てて帰ってきた。報告書は懇意《こんい》にしている神官に偽造《ぎぞう》させた。

聖女である自分の暮らしは最優先で保証されるべきだし、そのために国民が汗水たらすこともまた当然。自分を大切にしない民《たみ》は、せいぜい困ればいいと思っていた。

「早く素敵《すてき》な殿方《とのがた》を見つけて結婚したいわ。セルディオ殿下は結局女狐《めぎつね》が奪《うば》っていってしまったし。ああ腹立たしい」

アクアマリンが参加できなかった夜会のホストを務めたオパール公爵令嬢《れいじょう》は、賓客《ひんきゃく》だった隣国《りんごく》の王太子セルディオと親しい交流が続いているらしい。

不愉快なのでぶち壊《こわ》しにしてやろうかと思ったが、父王から「おまえにはもっといい相手を見つけるから」と言われてしまっては仕方がない。格下令嬢のお古と付き合うのもプライドが許さないので、以降は両親の目を盗《ぬす》んで割り切った遊びに興じているのだった。

ため息をついたアクアマリンが傍《かたわ》らのメイドに手で合図をすると、部屋の扉《とびら》が開かれる。すると見目麗《みめうるわ》しい美男子がぞろぞろと入ってきて彼女の周りに侍《はべ》った。

オズウェルはひざまずいたまま呆然《ぼうぜん》としている。今、目の前で何が起こっているのかわからなかった。

縋《すが》るように注がれる視線で彼《かれ》の存在を思い出したアクアマリンは、道端《みちばた》の石ころを見るような顔で言う。

「あら、まだいたの？　使えない者と話すことはないから帰っていいわ。二度と会うことはないでしょうね」

◇◇◇

翌日は、定期的に行われている王国会議の日だった。

これは大臣と各部署の長が一堂に会し、重要事案について議論する場である。

聖女であるアクアマリンも参加を義務付けられているが、発言したことはただの一度もない。彼女にとってどうでもよい内容ばかりだから、退屈《たいくつ》以外の何物でもなかった。

国を襲《おそ》っているらしい地震《じしん》や干ばつ、民の暴動だのという話をしている最中は、神妙《しんみよう》な顔を張り付けて半分眠《ねむ》っていたが、とある老臣の報告で一気に目を覚ます。

「次の議題に移ります。陛下、大変なことが明らかになりました。在ラングレー皇国大使からの報告で、どうやらルビー王女殿下には瘴《しよう》気《き》を払うお力があるそうです」

「なんだって⁉　それは誠《まこと》か！」

「非公式情報とのことですが、訪問先で話題になって大使の耳にも届いたそうです。より詳細《しようさい》な報告を求めておるところです」

「いったいどういうことなんだ？」

国王は血相を変えて唾《つば》を飛ばす。会議に参加している重臣たちも「あのルビー殿下が？」「毒使いではなかったのか？」と驚《おどろ》きを隠さない。

「陛下、これは一大事です。我《わ》が国の瘴気が増し作物に影響《えいきよう》が出始めたのは殿下が嫁《とつ》いだ時期と重なります。これまで原因不明とされていましたが、ひょっとするとこれが理由では？」

「瘴気を人間にとっての『毒』と捉《とら》えれば、毒使いの力で操《あやつ》ることもできるということなのか？　あ、なんということだ……」

国王は呻《うめ》き声を上げて頭を抱えた。真偽《しんぎ》がはっきりしたわけではないものの、これが真実ならばベルハイムはとんでもない大損をしたことになる。

「我が国の瘴気を払いきれぬアクアマリンと、冥府《めいふ》に近いラングレーの瘴気を払えるルビー。どちらが上かは明白ではないか……」

呆気《あっけ》にとられていたアクアマリンだが、父王のこの言葉で一気にはらわたが煮《に》えくり返る。

(お姉さまのほうがわたしより上ですって⁉　そんなことあり得ない！　わたくしは完璧《かんぺき》な聖女なのよっ⁉)

八年間も幽閉《ゆうへい》されていたのだから、自身の天星など大して知らないはずだ。対して自分は聖女として七年も経験を積んでいる。劣《おと》っているはずがない。大使の報告は大げさだし、あるいは姉が嘘《うそ》を吹聴《ふいちょう》して回っているのだろうと思った。

(よく知りもしない聖女の真似事《まねごと》をしているなんて、どこまで恥知《はじし》らずなのかしら！)

鼓動《こどう》が速くなり、激しい嫉妬で胸が苦しくなる。

追放してもなお出しゃばるのであれば、やはり手元に連れ戻《もど》したほうが安心だ。自分の管理下に置いて死ぬまで献身《けんしん》させればいい。

(目立ちたがりのお姉さまには、お仕置きをしなければいけないわね)

アクアマリンは鼻で小さく笑い、艶《つや》やかな唇《くちびる》の端《はし》をつり上げた。

パチン！　わざと大きな音を立てて扇子を閉じると、ざわついていた一同の視線が注がれる。

「お父さま。わたくしに妙案がございます」

「おまえが発言するとは珍《めずら》しいな。申してみよ」

「もうすぐラングレー側と約束した年に一度の聖女派遣です。その際にお姉さまを連れ戻すのはいかがでしょう？　もともとお姉さまが結婚するはずではなかったのですし、結納金《ゆいのうきん》と同額で買い戻すと言えば卑《いや》しいラングレーは食いつくでしょう。仮にごねたとしても、間違って売ったものを買い戻すのはベルハイムとして当然の権利ですわ」

「おお、それは良い考えだ！」

国王は喜色を浮《う》かべて膝《ひざ》を打つ。

「おまえが迎《むか》えに行けばルビーも戻りやすいだろう。ラングレーなど聖女がいなくてもやってこれたんだ。そんなところに置いておくより祖国の窮状を助けるべきだからな」

大臣らも「異議なし」と口々に述べ、あっという間に話はまとまった。

アクアマリンは再び大きな扇子を開く。その陰《かげ》で盛大《せいだい》に唇を歪めた。

（わたくし直々《じきじき》に迎えに行ってあげる。自由を得たお姫様《ひめさま》の物語はお終《しま》いよ）

一か月後、アクアマリンは豪奢《ごうしゃ》な馬車に乗り込《こ》んで、ラングレー皇国に向けて出発した。

閑話《かんわ》　眷属《けんぞく》様のお世話係

白衣を着た隻眼《せきがん》の女性は、一日の疲《つか》れを癒《い》やすように、ふわふわの狼《おおかみ》をぎゅっと抱《だ》きしめた。

「〜っはぁ〜！　モフモフ最高ッッ‼　すぅーはぁーすぅーはぁー」

「あのー、ドルーア先生？　ロードウルフがものすごい顔で嫌《いや》がってますよ。あと左腕《ひだりうで》から血が出てます。噛《か》まれてるじゃないですか」

「大丈夫《だいじょうぶ》だアデル君！　ほんとうに嫌がっているのであれば、このロードウルフは私のことなどぺろりと平らげてしまうだろう。照れているだけなんだよ」

「腕から流血してますけど」

「こう見えても元軍医だ。あとでちゃちゃちゃっと縫合《ほうごう》しておくから問題ない！　あぁ〜モフモフぅ〜」

「だめだこりゃ」

ラングレー皇国一と謳《うた》われる名医は、ロードウルフの腹毛に顔を突《つ》っ込《こ》んだまま動かない。普段《ふだん》のビシッとした佇《たたず》まいからは想像もつかない蕩《とろ》けた態度は、医務室の連中にはとても見せられない光景だ。

これ以上の介入を諦めたアデルは近くの椅子《いす》に腰《こし》を下ろす。

ログハウスの窓から外に目を遣《や》ると夕日が落ち始めている。夏ももう、終わりに近づいていた。

「陛下たちとエマが旅に出て二か月になるのか。……長いな」

それはつまり、自分がログハウスに残る眷属たちの世話係を務めている期間と等しい。幼馴染《おさななじみ》のエマに頼《たの》まれては断れず、厨房《ちゅうぼう》の仕事はすべて早番に変えてもらい、退勤後はここに来るのが日課となっていた。

どこから聞きつけたのか途中《とちゅう》からこのモフモフ好きの医者がまじり始め、二人で掃除《そうじ》や餌《えさ》やりを分担しているのだった。

アデルはおもむろにズボンのポケットから手紙を取り出す。ノース・ハーバーの消印が押《お》されたそれは、今日の昼に届いたばかりだ。

受け取ってすぐに目を通していたが、改めて初めから読み直す。

〝意地悪で生意気なアデル。元気にしてる？

今はノース・ハーバーに滞在《たいざい》中よ。あたしもルビー様も海は初めてだから、すごく楽しんでるわ。昨日は街の人と一緒《いっしょ》に海水浴をしたの。海の水って塩辛《しおから》いのね。それに、池と違《ちが》って海の底はとても綺麗《きれい》で驚《おどろ》いたわ。潜《もぐ》ってみると珊瑚《さんご》とかごつごつした岩、海藻《かいそう》なんかが森のように広がっていて、その隙間《すきま》に鮮《あざ》やかな小魚が棲《す》んでいるのよ。別の世界が広がっているみたいだった！

それでね、海水浴には陛下も参加されたのだけど、ルビー様の水着姿にお顔を真っ赤にされていたわ。あんなタジタジな陛下は二度と拝見できないわよ。見ているこっちが恥《は》ずかしくなるくらいだったんだから！

海でお二人の雰囲気《ふんいき》がすごく良い感じだったから、ルビー様にこっそり「両思いになられたんですか？」って聞いてみたの。そしたら何てお答えになったと思う？「違うわよ。陛下にはよくしていただいてるけど、それは信頼《しんらい》してくださっているからであって、好きになるなんてとんでもないわ。正式な奥様《おくさま》をお迎《むか》えするときがきたら、離縁《りえん》を申し伝えられるはずよ」ですって！

ルビー様ったら、陛下のことを仲のいいお友達《ともだち》か何かだと思っているのかしら？はたから見ると、ご自分の気持ちを自覚されていないだけで、陛下のことがお好きなように思えるのだけど。

ルビー様らしいと言えばそうなんだけど、久しぶりにずっこけそうになっちゃった。

それでもって、陛下のほうは明らかにルビー様のことがお好きなのに、何一つ伝わっていないのだわ。

……じれったいけど、あたしはただのメイドだから、気長に見守るつもりよ。

実を言うと、ノース・ハーバーではいろいろピンチに陥《おちい》ることがあったの。あっ、この手紙を書いている今は無事に解決してるから安心して。でもルビー様を守り切れなくて、ここで死んでもいいやって覚悟《かくご》した場面もあったのよ。

そのときは、ルビー様がいなくなったら世界の終わりのような気がしてたんだけど、後から考えてみると、きっとアデルはあたしが死んだら悲しんでくれる気がしたのよね。

だって、あたしもアデルに何かあったら悲しいし。

別に寂《さび》しくなんてなってないけど、そうやってふとあんたのことを思い出したから、手紙を書いてみたわ。ただそれだけよ。

眷属様たちのお世話、しっかりお願いね。

おじさんとおばさんにもよろしく！〃

手紙には綺麗な桃《もも》色の貝殻《かいがら》が同封《どうふう》されていた。

鼻を近づけてそっと匂《にお》いをかいでみると、皇城からは望むことができない、遠くの海の香《かお》りがした。

「おやおや？　どうしたのかなアデル君。もしかして青春？」

ロードウルフに逃《に》げられて手持ち無沙汰《ぶさた》なドルーアが「若者はいいねぇ」とにやついてくる。

「断じて違います。先生は引き続きモフモフしててください」

「私のことを何か誤解してないかい？　ほんとうは動物が大好きなのに寮《りよう》がペット禁止だから飼えなくて、ルビー殿下《でんか》の眷属様が気になるのに立場があるから関わりを持てず、殿下が視察旅行に出かけたのをいいことに入り浸《びた》っている医者だと思われては困る！」

「じゃあ逆になんて思えばいいんですか。まったくもう……」

ログハウスの梁《はり》にしがみついて微笑《ほほえ》んでいるナマケザルを剥《は》がして与《あた》えると、ドルーアは歓喜《かんき》して体毛に顔を擦《こす》り付け、「あぁ〜、飛びそう。キマりそう」と脱力《だつりよく》した。

医者としてどうかと思うコメントではあるが、日ごろの疲れが軽減しているのであれば良いことなんだと思う。多分。

「やれやれ。なんだか世話する対象が一人増えてるようだが、気のせいか？」

椅子に戻《もど》って一息つき、茜《あかね》色に染まる木々と夕陽《ゆうひ》が溶《と》け込んだ池に目を向ける。

返事に何と書こうかと思い巡《めぐ》らせると、心の奥《おく》がじわりと温かくなった。

あと何回夕焼けを見たら、オレの幼馴染に会えるだろうか。

あとがき

作者の優月《ゆづき》アカネと申します。このたびは「旦那《だんな》様、離縁《りえん》はＯＫですがスローライフは継続《けいぞく》希望です！」を手にとっていただき、ありがとうございます。

寒い日が続いており、ラーメンの美味《おい》しさが身に染《し》みる季節でございますね。わたしの好きな食べ物はラーメン、カレーライス、それとハンバーグ。お菓子《かし》だとグミが至高です。お酒はほとんど嗜《たしな》まず、炭酸飲料を好みます。小さいころから味覚の成長がまったく見られないままこの歳《とし》になってしまいました。

いつまでも好きなものを食べ続けられるようにと、昨年ウォーキングマシンを購入《こうにゅう》しました。年々過酷《かこく》な天候の日が増えているなか、室内の快適な環境《かんきょう》で運動ができたので良かったです。ウォーキングしながらアイスを食べたりしちゃいましたが、まあプラスマイナスゼロということで……。怠惰《たいだ》なわたしでも奇跡《きせき》的に継続できているので、今年もゆるっと歩き続けていきたいです。

本作の裏話的なところをしてみますと、わたしは普段《ふだん》「薬」が絡《から》んだお話をよく書いているのですが、今回は「薬ではなく、正反対の毒をテーマに書くのも面白《おもしろ》そうだな」という発想からスタートしました。薬と毒は表裏《ひょうり》一体ですから、そのような一面を作中でも表現したいと思っています。

物語の中ではセオドアとアーノルドの掛《か》け合いが書いていていて楽しかったです。お互《たが》いに信頼《しんらい》しあっているからこそ叩《たた》ける軽口っていいですよね。背中を預けられる関係性というか。あとはエマも良いキャラになってくれたな、と思います。今後もおとぼけルビーをしっかり支えて守っていってほしいです。

マイケルら眷属《けんぞく》たちは、「こんな子たちと暮らしたら愉快《ゆかい》だろうな、癒《い》やされるだろうな」という視点でうきうきと書くことができました。ルビーの生活《スローライフ》はわたし自身の憧《あこが》れでもあるのかもしれません。

モフモフあり、友情あり、恋愛《れんあい》ありと盛りだくさんな本作。気楽な気持ちで楽しんでいただけたら幸いです！

ウェブ版から加筆修正をおこない、パワーアップした書籍《しょせき》をつくることができました。

最後になりましたが、二人三脚《さんきゃく》してくださった編集様、イラストレーターの香村羽梛《かむらうな》様、本作の刊行に携《たずさ》わってくださった関係者の皆様《みなさま》に心から感謝いたします。

二〇二五年春　優月アカネ

DRAGON NOVELS
ドラゴンノベルス

旦那様、離縁はOKですがスローライフは継続希望です！
身代わり王女は毒使いの力で人生を謳歌する

2025年3月5日　初版発行

著　　者　優月《ゆづき》アカネ

発 行 者　山下直久

発　　行　株式会社KADOKAWA
〒102-8177　東京都千代田区富士見2-13-3
電話0570-002-301（ナビダイヤル）

編　　集　ゲーム・企画書籍編集部

装　　丁　AFTERGLOW

D　T　P　株式会社スタジオ２０５ プラス

印 刷 所　大日本印刷株式会社

製 本 所　大日本印刷株式会社

DRAGON NOVELS ロゴデザイン　久留一郎デザイン室+YAZIRI

ISBN978-4-04-075823-7　C0093

◇◇◇

牧野麻也
Illust
春野薫久
悪役令嬢の継母に転生したので
娘を幸せにします、
力尽くで。
ドラゴンノベルス

私、蜘蛛なモンスターをテイムしたので、スパイダーシルクで裁縫を頑張ります！
I've tamed a spider monster, so I'm going to try my best at sewing with spider silk!
あきさけ
[illustration] タムラヨウ
ドラゴンノベルス